妻好月圓 3

文創風 659

渥丹 著

目錄

第三十三章 親人相認

郭氏的正房裡，丫鬟、婆子全被遣了出去。
郭氏拉著顧桐月不停打量，眼前這個小姑娘不但比唐靜好小，與她更沒有半點相似之處，咬牙忍了忍，終是沒忍住，轉頭問唐仲坦。「老爺，她當真是咱們可憐的女兒？」
顧桐月忍不住了，上前抱住郭氏，哇的一聲哭出來。
「阿娘，是我啊！女兒回來了！」
顧桐月這一哭，原還有些猶疑的郭氏鼻子一酸，眼淚止不住地湧出來。
只有唐靜好會喚她——阿娘！
雖然她的臉是陌生的，但眼裡的感情，還有那聲飽含深情的「阿娘」，幾乎立刻讓郭氏確定，這就是她可憐的女兒。
回想那日，唐仲坦激動地跟她說，女兒未死，而是以另一種方式活在世上，她當時便欣喜得昏過去。
這兩天，郭氏完全沒閒著，讓人打聽了又打聽，既盼著顧桐月過來相見，又怕她根本不是唐靜好而失望痛苦。
眼下顧桐月聲聲喚著她，如同舊時般的孺慕模樣，郭氏哪裡還有半點懷疑？用力抱著顧桐月，亦是哭得上氣不接下氣。

唐仲坦在旁瞧著母女兩個都哭成了淚人兒，連忙安撫。「好了、好了，都別哭了，妳們兩個身子都弱，這般哭法，身體哪裡受得住？」

顧桐月聞言，忙擦乾眼淚，扶著郭氏與唐仲坦坐下，這才在兩老面前端端正正地下跪磕頭，哽咽著說：「父親，阿娘，不孝女兒回來了。」

郭氏忙要伸手扶她起來，唐仲坦卻快她一步。

他就這麼個女兒，寶貝得緊，如今看著她平平安安出現在面前，哭哭啼啼的嬌柔模樣，心疼得不得了。

「好了，莫要哭了，日後父親絕不會再讓妳受半分委屈。」

郭氏拉住顧桐月的雙手，又將她從頭到腳細細打量一番，兩行清淚再次滑落。「我可憐的孩子，妳受苦了！」

「阿娘，女兒作夢都不敢相信能有這一天。」顧桐月也緊緊回握住郭氏的手，母女倆含著淚對視好半晌，才漸漸平靜下來。

唐仲坦不好久待，見兩人止了眼淚，才起身道：「妳們好好說話吧！」

母女倆目送唐仲坦離開，郭氏覺得顧桐月的手涼，忙將先前準備好的手爐拿來，塞到顧桐月手中。

「回來了便好，妳可知道，阿娘日日夜夜夢見妳，總不信妳就這麼歿了，如今總算把妳盼回來。」

顧桐月瞧著郭氏掩不住的病容及虛弱模樣，忍不住又落下一串淚珠。

「阿娘，您怎麼如此不愛惜身體，竟為了女兒病了這些時日，是女兒不孝，要能早點回來就好了。」

郭氏哪裡捨得怪她。「不怪妳，只怪我自己身體太虛弱，受不住打擊。」說著，溫柔又滿足地伸手撫摸顧桐月的臉頰，神色又是慶幸、又是難過。「都是爹娘不好，沒能保護好妳，這些日子讓妳吃了這麼多苦頭。」

顧桐月這雙手，與從前那雙保養得宜、柔若無骨的纖纖柔荑差了許多，定是在顧府裡失了保養，或許還要做繡活。聽說旁人府裡的庶女都過得很辛苦，恐怕顧桐月也是這樣的。

顧桐月依戀地握住郭氏落在她臉頰上的纖細手指，又心疼、又難過。

「阿娘，您別再自責，若非我偷跑出去，哪裡會出事。要怪也是怪我，讓父母、兄長傷心難過，是女兒不好……」

聽著女兒這樣說，郭氏更加自責，忍不住追問：「靜靜，當時到底發生了什麼事，為什麼妳要獨自出府？」

顧桐月咬唇，有些艱難地開口道：「我聽聞，書齋出了一幅曾道子的真跡，想親自去看看……」

謝斂好收藏書畫真跡，最喜歡曾道子的畫作，只是曾道子逝世兩百年之久，留在世上的真跡少之又少。因此聽到消息後，她便按捺不住，想親自去鑑定，倘若真是曾道子的真跡，無論如何也要想辦法買下來，送給謝斂做生辰禮物。

郭氏最了解自己的女兒，猜出她未盡的語意。「妳想買來送給謝斂？這算什麼大事，只須吩咐一聲，讓人把畫買回來，妳再慢慢看，不也一樣嗎？」

「您不知道，曾道子的字畫很受歡迎，我擔心遲了被別人買走，若派人過去，一來一去的，多耽擱時間呀！再說，這件事我並不想讓太多人知道，不然謝斂不就提早發現了？」所以當時她才想方設法非出府不可。

顧桐月說著，忽然想起一事。「阿娘，愔愔呢？」愔愔是從前貼身服侍她的大丫鬟，也是她認為最可能謀害她的人之一。

「真跡的事，是愔愔同我說的，我能出府，也是她一手安排，她是我屋裡的大丫鬟，要調開我身邊的人很容易。謀害我之人，必定與愔愔串通好！」

想到愔愔，顧桐月便止不住地心寒。她身邊的丫鬟，不說待她們情如姊妹，卻也敢問心無愧地說，從未虧待過她們一星半點兒，跟在她身邊，和旁人府邸的姑娘們比，也不差什麼。她想來想去，始終沒能想明白，是什麼原因讓愔愔背叛了她，甚至不惜送她上死路！

郭氏聞言，恨得咬牙切齒。「那賤婢在妳失蹤第二日時懸樑自盡，我便知道她絕不清白；只是，她一死，竟什麼都查不出來，好不容易找到妳的輪椅，再順著查下去，找到妳時，都已經……」

找到唐靜好的屍首時，郭氏並不在場，但將屍首運回侯府後，蓋棺下葬前，郭氏說什麼也想親眼再看看女兒，結果這一看，讓她當場昏死過去，自此便纏綿病榻，直到現在。

郭氏憶起昔日女兒慘死之狀，再次泣不成聲。「是哪個人這樣狠心?!自妳傷了腿後，連侯府大門都少出，是誰這樣恨妳，這般喪盡天良地害妳！」

「我有想過，會不會是與父親、兄長為敵的人，因為報復而對我下手。」顧桐月微微抿唇。「可咱們家門禁森嚴，守衛也很嚴密，外頭的人想伸手進來，尤其是後院，怎麼想都覺得不太可能。」東平侯府有自己的府兵，有心人想窺視侯府都不能，又怎能安插人手？侯府裡用的下人，幾乎是一代一代累積下來的家生子，連愔愔一家，也是侯府的老人；如果外頭的手當真那麼輕易就能伸進來，侯府不可能有如今的底蘊與規模。

故而，顧桐月才覺得，不太可能是因為這個。

郭氏雖然病了一場，性子也柔善，卻非蠢笨之人，聞言立時道：「妳的意思是，府裡有人與府外的人裡應外合害了妳？除了愔愔，還另有其人？」

「愔愔的家人如今何在？」顧桐月忽然問道。

「事發之後，愔愔自盡，她的家人自然難辭其咎。妳父親讓人綁了他們一家，親自審訊了半夜，第二天便全部發賣，彷彿是賣到南疆那邊。」郭氏怒氣難消。「若是我，定要將那家人直接打殺，可妳父親道他們並不知情，罪不及他們，遂放人一馬。」

「要是父親都沒能問出什麼來，那她的家人的確是不知情。」顧桐月疑惑地蹙起眉，起身取下博古架上的香料盒子，往快熄滅的鼎爐裡添了一銀匙香料，慢悠悠地蓋上蓋子。

顧桐月無意的舉動，郭氏卻看得熱淚盈眶，女兒的習慣還同從前一模一樣，思索或走神兒時，總愛往香爐裡添香，自己卻一無所覺。

她的女兒真的回來了！

顧桐月把香料盒放好，走回來，依舊蹙著眉心。「如果不是愔愔瞞著家人行事，那就是……難不成愔愔根本是替死鬼？」

郭氏聽了，拉著她的手勸道：「乖女兒，這些事有妳父親與兄長去操心，讓他們查，妳就搬回家裡，好好陪著阿娘。如今好不容易回來，阿娘再不肯讓妳離開我眼前。」

顧桐月淚眼婆娑地投進郭氏懷裡。「我也想留在家裡陪著阿娘，哪裡也不去；可是阿娘，如今我是顧府的八姑娘，即便您認我當義女，恐怕也不能時時刻刻陪在您身邊……」

郭氏摟著失而復得的女兒，捨不得放，生怕一鬆手，女兒便會消失不見。

「那可怎麼辦？現在妳是那樣的身分，在顧府定然十分受氣，阿娘怎能忍心讓妳再回去？不在阿娘的眼皮子底下護著，阿娘怎麼放心得下？」

說著，母女兩個再度抱頭痛哭起來……

後院裡，端和公主與徐氏出了廚房，便瞧見正院的所有奴僕都退下了。

徐氏忍不住咋舌。「嫂嫂，妳覺不覺得這件事實在很奇怪？父親與母親神神秘秘的，就連大伯跟三叔他們也……很不對勁。那位顧八姑娘到底有什麼本事，能讓一家人變成這樣？我怎麼瞧，她也只是個漂亮點的小姑娘罷了。」

端和公主睨她一眼，口氣微帶著調笑。「只是漂亮一點點？」

「好吧！比起我家裡的妹妹們，顧八姑娘的確好看得多。」徐氏承認，又噘嘴露出如同小姑娘般的嬌嬌之色。「嫂嫂，我說了那麼多，妳揪著這句無關緊要的做什麼？不覺得家中每個人都很奇怪嗎？」

端和公主依然溫和端莊地笑著。「既然父親與母親不願妳我知道此事，便當作不知道就行了。」

「我可做不到嫂嫂這樣沈得住氣，我得去問問我家二爺，他一定知道。」徐氏說著，便喚身邊的丫鬟。「妳去請二爺回屋，我有事跟他說。」

丫鬟忙領命去了。

接著，徐氏又對端和公主道：「妳再瞧今兒的午膳，哪一樣不是昔日小姑愛吃的？他們這是真拿那顧八姑娘當小姑不成？」

對於這一點，端和公主也很不解。

「原先我想著，若顧八姑娘當真容貌肖似小姑，父親與母親那般心急要見，也能說得過去；可方才咱們都瞧見了，顧八姑娘哪一點像小姑？分明一點都不像，可父親還是那般急不可待地帶著她去見母親，我都要懷疑是我眼睛不好，還是父親和母親眼睛不好了。」

徐氏微微噘嘴的模樣，惹笑了端和公主，卻不多講什麼，只搖搖頭。

徐氏越說，越是等不及，與端和公主告辭後，轉身直奔她與唐承博住的院子。

端和公主不好攔著她，只得隨她去了。

瞧徐氏匆匆回房，端和公主身邊的大丫鬟忍不住問：「公主，要不要也請大爺回屋？」

「不必。」端和公主向來信任唐承宗，又是沈穩的人，笑著道：「妳瞧父親與母親那般慎重的態度，真要有什麼，大爺也不會與我說，否則他早就回屋了，而不是與小叔們待在書房裡。我想著，他們定是要等父親和母親跟顧八姑娘談完，再去尋那小姑娘說話。」

「顧八姑娘……她長得當真……怪好看的。」丫鬟有些吞吞吐吐。「方才，幾個爺的眼睛都看直了。」

連唐仲坦也雙眼發直，一副恨不能立刻奔過去親近顧桐月的模樣，看得她膽戰心驚。

端和公主看丫鬟一眼，明白她的言下之意是什麼，淡淡笑道：「倘若大爺要納妾，這幾年我備下的美人還少？妳可曾見大爺多看她們一眼？幾個爺會失態，的確與顧八姑娘脫不了干係，卻不是妳跟二弟妹以為的那樣。

「妳瞧那小姑娘的身形，便知她還未及笄，大爺再重色，也不能對那樣的小姑娘下手，何況大爺根本不是重色之人。二弟妹不是要問二叔嗎？咱們且等著，看她能問出什麼來。」

丫鬟聞言，鬆了口氣。「公主說得是，二少夫人有事從不瞞您，如果她問出什麼，定會同您說。」

端和公主勾唇微笑，忽地想起，府裡好像少了一個人。

「今日沒有瞧見表姑娘？」

「今日一大早，夫人道她昨晚夢見了菩薩，急急遣了表姑娘去龍泉寺幫她祈福還願。」丫鬟回著話，有些不滿。「自姑娘離世後，表姑娘儼然當自己是侯府的正經姑娘了；如今您管著侯府呢！她也不知會您一聲，直接套了姑娘的車就出府。」

端和公主聽了，微微沈吟後，輕笑道：「她太著急了，枉她自覺聰明，連自己是被支開的都看不出來。」

「您的意思是，夫人有意支開表姑娘？這是為何？」

「為什麼要支開她，我也不明白，不過以後有熱鬧看了。」端和公主道：「靜靜歿了，表姑娘想取而代之，成為府裡唯一的姑娘，這意圖不難看出來；可是，如今多了個『據說』與靜靜十分相像的顧八姑娘，依父親跟母親對她的看重，不知表姑娘還能不能沈得住氣。」

丫鬟聽著，忍不住問道：「奴婢瞧表姑娘為人不錯，但您跟二少夫人似乎都不怎麼喜歡她？」

「為人不錯？」端和公主失笑搖頭，瞥自己的丫鬟一眼。「含珠看人的眼力極精，她不喜歡的人，可絕對算不上什麼好人。」含珠正是徐氏的閨名。

丫鬟連連點頭。「公主常道二少夫人眼力過人，奴婢們沒有主子的眼明心亮，這才覺得表姑娘好。」

「不獨妳們，這府裡上上下下，誰會覺得表姑娘不好？」端和公主收起笑，淡淡道：「她在府裡經營了十年，自然人人都信任她，如果我與含珠說她不好，沒人相信不說，只怕還會不高興。從前小姑護著表姑娘，含珠對表姑娘冷淡些，小姑就與含珠生分了。」

「這些話，公主對大爺說過嗎？」

「如何能說？」端和公主道：「妳我可是有證據，證明表姑娘不是個好人？」

丫鬟搖頭，沈默下來，不敢再接話了。

另一邊，唐家幾個兄弟坐在書房裡說話，等著見顧桐月。

「父親真是的，咱們也很想跟小妹說話，怎麼就把咱們打發出來？」唐承赫不滿地抱怨道：「小妹可是我最先發現的，第一個跟她說話的，應該是我才對！」

唐承宗瞪他一眼。「你還好意思說？方才大庭廣眾之下，你在幹什麼？」

唐承赫想起剛剛的失態，縮縮脖子，有點理虧。「我、我不過是關心小妹，想瞧瞧她的脖子好了沒有嘛……她是我小妹，那舉動不算踰矩。」

這話一出，向來溫和的唐承博也忍不住瞪他了。「我們知道那是小妹，可別人知道嗎？旁人眼裡，她就是顧府的八姑娘，你當眾動手動腳，讓別人心裡怎麼想？」

向來灑脫隨興的唐承遠接著教訓道：「正是，幸而今日是在自家府裡，尚可約束底下人不許往外講，若在外頭，你豈不是要逼死小妹？」

他紅顏知己甚多，又是京裡排名第一的風流才子，當眾與紅粉知己在街頭調笑的事，不是沒有做過；但易地而處，換成自家小妹被人當眾調笑或調戲，他定會砍了那人膽敢造次的手。這般想著，平日裡說不盡風流的瀲灩鳳眸便陰沈沈地瞧向唐承赫的大掌。

見唐承赫羞愧得都要把腦袋埋進地裡去了，唐承宗才道：「往後收起你那些輕浮之舉，若讓我聽到外頭有任何不利於小妹的流言，便算在你頭上！」

唐承赫被幾個哥哥說得恨不能以死謝罪，聞言忙連連作揖。「我記住了，以後定規規矩矩，再也不敢亂來。」

唐承博瞧著書房外頭，有些擔心地嘆氣。「不知母親看見妹妹，能不能承受得住？」

唐承遠也一反平常的輕鬆瀟灑，表情嚴肅起來。「有父親在旁邊看著，應該無事。」

唐承赫才剛犯下幾乎不可饒恕的大錯，這時本該閉嘴，夾緊尾巴做人，可忍了又忍，還是沒能忍住。

「你們說，這會兒母親跟小妹是不是正抱頭痛哭呢？」

三個兄長齊齊盯著他。

唐承赫訕訕地摸摸鼻子。「……當我沒說。」

這時，丫鬟進來傳話，道徐氏有急事，請唐承博回去說話。

唐承博了解徐氏的脾氣，知道這事應與顧桐月有關，遂點點頭，與兄弟們說一聲，便先回房去了。

唐承博進屋時，就見徐氏正咬著手指、坐立不安地走來走去。

他在門口站了站，見妻子並未發現他，仍舊沈浸在自己的思緒裡，嘴角不由彎起來，故意弄出聲響。

徐氏聞聲看過來，見到他，立刻迎上前。「二爺總算回來了。」

唐承博睨她一眼，見她比往日殷勤不止百倍地幫他脫大氅，又是噓寒問暖、又是端茶倒水，親手做了平日丫鬟們的差事，遂忍著笑問：「這麼急地叫我回來，可是有什麼事？」

「我想問問，那位顧八姑娘到底是什麼來頭，怎麼她一來，咱們家就跟如臨大敵似的，剛才在二門時，父親眼睛都紅了，彷彿是強忍著悲痛的樣子。」徐氏一股腦兒地說：「還有，父親將我們打發走就算了，連正院的丫鬟、婆子都被趕出來，就父親、母親還有顧八姑娘在院裡，你說咱們家何曾發生過這樣的事情？」

唐承博聽完，收起笑瞧著她。

徐氏心裡有些發怵，卻還是忍不住繼續說：「二爺，我並沒有惡意，就是忍不住，太好奇了。你跟我說，我保證不告訴任何人，那顧八姑娘，跟咱們家到底有什麼淵源？」

唐承博笑了笑，自己的妻子心無城府、心口如一，看著最是單純不過，他也很喜歡她這個樣子；可她又不傻，偏偏還有一般聰明人沒有的敏銳，才問出這一針見血的問題。

「之前妳跟大嫂竊竊私語，是不是猜測顧八姑娘是小弟瞧中的人？」

「誰叫小叔一見人家姑娘就動手動腳的。」徐氏有些不太贊同地說道：「後來我見父親的樣子，就知道是誤會了。夫君，我瞧著，往後顧八姑娘會跟咱們家常來常往吧？」

「母親會認她當義女。」唐承博提點她。「妳知道母親剛剛痛失小妹，收了義女，自然便有了慰藉跟寄託，以後妳對顧八姑娘要好一點，把她當小妹一般對待，可明白了？」

「當她是小妹？」徐氏大吃一驚。「母親會那般喜愛她嗎？」

「會！」唐承博篤定地回答。

徐氏頓時有些洩氣地坐下。「可小姑從沒喜歡過我。」

唐承博自然知道妻子以前並不討唐靜好的歡心，遂上前攬住她，輕聲勸道：「妳是做嫂嫂的，寬待她些又何妨？且妳比她大上許多，以禮相待也好，愛護幼小也罷，是不是都該對她好一點？」

徐氏把玩著唐承博腰間的玉珮，好半晌才悶悶地開口。「我會盡力，若她跟小姑一樣不喜歡我，你也不要太勉強我。」

唐承博失笑。「說得我好像勉強過妳似的。」

徐氏聞言，笑了起來。「這倒沒有。」

以前唐靜好還在時，唐承博知道她們姑嫂之間不太和睦，卻並未一心只向著唐靜好，要她去巴結唐靜好或討好她。義女就義女吧！常來常往就常來常往，她做她該做的，大致上不出錯，她的夫君應該還是會向著她。

不過，徐氏不知道，唐承博不勉強她，是因為她從未對唐靜好心懷歹意。

與徐氏說完話，唐承博便出了自己的院子，回書房去。

第三十四章　一家團圓

顧桐月與父母相認，絮絮說了許多話，才出來與兄長們相見，又是一番關心與感慨。

瞧著四個丰神俊美的哥哥們，見他們眼中無一不是愧疚之色，顧桐月便笑著寬慰道：「哥哥們不要再自責，我這不是回來了嗎？」

唐承宗仍自責不已。「若非我們沒有保護好妳，妳又怎會生受這樣的折磨與辛苦？」

「也不算十分辛苦。」顧桐月坦然一笑。「剛醒過來得知自己的身分時，的確生不如死，心中憤懣，東平侯府堂堂嫡女竟成了顧府毫不起眼且任何人都能隨意欺負凌辱的傻子，真的想死的心都有了。」

郭氏聞言，忙抓緊了她的手。

顧桐月對她安撫一笑。「那時要不是想著回京見父母、兄長，恐怕也支撐不住；不過後來便好了，嫡母不難相處，又有同胞親弟幫襯，順著嫡母的意思，日子也十分好過。」

「妳說這些話，不過是為了安慰我們罷了。」唐承遠憐惜地瞧著她。「咱們府裡雖然沒有庶女，可三哥知道，旁人家的庶女要在嫡母手底下討生活，有多麼不容易。」

「正是。」唐承赫跟著道：「顧府明面上是書香門第，可瞧瞧這陣子出的那些事，哪一件是那般門戶能做得出來的？顧府家風如此，小妹待在那裡，能有什麼好日子？」

唐仲坦也嘆道：「自顧老爺子過世後，顧家越發不成樣子。如今顧府當家人顧從明，官至鴻臚寺卿，此人資質平庸，又有涉及奪嫡之嫌，這些日子只怕已是焦頭爛額；且他自私自利、薄情無義，在朝中名聲並不好聽，一個當家人目光短淺至此，不是好事。」

顧桐月聽得頻頻點頭，覺得唐仲坦說得中肯極了，難怪這些日子劉氏也不太對勁呢！

見女兒聽得認真，唐仲坦繼續道：「顧府二房更不必說，為個青樓女子，夫妻竟在大庭廣眾下拉扯廝打，儼然成了全京城的笑話。顧從仁耽於享樂，無心向上，又發生眼前這樁醜事，只怕翰林院的差事要留不住。」

「顧家的二伯父有才情學識，卻是個雅士，心思不在做官上，不過是被二伯母、大伯父逼著，他又是當初陛下欽點的庶起士，才不得不在翰林院混日子。

「除夕那夜，他帶著那個青樓女子回府，大伯父罵他，道會影響他的仕途，他便道不當官又何妨？」顧桐月俏皮地吐吐舌頭，瞧著聽得津津有味的眾人。「我那二伯母被他氣得眼下還躺在床上起不來呢！」

她那熟悉的俏皮模樣，不但沒換來眾人的釋懷，反令眾人神色越發難看。

郭氏更是唉聲嘆氣。「看看，都是些什麼人啊！我的女兒在那樣的人家裡，還能有好日子過？」說著，眼睛便濕了，又要哭出來。

顧桐月忙攬著她的肩膀，安撫道：「阿娘，真的沒有那麼糟糕。長房、二房雖有些不堪，不過顧府三房還算好的。對吧！父親？」

唐仲坦中肯地點點頭。「顧從安的能力、手腕都不弱，只是人品卻不算好；好在他岳家是尤家，又娶了尤家嫡姑娘，一來岳家扶持著，前程自然不會差，二來——」瞧向郭氏。

「妳不也時常說，尤老夫人見識卓越又睿智，她教養出來的孩子做了靜靜的嫡母，想來靜靜的確沒吃多少苦。」

顧桐月用力點頭。

郭氏這才道：「尤老夫人的確是很好的人，有尤氏撐著顧家三房，想來三房的光景要比長房、二房強得多。」

「是呢！而且小輩中，幾個姊姊也待我很好，並沒有因為我是庶出，就苛待輕賤。」顧桐月說道，沒提她在顧府能混到如今地位，尤其是與顧華月的感情，可是拿命換來的。

「再好又哪有待在家裡好？且姊姊、妹妹多了，爭強好勝的事情定然少不了。」郭氏想著，當初女兒在府裡，衣有華服，食享八珍，住著金屋，顧府又有什麼？哪能跟侯府比較？

「阿娘，真的沒有那麼差，而且變成顧桐月後，還有件很棒的事情，你們沒發現嗎？」

顧桐月對大家眨眨眼，不想讓眾人沈溺於悲傷與不甘。

郭氏嘟囔。「我可沒發現有什麼很棒的事情。」一門心思地認定女兒吃苦受罪了。

顧桐月聞言，在他們面前走兩步，又跳兩下。「你們瞧，我是唐靜好時，可以這樣走路、這樣跳嗎？」

唐仲坦面色複雜，卻不得不點頭。「這大概是唯一的好處了。」

「往好處想，若我還是唐靜好，這輩子只能在輪椅上度過；現在這樣多好呀，我想走就走，想去哪裡，就能去哪裡。」顧桐月絞盡腦汁地安慰他們。

「如今我能活著回來見到爹娘跟哥哥們，已經很感激；而且，日後還有你們撐腰，即使是庶女，又有誰敢欺負我？處境總比變成顧家長房或二房的姑娘強吧！對不對？」

唐承赫忍不住冷哼一聲。

「得了吧！顧從安也不是什麼君子，前些天被御史參的事情不也人盡皆知？他的確有些才幹，卻是靠著尤府這門姻親才能順風順水。我特意查過他，在陽城時寵愛妾室，待庶女比嫡女還重，嫡庶不分……」

唐仲坦重重地咳嗽一聲，聲音大得讓唐承赫頓時止住了話。

顧桐月會心一笑，上前挽住臉色難看且瞪得唐承赫承受不住的唐仲坦。「父親，我現在是庶女，即便哥哥們不提，總有旁人會提，沒關係的。」

許久沒出聲的唐承宗沈聲道：「小妹放心，大哥在一日，就不會讓任何人欺負妳！」

聽著他彷彿誓言般的保證，顧桐月彎起眼睛笑。「我當然放心，大哥待我是最好的！」

「小哥待妳就不好了？」唐承赫顧不上被父親瞪，聞言立刻出聲，不滿地追問道。

唐承遠毫不客氣地拆他的臺。「害小妹脖子痛了好幾天的是誰？」

唐承赫頓時蔫了，歉疚又怯怯地瞧著顧桐月，跟個委屈的小媳婦一樣。「我又不是故意的……那個時候，我哪裡知道站在面前的就是小妹嘛。」

因為這個，他已經被父親罵、被兄長揍過好幾回了！小妹傷在脖子上，他是渾身上下，除了臉，哪裡都有傷好不好！

「其實多虧當日在府裡的是小哥，換成是大哥你們，定然不會多聽我說一句，把我趕出去，還算是好的了。」

依照其他三個不信鬼神，更不畏鬼神的哥哥們的秉性，把她往牢裡一扔，嚴刑拷打要她供出是受何人指使都有可能！

唐承赫與唐靜好的感情最好，見她幫著他，立刻挺起胸膛，得意地道：「小妹說得對，幸虧是遇到我，小妹才只吃那點苦頭；要是遇到你們啊，不知小妹此時在哪裡呢！」

眾人說笑一陣，唐承宗瞧著天色快近晌午，起身道：「父親，母親，小妹，我還要趕著進宮當值，先走一步。」

顧桐月忙道：「正事要緊，大哥趕緊去吧！」

唐承宗上前，如同從前那樣寵溺地摸摸她的頭頂；但他嚴肅寡言慣了，故而並未多說什麼，轉身走了出去。

顧桐月目送他離開，才疑惑地開口問道：「大哥怎麼突然領了禁衛軍統領一職？」

唐承赫張口就答。「皇帝被嚇到了唄。」

「嗯？」顧桐月聞言越發驚訝。

唐仲坦聽見，瞪了口無遮攔的小兒子一眼，這才和藹慈愛地看向小女兒——雖然這張臉還是很陌生，可是這般說著話，知道顧桐月就是自己的女兒，滿腔父愛之情恨不能滿溢出來。

「之前京裡不是發生了一場亂事，此案與太子殿下有關，陛下又查到禁軍統領乃是太子的人，自然不能再用，就撤了他的職。這節骨眼上，陛下能信得過的人不多，妳大哥正好是其中一個，因此下旨讓他任禁衛軍統領。」

顧桐月聽明白了，禁衛軍負責宮防，太子殿下行刺老御史且縱火焚屍引發的那場混亂，聽聞由靜王等人負責追查，只等年後開朝就要審理；若太子殿下被逼急了謀反，禁衛軍統領又是他的人，留著這個人在身邊，只怕武德帝夜裡覺都睡不安穩。

唐承赫在旁插嘴道：「原本我以為禁衛軍統領一職要落在蕭瑾修身上，沒想到陛下還是更信任大哥一些。」

他說這話時，彷彿不經意地看向顧桐月，見她微微一愣，俊眉便倏地皺起。「以前蕭瑾修常來我們府裡，小妹認得吧？」

顧桐月聞言，不覺伸手撫了撫腰間的蓮花荷包——蕭瑾修給她的荷包，上面繡的花樣是修竹，一看就是男子所用，她不敢明目張膽地戴著，便將平安符收到自己的荷包裡。

顧桐月恍神的這瞬間，唐承博與唐承遠俱瞧向了唐承赫，唐承赫意味不明地點點頭，那兩人臉色頓時與唐承赫一樣，不是那麼好看了。

「以前並未留意過。」顧桐月決定實話實說。回京路上，見到唐承赫與蕭瑾修熟悉的模樣，覺得很驚訝，過後回想，卻怎麼也想不起見過他的印象。

這時，聽唐承赫說他以前常來侯府，她才恍然想起，有段時日，唐仲坦似乎曾帶人回府，想必就是蕭瑾修了。

「後來蕭公子去陽城，護送黃大人回京，顧府為保安全，決定與黃大人同行；路上，蕭公子曾救過我一命。」簡單說了刺客夜襲驛站之事。

郭氏一聽，隨即驚駭地喘氣，顧桐月忙忙安撫道：「阿娘，已經沒事了。」

說話間，已到了吃午飯的時辰，端和公主與徐氏過來相陪，卻被愛女心切的郭氏攔住。「她們過來，妳要守禮，我見不得妳拘著。」她一邊說著、一邊讓人打發兩個兒媳婦回去，連夫君跟兒子們也攆走了。

因女兒死而復生的好消息，郭氏的身子大好，已能下地行走。母女倆攜手來到飯桌前，顧桐月一看，滿桌子的菜都是她愛吃的，有燕窩雞絲湯、蘑菇煨雞、香酥蝦球、西湖醋魚、芙蓉蛋、雞筍粥、什錦火燒、梅花包子……還有特意燉給她的四物烏雞湯。

屋裡沒有丫鬟服侍，郭氏便親自給顧桐月布菜盛湯。「乖女兒，快吃，都是妳素日愛吃的。」說著，又悲從中來。「妳在咱們府裡，吃穿用度比宮裡的公主們還要講究，可在顧府，卻不知道能吃上什麼東西。」

顧桐月哪裡敢說，剛成為顧桐月時，她連殘羹剩飯都吃過，只得哄著郭氏。「阿娘，其實在顧府也沒那麼差的，吃穿用度雖比不上咱們家，卻沒餓著我呢！」

她不說還好，郭氏聽見這話，更是難受。她嬌養的女兒，往日何等挑嘴，食材有些不新鮮都能嚐出來，如今卻是一句沒餓著便滿足了，在顧府裡過的是什麼樣的日子，可想而知。

聽郭氏啜泣出聲，顧桐月才醒悟過來自己說錯了話，忙道：「阿娘，我吃著這燕窩雞絲湯味道跟以前一模一樣，定是管事親自下廚的吧？」

侯府廚房總管事的拿手好菜正是燕窩雞絲湯，但除非主子吩咐，她已經不怎麼下廚。以前顧桐月極喜歡這道菜，正因為如此，郭氏這才特地吩咐她親自料理。

「妳回家來，自然要準備妳愛吃的。」郭氏終於平靜下來，沒再糾結顧桐月在顧府如何吃不好、穿不好、睡不好的事，順著她的話道：「妳一向喜歡她做的菜，不如阿娘把人給妳，就說……是我賞的人，專給妳做飯；至於月例，還是從侯府出，妳看這樣可好？」

顧桐月想了想。「如此，倒能讓人瞧出您對我的喜愛與看重；只是送人不比送別的，旁人會當您要往顧府安插眼線，此事先不急，過一段時日再說好嗎？」

見顧桐月並未直接拒絕，郭氏心裡好受許多，也曉得她有些操之過急，遂贊同地點點頭。

等顧桐月喝完湯，郭氏趕緊盛飯給她。

「靜靜，依阿娘的意思，妳回到侯府，我才能真正放心，只是與妳說的一樣，此事不能操之過急。其實今日已經露了很多痕跡，妳那兩個嫂嫂應該都看在眼裡，還好是府裡的人，阿娘能約束得住，只是要讓妳受些委屈了。」

此後，唐靜好以顧桐月的身分回侯府，外頭怕是什麼難聽的話都能傳出來，說她「攀龍附鳳」，大概還算輕的。

郭氏想到自己的女兒要忍受這些，就覺得十分難過，恨不能以身相替。

顧桐月倒是無所謂。「這些都是必然。阿娘放心，只要能時時見到父母、兄長，那些委屈算不得什麼。」

郭氏輕嘆一聲，瞧著安之若素的顧桐月，遲疑一下，又問道：「如今妳回來了，與謝斂的親事可要繼續？」

顧桐月放下筷子，微微垂眼，這才想起今日好像沒瞧見姚嫣然，想問，又怕郭氏多心。

今日郭氏已經太過激動，顧桐月不敢直言說出姚嫣然已背著他們勾搭上謝斂，但日後郭氏總是要知道的，遂輕聲道：「這門親事，我不想繼續了。」

郭氏很吃驚。「妳不是很喜歡謝斂嗎？若擔心眼下身分，這沒什麼，總有辦法解決。」女兒有多喜歡謝斂，她看在眼裡，女兒之所以會出事，也是因為謝斂，為何現在不想嫁了？

郭氏唯一能想到的，是顧桐月自卑，憂心自己的庶出身分配不上謝斂；可這在郭氏眼裡，自然算不得什麼，總能解決的。

「不是這個原因。」顧桐月扯了個理由。「現在我不是那麼喜歡他了，況且，我是因為他才遇禍，想來與他八字不合，若再和他有牽扯，以後再出事怎麼辦？」這番話也算是暗示了。

郭氏覺得奇怪，卻未聽出言外之意，只嗔道：「什麼不合，當初訂親時，我便將你們的八字送到龍泉寺請住持合過，雖不是大吉，卻也使得。」

可顧桐月想起謝斂，心裡還是覺得一陣一陣難受，只得搪塞。「再說吧！現在我還小呢！未滿十三，謝斂卻已是弱冠之年，又是謝府長子，哪裡等得起？」

她這般敷衍，郭氏卻極是認真，道：「妳出事後，謝斂發誓要為妳守上三年，三年過後，妳也及笄了，豈不正好？」

「阿娘，當時他那般說，卻未必守得住，若他真能守三年，咱們再說這事如何？」

郭氏還想勸，見她神色不豫，這才暫時止住話，招呼她吃飯。

吃過飯後，唐仲坦便讓人接顧桐月到書房說話。

郭氏不肯放人，女兒回來了，恨不能把眼珠黏在她身上，捨不得她離開半步。

最後，顧桐月勸著她，又嗔道，如今她體虛，今日強撐許久，已經露出疲色，若不好好休息，日後就不再回來探望，才唬得郭氏放行。

唐仲坦的書房古樸雅致，坐南朝北，除卻兩排紅木浮雕松柏書架，南牆上掛著一張角弓，看起來已有多年歷史。

顧桐月自小聽聞，這張弓是唐家老太爺的老太爺在戰場上用過的，老祖宗用這張弓趕走當年大肆進犯的敵軍，最終命喪戰場，唯一被帶回來的，就是這張弓。

另外，牆角的架子上放著一把並不起眼的古劍，卻是當世難得一見的寶劍，名喚破山劍，也是唐家祖上傳下來的，與那張弓一樣，唐仲坦每日都要親手擦拭。

以前，她每日都要來書房，或陪父親說話，或陪父親理事。唐仲坦忙時，她便安靜地在旁邊看書。在書房裡，唐仲坦教她寫了第一個字……這裡，留下了太多讓顧桐月感嘆又難忘的溫馨回憶。

唐仲坦見她的目光落在破山劍上，徐徐笑開了。「靜靜還記得這把劍？」

顧桐月也笑起來，眉眼彎彎十分可愛，沖淡了身上帶著的輕愁。

「記得啊，小時候父親還拿它哄我，說我乖乖吃藥吃飯，等腿好了，就教我練劍，就用這把哥哥們都不許用的破山劍。」

可那時全家都知道，她的腿好不了了。

唐仲坦直點頭，慈愛地瞧著顧桐月。

「如今我的腿好啦！」顧桐月伸手去拿破山劍。「父親是不是該教我練劍了？」說著，欲要取劍，卻發現破山劍竟重若千鈞，別說拔了，她用盡吃奶的勁，那劍依然紋絲不動，倒弄得自己氣喘吁吁、小臉通紅。

唐仲坦哈哈大笑，見女兒看過來的撒嬌目光，笑得越發舒心暢快，這些日子的傷痛愁緒一掃而光，快步走過去，輕輕鬆鬆便舉起顧桐月怎麼也拿不起來的破山劍。

「好孩子，這劍哪是妳能拿起來的，妳想看，父親拿給妳看。」

唐仲坦說著，將劍拔出來，隨手一挽，就是兩朵漂亮的劍花。

顧桐月就著唐仲坦的手看著破山劍一會兒，才意猶未盡地瞧著他收劍入鞘。

「父親，我在顧府那邊有個同胞親弟，名叫顧清和，是個懂事又上進的孩子。之前回京的路上，他道想要習武，以強身健體，我答應幫他想法子……」

「咱們家裡有練武場，妳讓他過來，我瞧瞧他筋骨如何。」唐仲坦爽快地答應。

雖然這個多出來的弟弟讓他覺得有些違和，不過顧清和習武也好，就算他們安插人手進顧府，也不能時時刻刻護著顧桐月，萬一有事，有親近的人在身邊，才能保護她。

顧桐月自知唐仲坦答應得這麼爽快是因為誰，拉著他坐下。「父親，多謝您。」

「傻孩子。」唐仲坦嘆口氣。「父親唯恐不能護好妳，再讓妳受上回那苦。」

既說到這件事，顧桐月便順著他的話往下講。「女兒的死，父親可查出線索沒有？」

唐仲坦聞言，神色凝重起來。「妳小哥疑心害妳的人是嫣然；可我想不明白，妳與嫣然向來情同姊妹，為何她要害妳？」

「老御史遇刺，引發京城混亂那日，我瞧見了姚嫣然。」顧桐月迎視唐仲坦的目光。「她跟謝斂在一起。」

唐仲坦聽了，震驚瞬間變成震怒。「竟是如此?!那麼多年，唐家居然養了隻白眼狼！」

「父親息怒。」顧桐月見他氣得胸膛不住起伏，忙伸出小手輕撫他的胸口。「我不想冤枉了她，您還是讓人查到真憑實據再說。」

「妳都親眼瞧見了，還要什麼真憑實據?!」唐仲坦怒聲道：「為了一個男子，便要置妳於死地，這些年，我們當真錯看了她！」

唐仲坦說完，憤怒與失望隨即化作沈重的嘆息。「倘若查出此事和她有關，抑或與謝斂有牽扯，我絕不輕饒！」

顧桐月點頭，自是要報仇的。「只是阿娘那裡，我什麼都沒說，方才吃飯時，阿娘還提起與謝府的親事……」

「妳母親那裡，我會去說，妳不用擔心。」唐仲坦深深瞧著眼前如花似玉的女兒，又想起那年老方丈對她說的話——

小施主命運多舛，災厄不斷。然浴火重生後，自有一番好造化。

女兒這般，也算是浴火重生了吧？

顧府裡，顧華月將目光從木槿花纏枝銅漏壺上移過來，有氣無力地趴在桌上，瞧著面前端莊嫻雅的顧蘭月。

「都申時三刻了，八妹還沒回來。」

正埋頭描花樣的顧蘭月也抬頭瞧了眼漏壺，微微笑道：「八妹不過一日不在家中，妳便不習慣了？」

顧華月坐起身。「我是擔心，八妹去的可是東平侯府，幾百年的簪纓世胄，規矩得多大呀？」說著，忍不住出神。「不知侯府到底是什麼模樣，光他們家就占了一條街呢！八妹去了，會見到端和公主吧！不知端和公主脾氣好不好，萬一八妹禮數不周，會不會罰她？」

「那倒不會。」顧蘭月雖沒見過端和公主，但長年住在京城，多少聽聞一些。「端和公主為人溫和，如今掌管侯府中饋，卻沒傳出打殺奴才等不堪傳言，可見脾氣還算不錯。」

顧蘭月的話，顧華月自是十分信服，聞言稍稍鬆了口氣，又睜大眼睛看向她。「大姊，聽說東平侯府是沒有通房、姨娘的？」

顧蘭月筆尖一頓，隨即點頭。「嗯。」

因東平侯府沒有妾室，又是百年望族，多少人想把女兒嫁進去。郭氏生了四個兒子，一個娶公主，一個娶大學士府的嫡長女，還剩下兩個，滿京城有女兒的人家，早已搶破了頭。

顧華月勾起唇角。「這會兒八妹還沒回來，定是唐夫人十分喜愛她。八妹與侯府交好，我們這些姊姊、妹妹便能沾光去侯府瞧瞧吧？」

「還不趕緊閉嘴。」顧蘭月瞪她一眼。「八妹頭一回去侯府，妳就想著要沾她的光？若她沒能得到侯府的喜愛呢？或者反而惹惱侯府呢？這世上沒那麼多好事，妳還是安分些。」

說罷，她瞧著顧華月高高噘起的小嘴及眼裡的那抹不服氣，語重心長地道：「大姊不求妳像八妹一般懂事，但妳已經不小，馬上就要及笄，之後訂了親便要出閣，竟還這般不曉事。等會兒我去找母親，得專為妳找個教養嬤嬤才行。」

「不要啊！」顧華月這才怕了，撲上去抱著顧蘭月的胳膊撒嬌。「大姊，我錯了，以後一定懂事，府裡已經有兩個教養嬤嬤，再來一個，我真的吃不消。好姊姊，求求妳了。」

這幾日，尤府送了兩個教養嬤嬤過來，一個教姑娘們規矩禮儀，一個教姑娘們女紅針黹。兩位嬤嬤都十分嚴厲，驕橫刁蠻如顧華月，立時被罰得服服貼貼，此時聽聞還要再請教養嬤嬤來調教她，自是嚇得花容失色。

顧蘭月見狀，忍不住笑出來，伸出手指點她的額頭。「知錯就好，妳是府裡的嫡女，切莫像那眼皮子淺的，做出有失身分體統的事情來，徒惹人發笑。」

顧華月自是忙不迭地點頭，不敢再胡思亂想了。

顧蘭月口中那眼皮子淺的，此刻正在知慈院的閨房裡，坐立不安地走來走去。

一見出去打聽消息的喜梅進來，顧荷月忙張口問道：「還沒回來？」

喜梅點頭。

「怎麼去了那樣久？這天都要黑了。」顧荷月不甘地咬唇扯帕子。「難不成要在侯府用了晚膳才回府？」這般說著，臉色一變。「不會還要留宿吧？」

喜梅覷著她的神色，小心翼翼道：「不會吧！侯府裡有兩個尚未訂親的公子，這般留宿，定然要惹人非議。」

顧荷月聽了，咬牙咒罵。「顧桐月那小賤人，難怪不肯帶著我，根本是自己想巴上去！」

哼，東平侯府要真看上了顧桐月，她無論如何也要壞了她的好事！

另一邊，顧從安邁著悠閒的步子，哼著小曲，步伐輕快地進屋。

見尤氏在對帳，他便往她面前一坐，端起她的茶盞喝了一口。

尤氏抬頭睨他一眼。「老爺想喝茶，便讓人上，搶我的茶喝算怎麼回事？」

顧從安哈哈大笑，頗為舒心愜意地往椅背上靠，伸直了腿。「夫人與我還分什麼呀！」

尤氏笑笑沒說話。

「桐姐兒還沒回來？」顧從安見尤氏不說話，將算盤打得噼哩啪啦，約莫是心情好了，連算盤珠子的聲響都覺得格外好聽。「沒遣人送信來？」

之前，他實在不覺得顧桐月能討侯府喜歡，叮囑尤氏兩句，這事就被他丟到腦後。可今日他出門會友回來，便被顧從明請到書房，問了顧桐月平日如何，又說她直到現在未歸，但未傳出不好的消息，應是當真入了侯府的眼。

能跟東平侯府交好，顧從安自然求之不得。

「老爺擔心桐姐兒？」尤氏輕輕挑眉，似笑非笑地問道。

顧從安也笑。「妳一向誇桐姐兒聰明機靈，我倒沒什麼好擔心的。這回侯府單請桐姐兒過府說話，下一回未必不會給咱們下帖子，顧府若能與侯府交好，那可是天大的好事。夫人不是一直惦記著華姐兒的親事？侯府可是有兩個還未訂親的公子呢！」

「老爺這是在說笑？」尤氏停下手，提筆在帳簿上記下數字，吩咐人把東西送到帳房去，轉頭道：「不提東平侯府如何顯赫，單男子不納妾這條傳承幾百年的規矩，就讓滿京城有女兒的人家盯紅了眼，京裡這麼多侯爵勛貴，憑什麼能輪得到咱們？」

「我好歹也是正三品的侍郎大人，滿京城又有多少正三品的京官？再說，顧府雖不如侯府顯赫富貴，好歹也是詩書世家。」顧從安振振有辭。「侯府那位唐三爺，姻緣一直不順，聽說是因為八字不好呢！咱們華姐兒的八字頂頂好，配唐三爺不算勉強吧？」

尤氏睨著他。「老爺不想與黃家結親了？」

誰不知道嫁去東平侯府好？但唐承遠是紅粉知己滿天下的風流才子，風流韻事聽聽就罷，真將女兒嫁過去，依照顧華月的性子，還不天天鬧得雞飛狗跳，有什麼好？更何況，門戶差得這樣多，他們想把女兒嫁過去，難道侯府就肯答應？

顧從安頓了頓，道：「黃家挺好的，不過相較而言，自然是侯府更尊貴些。」

黃玉賢乃寒門士子出身，除了武德帝的看重及岳家幫扶，黃家在京裡的根基算是很淺的；如果可以選擇，傻子都知道要選根基深、底蘊雄厚的簪纓世冑。

尤氏依然不為所動。「尊貴有尊貴的好處，淺薄也有淺薄的好處。華姐兒嫁進黃家，少些規矩約束，肖家姊姊是我閨中密友，自會多疼她兩分，平平順順度日，沒什麼不好。」

顧從安想說句「婦人之見」，可瞧著從容淡定的尤氏，到嘴邊的話便嚥了回去。自從上回那流言事件，她直接給他臉色看後，他就莫名有些怕她了。

「自然，兒女們的親事，還要夫人多多操心才是。」顧從安笑著奉承尤氏。「我只是提個建議罷了，若有用的，夫人便採納；若無用，夫人權當沒聽過。」

「既然這會兒老爺有空，我便與您說說三丫頭的親事。」尤氏拿帕子輕按唇角，遮掩揚起的笑意。「我與魏姨娘瞧中了三家。第一家是順天府府丞家的小公子，年十八，比三丫頭大兩歲，年紀極合適，不過因為是么子，聽聞家裡寵得有些厲害，學業上不太上進。」不過好就好在這人是嫡出，顧雪月雖是庶出，身分卻高些，倒也能配。

顧從安沈吟一會兒，微皺眉頭道：「學業不成，以後只能靠家裡，那分家之後該如何？這個先放放。還有呢？」

尤氏聞言，有些詫異地瞧顧從安一眼。

顧從安捕捉到她的目光，忽地一笑。「夫人為何這樣瞧著我？可是覺得我會像大哥一樣，凡事只想到自己，不管兒女們的死活？」

「老爺說得是什麼話。」話雖如此，尤氏瞧著他的目光卻柔和了些。

顧從安這人，比起冷血無情的顧從明、狠心絕情的顧從仁，大概還是好得多吧！

她笑了笑，接著說道：「通政使左參議王大人家的嫡長子也有心求娶咱們雪姐兒，只是王家剛遷來京城，根底自然沒法子與京裡人家相提並論；不過聽聞王家大公子倒是個聰敏好學的，只是到底如何，還得請老爺多打聽打聽。」雖是嫡長子求娶，不過王家是新進人家，王大人僅是五品官，求娶正三品侍郎大人的庶女，算得上是高攀。

顧從安點頭記下了，又問：「還有誰家？」

「靜王府長史郭大人為他的庶子求娶雪姐兒。」最後這個，尤氏與魏姨娘最是不喜，因而便簡簡單單地帶過。

顧從安卻嚇了一跳。「靜王府長史？這是靜王的意思，還是長史大人的意思？」

「這我無從知曉。靜王雖然勢大，可太子殿下到底還沒倒下，這個節骨眼，不管這是不是靜王府伸出來的橄欖枝，咱們都得小心應對。」

顧從安卻有些按捺不住，起身來來回回地走了幾步。「夫人說得有理，可萬一真是靜王上位，咱們豈不是錯失了最好良機？」

如果靜王能登大寶，那麼靜王府裡所有人自然跟著雞犬升天，更別提靜王府的心腹長史，到時定是位列朝班、位極人臣；且郭家想求娶顧家姑娘，未必不是靜王的意思。

可他瞧尤氏的模樣，便知尤氏並不想讓顧府捲進奪嫡之爭。

「那咱們拒絕，豈不得罪靜王爺？」顧從安又道，神色依然激動，連呼吸都有些急促。

「老爺，您覺得得罪靜王爺要緊，還是咱們顧府這一眾老小的性命更要緊？」尤氏不疾不徐地說道。

她就知道，顧從安會受不住誘惑。細想，其實這是人之常情，多少富貴從險中博來？倘若最後靜王當真上位，說不定顧從安就要怪她今日攔阻他，礙了他的富貴路。

因而，尤氏不再多說，只道：「這三家都頂好，我一個婦道人家不好做決定，還是要老爺做主。」

顧從安道：「此事讓我再想想，夫人先別急著回絕。」
尤氏知道顧從安心裡只怕已經有了決定，遂點頭道：「好。」
此時，霜春腳步輕快地走進來。「老爺，夫人，東平侯府的馬車已經到門口了。」
顧從安與尤氏聽見，便理理衣裝，去前面相迎。

第三十五章　想要攀附

余嬤嬤自顧府接走顧桐月，因此送顧桐月回府的差事也落在她身上。

之前余嬤嬤還疑惑顧桐月到底能不能得到侯府主子們的青睞，經過今日這一趟，她要是還不明白，就白在侯府待了那麼多年，對顧桐月的態度，早是恭恭敬敬了。

她親手扶顧桐月下車，與顧桐月一道去見尤氏。

「顧三夫人，老奴將八姑娘送回來了。」余嬤嬤笑著對尤氏行禮。「八姑娘乖巧體貼，我們夫人很是喜歡，捨不得讓八姑娘回府呢！」

尤氏瞧乖巧站在旁邊的顧桐月一眼，微笑道：「唐夫人喜歡咱們桐姐兒，是桐姐兒的福分，桐姐兒沒給府上添麻煩吧？」

「自是沒有。」余嬤嬤笑咪咪。「我們夫人聽聞上元節那日是府上四姑娘及笄之日，特讓老奴厚著臉來三夫人這邊求張帖子，咱們夫人想去觀禮。」

尤氏一愣，隨即回過神來，壓抑住激動的心情，忙忙道：「唐夫人能來，這是咱們家天大的喜事，定會送帖子到侯府！」

余嬤嬤聽尤氏的嗓音有些發顫，滿意地笑了笑，便告辭離開。

尤氏忙命人塞了紅包給余嬤嬤，待要親自送她出門，卻見她恭敬地轉向顧桐月。

「八姑娘，老奴先回去了。」

顧桐月屈膝對她行了一禮，細聲細氣道：「嬤嬤慢走。」

待送走余嬤嬤，三房的姑娘們便聞訊趕了過來。

顧華月一把拉過顧桐月，從頭到腳打量她。「八妹，我還當侯府要把妳留下，不讓妳回來了呢！怎麼樣，侯府好不好玩？」

顧荷月也擠上前。「侯府是不是很大?侯府的人好相處嗎？」

還能把持得住的，就是顧蘭月與顧雪月，只是站在一旁笑望顧桐月，聽著顧華月與顧荷月爭先恐後的詢問聲。

顧桐月瞧見顧荷月沒事人般地問她，愣了一下。早上她將話說得那麼明白、那麼重，還以為自此撕破了臉，顧荷月再也不會往她面前湊，沒想到……這也算是能屈能伸了。

尤氏見狀，道：「行了，妳們八妹累了一天，有什麼話，等她坐下歇口氣再說。」

她也有很多問題想問，但瞧著方才余嬤嬤對顧桐月比對她更恭敬的態度，以及顧桐月一直含笑的模樣，便知今日侯府之行十分順利，心上石頭落了地。顧桐月雖小，可在這幾個孩子裡，那份機靈與好運，當真是最出挑的。

好不容易將顧華月幾個打發回去，尤氏與顧桐月才能清靜地好好說話。

「侯府的人沒有為難妳吧？」尤氏先問。

「沒有。」顧桐月搖頭。「府裡每個人都對我很客氣，唐夫人特別喜歡我，除了與我約定上元節要來咱們府裡觀四姊的及笄禮，也說過幾日要再接我去說話。我瞧著，唐夫人看我的眼神，好像我真長得很像她的女兒呢！」

尤氏嘆息一聲。「唐夫人痛失愛女，妳又長得與唐姑娘相似，她瞧見妳，難免移情，這對妳來說，倒不是壞事。」非但不是壞事，有了侯府庇護，對庶女出身的顧桐月簡直是天大的好事。

顧桐月乖乖點頭。「母親放心，我會更乖巧，讓唐夫人更喜歡我。」

尤氏笑道：「妳聰明又有分寸，我沒什麼好擔心的。母親說過，這是妳的造化，要好好經營才是。」

「女兒謹記母親教誨。」顧桐月感激地道，又說：「今日我去侯府，看到練武場，忍不住求了唐侯爺，唐侯爺答應讓咱們送和哥兒過去習武，若侯爺有空，還能親自指點呢！」

相較於郭氏要親自前來顧府觀禮，現在顧桐月說的這件事，更是讓尤氏激動得險些坐不住，鼻翼翕動，急急追問：「當真？」

「是真的。」顧桐月點頭。「侯爺道，和哥兒什麼時候有空便什麼時候過去，即使他不在府裡，府裡還有幾位公子，他們都是自小習武，也能指點和哥兒。」

顧桐月與侯府交好，受惠最多的自然是她，要不要提攜顧家，得看顧桐月及侯府的意思；但顧清和跟侯府交好，那就不一樣了！以後顧清和是三房的繼承人，他得了好，就是三房眾人得了好，尤氏焉能不激動？

「妳怎麼……突然想起要為和哥兒求這個？」尤氏喜得語無倫次了。

「我想著，和哥兒的身子骨兒也不甚強健，四月就要參加院試，連考三場，極是耗神費力，且以後還有鄉試、會試，聽聞考一次沒幾天是出不來的，如果和哥兒身體好，到時候連考多少天也不是問題。我便覺得，不如讓和哥兒先練練身體。」

尤氏長眉舒展，笑望顧桐月。「妳思慮得極是，若沒有好的身體，旁的事再出色又有什麼用？」頓了頓，親切問道：「侯府那邊可說了，讓和哥兒幾時過去比較合適？」唐仲坦的隨意自然只是客套，該有的眼色，她還是有的。

「上元節過後吧！」顧桐月道：「過兩天就是四姊的及笄禮，母親忙完再安排和哥兒去侯府習武，不然您太累了。」

尤氏聞言，很是舒心熨貼。「為了你們幾個忙，母親並不覺得辛苦。行吧！我聽妳的。」又追問：「侯府那邊，當真沒有為難妳？」

「沒有，您放心。」

尤氏這才安心，問顧桐月吃過飯不曾？知道她在侯府用了晚膳才回來，便含笑道：「去找妳的姊姊們說話吧！」

此時，顧華月幾個都在顧桐月的屋子裡等著，見顧桐月進來，便忙不迭地拉著她說話。

「八妹，妳還沒有回答我，侯府到底好不好玩啊？」

顧桐月瞧著顧華月眼巴巴的模樣，笑著道：「我沒來得及細看，整日都在侯夫人房裡陪她說話呢！不過我想著，應該很好玩吧！」

東平侯府有座園子，是她剛出生時，唐仲坦親手畫圖、特地蓋給她的，裡頭奇花異草自不必說，琉璃屋、鞦韆架、戲臺子、曲水流觴……但凡他能想到的，都往園子裡塞。

郭氏曾跟她說起，那時她還不會走路，唐仲坦原是打算等她會走了，便帶她去看，還拘著幾個兒子，言明那是女兒的園子，女兒必須是第一個進去的人；孰料唐承赫等不及，偷偷溜進去玩了一整天，被唐仲坦知道後，硬是拿戒尺打腫了他的屁股……

顧桐月微微笑著，見顧華月一臉嚮往的模樣，便道：「四姊很想去侯府玩？不如下次我帶妳一起去？」

顧華月雙眼一亮，隨即又黯下來。「算了，妳在侯府也只是客人，人家單請妳，若帶上我，人家說不定誤會我是要貼上去呢！」一邊說、一邊去看顧荷月，這話顯然是在影射她，同時也斷了她要求顧桐月帶她去侯府的心思。

顧荷月暗暗咬牙，臉上卻是笑意盈盈。「這是友愛姊妹，唐夫人知道了，也只會道八妹與咱們姊妹情深，八妹，妳說是吧？」

顧桐月笑笑。「四姊跟六姊都說得很有道理。」只這一句，旁的卻一句都沒有。

顧荷月聞言，心瞬間提起來，所以這是答應要帶她們去東平侯府了嗎？可又不敢問得太露骨。今早顧桐月拒絕她時，屋裡沒有旁人，她才能假裝什麼事都沒發生，若此時逼急了顧桐月，她肯定當眾再跟她撕破臉。

為免得不償失，顧荷月沈默下來。

顧蘭月見顧桐月面有疲色，體貼道：「八妹累了一日，快讓她歇歇，咱們散了吧！」

顧雪月也道：「大姊說得是，咱們先回去。」

顧華月與顧荷月聽見，只得依依不捨地隨顧蘭月離開顧桐月的屋子。

見姑娘們走遠，巧妙與香扣便進來服侍顧桐月更衣洗漱，讓她歇下了。

隔日，顧桐月得侯府青眼的事，連從沒正眼瞧過她的顧老太太也聽說了，將她從頭到腳打量一番，見那張小臉與死去的蓮姨娘甚是相像，表情才好看些。

「妳姨娘給了妳一張好皮相，才能得到東平侯府的青眼，不過，別以為攀上侯府就算是攀上了高枝，妳是顧府的姑娘，有好處，還是要多想想顧府；日後即便離開顧府去別人家，也要知道，在身後給妳撐腰的，只有顧府這個娘家，明白嗎？」

顧桐月恭敬地回答。「是，孫女謹記祖母教誨。」

顧老太太這才滿意地點點頭。「聽聞唐夫人很喜歡妳？」

「是。」

「既如此，下次侯府再來接妳，帶著妳的姊姊們一道去瞧瞧。」顧老太太直接下令。

顧桐月微微抬眼，瞧見站在顧老太太身旁的顧荷月朝她露出得意並得逞的笑容。

原來是拉了顧老太太當靠山，這人怎麼就不能死心或消停點呢？

顧桐月求助般地看向端坐在旁的尤氏。

尤氏自然沒漏看顧荷月那得意的神色，放下手中茶杯，笑咪咪地開口。「桐姐兒也想幫扶姊妹，不過東平侯府又不是她說了算，人家單請桐姐兒，桐姐兒卻把姊姊、妹妹都帶上，旁人瞧見，不知會說出什麼難聽話來。如今姑娘們都大了，若名譽有損，只怕不好說親呢！」

自從尤氏回府就跟顧老太太強硬地對上後，顧老太太的氣勢一直被她壓著，此時聽尤氏這樣說，不悅地瞇起眼。

「不過是帶著姊妹們去侯府開開眼界罷了，有什麼可說的？昨天桐姐兒不還同意帶華姐兒去了？怎麼華姐兒去得，別人就去不得？」

尤氏沒料到她們小姊妹之間還有這一齣，聽聞顧桐月竟願意帶顧華月去侯府，嘴角愉悅一勾，卻對正瞪著顧荷月的顧華月嗔道：「華姐兒，妳是姊姊，怎可如此為難妳八妹？」

顧華月立刻道：「是女兒的錯，沒有多想，以後再不會如此為難八妹。六妹，妳說做姊姊的，是不是不該為難妹妹啊？」

顧荷月心有不甘，好不容易攛掇顧老太太出面迫使顧桐月答應帶她們去侯府，自然不願意功虧一簣，遂笑道：「侯府的人那麼喜歡八妹，八妹只要開口說一聲，帶姊姊們過府瞧瞧也沒什麼吧！祖母，您沒瞧見，之前侯府給八妹送了不少東西來，昨兒派人送八妹回府時，又送了一馬車的禮物，可見唐夫人有多看重、喜歡八妹。」

「當真？」顧老太太聞言，睜大雙眸。

雖聽說顧桐月入了侯府貴人的眼，但沒有見過余嬤嬤，也沒瞧見侯府送貴重禮物給顧桐月，此時聽顧荷月說起，便又打量顧桐月好幾眼。

「孫女還能騙您不成？」顧荷月嬌嬌地說：「聽聞余嬤嬤是侯府最得臉的管事嬤嬤，她親自來接八妹，又親自送八妹回府，對八妹恭敬得不得了呢！孫女想，八妹只要張口對唐夫人說說，唐夫人定會應允。」

「六妹真是厲害，連余嬤嬤對八妹恭敬都親眼看見啦？」顧華月冷哼。「那妳想必也知道，過兩日唐夫人會來咱們府裡觀我的及笄禮了？等見到唐夫人，不如六妹再親口對她說，讓她給府裡的姑娘都下帖子，邀咱們過府去玩好不好？」

顧荷月聞言，俏臉一陣紅、一陣白，她要能自己對郭氏說，還要顧桐月幹什麼？郭氏那樣高貴的身分，她當然很想博得她的喜歡，可她長得又不像她死去的女兒！

不過，顧華月說得沒錯，要是她也能討郭氏歡心，便能去侯府！反正顧華月的及笄禮快到了，不如那天試一試？

「好了！」顧老太太臉上有些掛不住，畢竟是她先提出來的，遂出口喝道：「一個個嘴尖舌巧，也不知道跟誰學的。」這話明顯在說尤氏了。

尤氏面不改色，彷彿不知道她說的是自己。

顧老太太頓時覺得沒意思，灰心喪氣地往身後的迎枕上靠了靠，不再理會尤氏，看向滿臉病容、神色漠然的秦氏。

「妳的身子如何了？」

面對顧老太太的關心，秦氏亦是冷淡以對。「謝謝母親，已經好了不少。」

秦氏幾日未露面，顧桐月打量著她，不過短短時間，先前那個風光美麗的婦人便瘦了一圈，臉色蠟黃、無精打采，不見一點鮮活氣息。

顧從仁到底還是將胭脂留在府裡，但秦氏一直不肯喝她的茶，只要顧從仁把人帶進知趣園，即下令打出去。

顧從仁一怒之下，索性再也不回知趣園，關上知心園的門，與胭脂彈琴作畫，很是悠哉。胭脂亦十分知趣，知道府裡的人不喜她，便儘量不出現在人前。

故而直到現在，顧桐月也沒見過大名鼎鼎的胭脂姑娘到底長什麼模樣。

顧冰月也許久沒出現在人前，顧桐月揀了幾樣侯府送的珠寶派人送去，她並未拒絕，因要照顧秦氏，遂讓身邊的丫鬟過來道謝。

此時，顧冰月站在秦氏身邊，低眉垂眼地瞧著自己腳尖，她本就體弱，此時看上去越發弱不禁風，下巴尖細得幾乎能當凶器了。

彷彿察覺到顧桐月的打量，顧冰月抬頭望過來，微愣了下，對顧桐月微笑示意。

顧桐月忙回個笑。顧冰月給她的印象，原是諷刺顧華月的尖刻不容人、以及總是偷偷學顧蘭月的言行舉止，對她說不上喜歡也說不上討厭，只是瞧著她這樣，難免生出憐憫之心。

顧老太太見秦氏不看她，神態冷淡，便知秦氏連她都怪上了，越發覺得沒意思，沈下臉趕人。「都散了吧！」

於是，眾人告退，回了自己的院子。

出了知慈院，顧桐月沒想到，顧從明竟然點名要見她，便帶著丫鬟過去。

這會兒要見她，想來是因為東平侯府的關係。

顧桐月憶起唐仲坦對他的想法，不由勾唇笑了笑。

顧從明在前院書房等她，顧桐月由婆子領著進去，就見他端坐在案桌後，面前擺著一本書，彷彿看得很認真。
顧桐月垂下眼走過去，恭敬溫順地行禮。「大伯父。」
顧從明這才放下手中的書，抬眼瞧去，見她穿著淺紫折枝花卉褙子、翠綠繡油綠色纏枝紋綜裙，謙恭地低頭行禮，一截瑩白如玉的脖子從領口露出來，纖細優美，猶如天鵝的頸。
「桐姐兒來了，坐下說話吧！」顧從明微微一笑，儘量讓自己看起來和藹可親。
「多謝大伯父。」顧桐月直起身，露出雪白小臉，眉目精細，容色無雙。
顧從明忍不住驚嘆，三房的女孩都生得極好，顧蘭月、顧華月已十分出眾，沒想到這個從未入過他眼的姪女，年紀還小便這般貌美，再過兩年長開，定比她兩個姊姊更出色。
想起外頭的傳言，顧從明瞧著顧桐月，溫和道：「妳一直住在陽城，沒回來過，這些日子在府裡住得可還習慣？」
顧從明一開口就噓寒問暖，不似之前幾次見到時那般冷漠嚴厲，顧桐月有些不習慣，卻還是擺出受寵若驚的神色。
「謝大伯父關心，府裡極好，大伯母與母親很照應我，沒有什麼不習慣的。」
顧從明點點頭，目光落在案桌的書卷上，又問：「可有認字？」
「四姊教過我。」顧桐月老老實實地回答，不知顧從明想幹什麼，只能以不變應萬變。
「喜歡讀書嗎？」顧從明又問。
東平侯府的唐靜好可是才學淵博、素有才女之稱，如今顧桐月不過是仗著與她生得像了幾分，便得唐夫人青眼，若也似她一樣滿腹才情，定然能讓唐夫人更喜歡。

「喜歡的。」顧桐月細聲細氣地回答。

「府裡請過女先生教姑娘們讀書，不過後來那女先生家中有事，回了老家，妳喜歡的話，年後我便讓妳大伯母再找個女先生來，多讀書有好處，至少能明理。」顧從明輕聲道。

這般親切慈愛，著實令顧桐月心驚膽戰。

「為了桐月這般勞師動眾，桐月實在惶恐。其實，四姊教得挺好的……」

顧從明見她緊張得小臉都白了，又柔和了語氣。「也不獨獨為妳，府裡這麼多姑娘，都該讀書，咱們顧府可是書香門第，知書達禮的好姑娘無論去了哪裡，都會讓人喜歡。」

「是，桐月謹記大伯父教誨。」

語畢，顧桐月在心裡默默翻個白眼。顧從明這嘴臉也太像青樓裡的鴇母，打著要將姑娘們調教好的主意，以後才能賣更多錢呢！

這般想著，她對這個大伯父的印象越發差了。

顧從明請的女先生還沒來，顧華月的生辰就到了。

這日既是顧華月的生辰，也是一年中最熱鬧的上元節。

一大早，顧桐月就被裝扮一新的顧華月從溫暖的被窩中挖出來。

見顧桐月睡眼惺忪的模樣，顧華月便將自己冰涼的手掌貼到她的小臉上，凍得顧桐月一個激靈，立時清醒過來。

顧華月笑嘻嘻地歪頭瞧她。「八妹可清醒了？」

顧桐月翹起嘴角，瞪她一眼。「知道今日是四姊的好日子，可也不用這麼早就跑來找我要生辰禮吧？還能少了四姊的不成？」

「可不就是怕嗎？」顧華月伸手拉她。「快起來，今兒是上元節，咱們可以出府，高高興興地玩上一天！」

她說話時，連眼睛都發著光，且今日穿了桃紅挑線裙子，裙襬飄逸，整個人靈動得像要飛起來般。

顧桐月瞧著她興奮的模樣，簡直有些無語了。

「……四姊覺得，高高興興玩上一天，比妳的及笄禮更重要？」

顧華月還當真想了想，而後打了個哈哈。「都重要、都重要，我想好了，等及笄禮一結束，咱們就出門。我跟妳說，這一年到頭，只有上元節沒有宵禁，女子可以在外頭玩得久一點，不會被人詬病；還有，整座京城處處是花燈，熱鬧得不得了，妳快起來梳妝打扮吧！」

顧桐月忍不住搖頭。聽起來，在顧華月心裡，分明能高興玩鬧一天比及笄禮重要得多。

顧桐月梳洗完，與顧華月到了尤氏屋裡。

請完安後，她想起一事，問道：「四姊，今日前來觀禮的儐相，妳請了誰？」

「當然是請尤家的表姊妹們啦！」顧華月笑盈盈地回答。「妳又不是不知道，我跟薰風表姊最要好。」

見她一點都不緊張，且十分輕鬆的模樣，顧桐月忍不住失笑。

唐靜好的及笄禮隆重得令她緊張，為了給女兒辦成最好的及笄禮，郭氏特地請了宮裡的太妃做贊禮，端和公主與徐氏當贊者，正賓乃是當今皇后；而觀禮，母親原是打算請其他公主，可她堅持選了姚嫣然做她的儐相……

見人到齊，尤氏正色對幾個女兒道：「今日請的贊禮是黃夫人，贊者是蘭姐兒跟桐姐兒。」她穿著簇新的淡紫底子折枝辛夷花刺繡交領長襖，梳著一絲不苟的拋家髻，看著十分端莊婉約。「華姐兒，莫要嘻皮笑臉的，妳可知道今日請的正賓是誰？」

顧華月滿不在乎地猜。「是大舅母吧？」

尤氏搖頭，緩緩道：「是東平侯府的唐夫人。」

顧華月張口結舌，隨即驚喜地跳起來。「唐、唐夫人肯來做我的正賓？」

尤氏見她開心成這樣，也笑了。「還不快多謝妳八妹。」

顧桐月忙道：「唐夫人是母親請來的，我什麼都沒做。」

尤氏搖頭。「桐姐兒不必如此謙遜，若不是妳，唐夫人也不會同意。」她在送去東平侯府的帖子裡邀請了郭氏，郭氏自是看在顧桐月面上，才肯當這次的正賓。

顧華月拉著顧桐月的手，笑得眉眼彎彎。「母親說得很對，好妹妹，這回四姊全沾了妳的光，妳幫了四姊大忙！」

一旁的顧荷月聽見，嫉妒得姣好的面容幾欲扭曲。

郭氏來當顧華月的正賓，便是認同她的才情品性，也將為她賜字，今天之後，顧華月的名字將會迅速傳遍京城的貴女圈！

顧華月如此毫不費力地得到她想要的一切！

而這些，全是顧桐月給她的！

為什麼？她也是顧桐月的姊姊，為什麼顧桐月就是不肯幫她？

顧荷月咬緊牙關，死死盯著笑靨如花的顧桐月和顧華月，眼底是濃得化不開的恨意與偏執，從沒有哪一刻像現在這般地憎恨她們……

一會兒後，尤家三位夫人帶著尤府姑娘們最先趕來。

得知郭氏要當顧華月及笄禮的正賓，尤家的夫人們由衷為尤氏母女感到高興，姑娘們則十分羨慕運道如此之好的顧華月。

肖氏也到了，愉悅地接下贊禮之職，知道郭氏將擔任這次的正賓，也很驚喜。郭氏乃武德帝親封的一品夫人，顧華月竟有如此殊榮，這個兒媳婦得快點訂下來才行，否則今日過後，不知會有多少人跟她搶。這般盤算著，看顧華月的眼神自然越發滿意了。

身分最高的郭氏終於在吉時前姍姍來遲，顧府、尤府的女眷及肖氏等在二門處迎接。

不過，最先下車的，居然是姚嫣然。

顧桐月瞧見她時，眼裡飛快閃過詫異之色。

站在顧桐月身邊的尤景慧則不覺挺直背脊、捏緊帕子，磨著牙低低道：「她還敢來?!」

顧桐月小聲提醒她。「五表姊，來者是客；再說這裡是顧府，今兒是四姊的好日子，若壞了她的好事，她會恨妳的。」

尤景慧聞言，深深吸氣。如果是往常，她聽不進這些話，可她深知顧桐月今時不同往日，只得先按捺下來。

「我可以不尋她的不是，但她敢來招惹我，就怨不得我揭開她那層偽善的皮！」

姚嫣然下車後，便伸手扶郭氏下來。

顧桐月看見郭氏，即發自內心地笑了。不過短短幾日，郭氏的身子便好起來，臉上不見半點病容，精神奕奕，體態甚至豐腴了些。她穿了香妃色綾子如意雲紋衫，靛藍色八幅湘裙，看起來端莊溫婉，非常和善。

劉氏與尤氏搶先上前迎接，連抱病的秦氏也緊隨其後。

姑娘們行禮問候，郭氏的目光在人群中輕輕掠過，瞧見顧桐月，便笑著朝她招手。

顧桐月上前，還來不及行禮，就被郭氏拉住手臂。「好孩子，快別累著。」

顧桐月無奈，想用眼神暗示郭氏，這是不是太親近了些？

郭氏才不管，拉著顧桐月與眾人寒暄。「這麼冷的天，讓大家站在風口吹冷風，是我的不是，這般勞師動眾，我心裡委實過意不去。」

尤氏笑道：「您言重了，今日您大駕光臨，才是我們顧府的榮幸。桐姐兒，快扶著夫人上轎，別讓夫人受了寒涼。」

顧桐月被郭氏拉著手時，感覺姚嫣然一直在打量她，此時聽見尤氏的話，才抬頭，似不經意地掃她一眼。

今日姚嫣然穿著鵝黃色淨面四喜如意紋妝花褙子、白色挑線裙，當真貌美動人，只是猜疑之色甚重，眼下烏青即便用脂粉也無法遮蓋，想來這幾日過得頗不好，才會想方設法纏著郭氏跟來。

顧桐月心裡想著，扶著郭氏上暖轎。

郭氏猶不肯鬆手。「桐姐兒上來陪我。」

「姨母……」姚嫣然忍不住低聲開口。「讓我陪著您吧！」

「不用。」郭氏淡淡看她一眼。「妳自去後面的暖轎坐，我有話與桐姐兒說。」

姚嫣然無法，輕輕咬唇，看向顧桐月，竟對著她微微福身。「煩勞顧八姑娘了。」

雖然姚嫣然只是寄養的孤女，但到底出自東平侯府，身分就比顧桐月這庶出姑娘要尊貴些，大庭廣眾之下，顧桐月不該受姚嫣然的禮。

可顧桐月偏偏就受了，淺笑著站在那裡，瞧著比姚嫣然要矮上半個頭，卻挺直背脊，微微抬起的下巴若有若無地透出矜貴姿態。

「姚姑娘不必客氣，這本來就是我該做的。」

照顧自己的母親，本就是她的事，需要姚嫣然一個外人來道謝？

這般以主人自居的話語，令在場眾人瞠目。

連尤氏都有些不安地蹙眉。她覺得顧桐月向來懂事持重，壓根兒沒擔心過她在郭氏跟前的表現，現在見她這般行事，生怕郭氏不悅；畢竟郭氏待姚嫣然雖不及親女，卻也差不了多少，萬一她因此生氣，今日的及笄禮豈不毀了？

不想，郭氏依然眉眼含笑地瞧著顧桐月，甚至在她說了那番不太得體的話後，還讚許般地點點頭，對臉色微變的姚嫣然說：「是啊，有桐姐兒在，妳不必擔心我，去後面吧！」
說罷，郭氏不欲再說，以眼神催促顧桐月上暖轎。
姚嫣然見狀，縱然再不甘心，也只能在眾人的注目下，坐上後面的暖轎。
轎簾剛落下，她就聽見外頭傳來一聲清脆的嗤笑，是尤景慧的聲音。
姚嫣然待在這方隱秘的空間裡，再不隱忍掩飾，目露凶光，表情陰狠。
轎外，尤氏等人鬆了口氣，也越發深切地感覺到，郭氏對顧桐月的喜愛到了什麼程度。
這果然是顧桐月之幸，更甚者，是顧家之幸！

穿戴一新、滿臉喜氣的顧從安等在明間外，今日顧華月的及笄禮要在這裡辦。
暖轎停住，顧從安忙上前，見顧桐月扶著郭氏走下來，愣了愣，才急忙上前見禮。
「顧大人不必多禮。」郭氏對顧從安有些冷淡。「吉時快到了，別在外頭耽擱吧！」
此時尤氏已與顧從安站在一處，聞言忙道：「夫人快裡面請。」
等坐上正賓之位，郭氏才放開顧桐月的手，環顧一圈，目光在顧蘭月、顧雪月身上停了停，笑道：「顧三夫人真是好福氣，家裡的女孩個個水靈可愛，讓我見了，喜歡得不行。」
尤氏便玩笑道：「咱們家就是女孩兒多，夫人真要有喜歡的，只管帶回侯府去。」
原本不過一句玩笑話，郭氏卻似當了真，雙眼頓時一亮。「顧三夫人此話當真？我若開口向妳要女兒帶回侯府，妳可別捨不得才好。」
尤氏聞言，怔了下，笑著說：「這是咱們家姑娘的福氣，我豈能擋著她們呢？」

說著，她瞧顧桐月一眼，顧桐月臉上不見半分驕縱之色，依然乖巧站在一旁，不由暗嘆，不知這孩子是不是上輩子修了福分，竟得郭氏如此看重，以後說不定真會接她過去長住。

顧府與侯府有來有往，當然是天大的好事，她只會成全，怎會阻撓？

坐在父母之位的顧從安瞧見，也頗為感慨。之前只聽說郭氏喜愛顧桐月，現在親眼瞧見顧桐月與郭氏同乘一抬暖轎，還如此親密，才真的相信，以後得對顧桐月更好些才是。

眾人按照先前安排好的順序井然落坐，有婆子道一聲「吉時已到」，樂聲響起，候在東房的顧華月便由丫鬟、婆子簇擁著走出來。

她著采衣采履，綰著雙鬟，端莊持重的豔麗面容上，流露出些許緊張之色。她在顧從安與尤氏面前跪下，雙掌交疊，平舉齊眉，深深俯首叩拜。

尤氏原是笑著，此時忍不住熱淚盈眶，拿帕子捂住嘴，眼中有著欣慰的笑意。叩拜完父母，顧華月又由丫鬟扶著，拜過擔任正賓的郭氏。

郭氏的目光落在她臉上，微微頷首，在心裡讚了聲生得真好；不過在她瞧來，還是不如自己的女兒，於是眼角餘光又瞟向手捧放著檀木梳的紅木漆托盤、與顧蘭月一同跪坐在及笄席旁等著的顧桐月，面上不由露出驕傲自豪的神色。

顧桐月察覺到郭氏毫不收斂的目光，頓時哭笑不得。今日的主角不是她，郭氏卻這般忍不住，叫人不知該說什麼才好。

接著，肖氏主持儀式，說完吉祥話，顧從安也訓勉幾句，顧華月便來到及笄席上，由顧蘭月執梳，為她拆鬟梳髮。

丫鬟已備好熱水，郭氏洗了手，走到顧華月面前，輕柔悅耳地吟誦祝詞，顧華月的丫鬟桃仁、麥冬等人奉上羅帕與髮笄。

郭氏親手為顧華月挽起長髮，層層疊成高髻，插上一支八寶琉璃金簪。

梳好髮髻，顧華月拜謝郭氏，由顧桐月與顧蘭月陪著回東房換吉服，再出來完成儀式。

東房裡，顧蘭月瞧著前一刻還活蹦亂跳的妹妹，這會兒卻無比沈靜優雅，不由笑了起來，待拿起麥冬送上的朱紅吉服時，笑容倏地消失不見。

顧桐月也不由倒抽一口冷氣，鮮豔華麗的吉服，背後竟赫然露出兩個碗口大的破洞。

麥冬和桃仁嚇得臉色慘白，砰地跪在地上，瑟瑟發抖。「大姑娘饒命！不是奴婢做的……」

顧華月的臉色自然也不好看。她的重要日子，居然有人對她做出這樣的事，這是存心要毀了她的及笄禮，讓她出醜丟人！

「大姊，現在該怎麼辦？」一屋子的人正等著她，她還要穿著吉服出去接受郭氏的祝詞與賜字文書，這副模樣要怎麼出門？

瞬間的慌亂後，顧蘭月很快冷靜下來，與顧桐月交換一個眼神，鎮定道：「八妹，妳趕緊去我的繡樓，讓百合找一件顏色相仿的衣服送過來！」

顧桐月忙點頭，提起裙襬往外跑。「大姊，四姊，我很快就回來！」

接著，顧蘭月繃著臉吩咐嚇得面無血色的桃仁。「妳先起來，去外面說一聲，四姑娘突然有些不舒服，得休息一下，很快就能出去。」

眼下沒別的辦法遮掩，只能扯這樣的謊了。

園子裡，顧桐月一邊跑、一邊在心裡飛快地盤算。

顧華月舉行及笄禮的地方離知暉院有些遠，這件事又不能當著滿堂賓客的面鬧出來，遂打算抄近路趕往知暉院，如此看到她的人少，知道吉服被毀的人也越少。

若穿過抄手遊廊，沿著廊後的竹林小徑跑，其後有座早已結了厚冰的小池塘，從冰面上橫穿過去，就能到知暉院的後角門。

但顧桐月委實錯估了冰面有多滑溜，剛踩上去，便因為心急摔個狗吃屎，哎喲痛呼出聲，隨即捂住嘴巴，警戒地四下張望，見沒人瞧見她此時的窘態，才手忙腳亂地爬起來。

只是，冰面上實在太滑了，不等她小心翼翼地站穩，砰的一聲，又摔倒了。

顧桐月趴在冰面上，懊喪地捶了一記，再度試圖小心地站起來，結果依然摔個臉著地。

「哈哈！」竹林裡突然傳出忍俊不禁的輕笑聲。

顧桐月一驚，忙循聲看去，看見身著蔚藍繭綢薄襖的蕭瑾修負手從竹林裡慢悠悠地走出來。

他長身玉立，風度翩翩，含笑瞧著狼狽趴在冰面上的顧桐月，輕笑中似帶著嘆息。

「能不能有哪一次讓我見到妳時，不是狼狽的模樣？」

顧桐月沒好氣地瞪他一眼。「對不住了，蕭公子，總讓你瞧見我狼狽的樣子。不過，我有請你看嗎？還有，你怎麼會在顧府？」

蕭瑾修在顧桐月身邊蹲下來，笑咪咪地說：「我來顧府做客，妳不歡迎啊？」

顧桐月不信，可他這樣大搖大擺的樣子，不像是偷溜進來的，但此時她沒工夫跟他在這裡閒扯，顧華月還等著她救急呢！

顧桐月想著，又掙扎起身，只是越心急，越爬不起來，大冷的天，竟急出一身熱汗。

蕭瑾修卻回答了。「我正好閒著，聽聞唐夫人要來顧府，便送她過來。」

顧桐月看向他。「侯府那麼多人，要護送唐夫人，也……」輪不到你吧！

蕭瑾修當然不好跟她說，是他厚著臉皮非要跟著郭氏來，只是他剛進顧府，就被顧從明瞧見，拉著說了好一陣話。他實在不耐煩應酬，遂尋個機會溜走，本也沒奢望遇到她，結果，真真是連老天都幫著他呢！

見蕭瑾修饒有興致地瞧著她，顧桐月小嘴一噘，想也不想地伸出手。「快拉我一把。」

蕭瑾修愣住，瞧著那隻瑩白纖細、捏著帕子的小手，彷彿催促般，帕子還甩了兩下。

他瞧著瞧著，鬼使神差般伸出手，一把拉起顧桐月。

這下，面對面的兩個人立時大眼瞪小眼，呆住了。

顧桐月想的是，她明明拿出帕子，他只要拽住帕子就能拉她，為什麼卻拉了她的手？

蕭瑾修想的是，姑娘家的手怎麼這樣柔軟，彷彿握著一團雲，力道重一點，便要被他捏得變形，又擔心太輕了拉不起她，只得小心翼翼、屏息凝氣地使力。

結果，兩人面對面站著，一個忘了把手抽回來，一個忘記要放開手。

寒風一起，竹林沙沙作響。

這動靜終於驚醒兩人，顧桐月驀地抽回手，微微紅了臉，張口質問。「你做什麼呀？」帶著幾分嬌嗔，並無不悅之意。

蕭瑾修也不似剛才那般自在，有些尷尬地將手負在身後，手指卻忍不住動了動，彷彿指尖仍殘留著那抹柔軟般，假意咳嗽一聲，才道：「不是妳讓我拉妳起來的？」

他不是故意要輕薄她，眼尾一動，瞧見顧桐月氣鼓鼓的小模樣兒，忍不住笑起來。「這也沒什麼，不過是順手幫妳一把，放心，此處除了妳我，沒有旁人。」

顧桐月抬眼瞪他，此時懶得與他分辯，她還要趕回去取衣服呢！轉身便往前走。

孰料，她腳下又是一滑，雙手揮舞著，不由抱住蕭瑾修伸過來的手臂，好不容易穩住身形，大喘一口氣。

蕭瑾修僵直了手臂，雖隔著層層衣物，依然能感受到她小手烙在他手臂上的溫熱。少女特有的淡淡馨香直往他鼻子裡鑽，一直鑽到心底，心便無法抑制地怦怦亂跳起來。

他悄悄紅了耳根，口中卻道：「這回可是妳輕薄了我。」

顧桐月表情一僵，她都沒計較他輕薄她的事，他倒記上了？

「亂說什麼呀，還不快帶我過去！」

不是說這裡沒人？

既然沒人，等會兒她翻臉不認人好了。

蕭瑾修被她嬌嗔般地一吼，竟真的閉嘴，帶著顧桐月小心翼翼走過並不算寬的池塘。

一到岸上，顧桐月鬆開他的手，轉身就跑。

蕭瑾修。「……」

所以她輕薄完他，就這麼一跑了之？

第三十六章　美人烹茶

顧桐月跑進知暉院，直奔繡樓，簡單向百合說了吉服被毀的事。

百合聞言，不敢耽擱，很快便將衣服取來。

顧桐月拿起衣服，飛快地檢查一遍，見這衣裳有九成新，顧不上其他，連忙跑回東房。這回，她不敢再抄小道，只揀人少的地方走，一路遮遮掩掩，總算成功把衣服送到幾乎要急哭的顧華月手上。

顧桐月癱坐在椅子上喘氣，顧蘭月則飛快幫顧華月更衣，而後擁著她走出東房。

等在外面的尤氏，臉上的笑都快僵住了。方才桃仁臉色煞白地出來，說顧華月身體忽然不舒服，需要稍稍休息時，她便察覺了不對勁。

她不知道出了什麼事，卻不好在此時拋下郭氏與賓客去察看，只得按捺住擔心，無事人般地吩咐桃仁好好照顧華月，若實在難受，可以請大夫，不必因為今日是好日子而強忍。

在座的人都不是傻子，見狀便知有異，只是不好開口而已。

尤家夫人們忙附和著說笑兩句，替尤氏圓場。

這時，顧蘭月與顧華月終於出來了。

尤氏的目光落在顧華月身上，馬上就發現了不對勁。

這及笄禮，一器一物都是她親手準備，更何況顧華月的衣物，她一眼就認出來，這不是原來那件特意準備的吉服。

尤氏眸光微暗，不動聲色地瞇了瞇眼，隨即露出慈愛欣慰的笑容。及笄禮繼續進行，但沒瞧見顧桐月出來的郭氏便有些心不在焉了。

好在後來的儀式順利進行，郭氏將賜字文書寫好，為顧華月賜字「婉妙」，寓美好、美妙之意。

尤氏與顧從安十分滿意。

顧華月三拜後，尤氏說完訓詞，跟著她答謝今日前來觀禮的人，肖氏便宣佈禮成。

顧華月款款起身，揚起臉龐，豔色逼人。

眾人一一上前恭賀，結束了今日的及笄禮。

禮成後，郭氏迫不及待地要尋顧桐月說話，尤氏便派人去請顧桐月。

顧桐月猜著，郭氏應該也想看看她住的地方，遂領郭氏去了西廂。

姚嫣然要跟，郭氏卻輕描淡寫地說，讓她和姊妹們去玩，尤景慧便笑咪咪地拉走她。瞧著尤景慧不停使來的眼色，顧桐月哭笑不得。尤景慧果然寧願讓她得寵，也不願便宜了姚嫣然。

到了西廂，郭氏遣退丫鬟、婆子，將顧桐月的居所瞧了一遍，眼裡淨是挑剔與不滿。

「顧府就讓妳住這樣的地方？還不及妳從前的半間房大。瞧瞧這座向，夏日炎熱，冬天卻半點陽光也透不進來，這樣的屋子住久了，定要傷身！」

「阿娘，這裡已經很不錯了，顧府可沒有侯府那樣大，哪有單獨的院子給姑娘們住？」顧桐月親手捧茶遞給郭氏。「且現在我是庶女，能住在嫡母的正院裡，是嫡母給的臉面，四姊住東廂，格局、大小跟這裡差不多。」

郭氏道：「那今日妳便隨阿娘回侯府，誰願意住這裡，就給誰住，我的乖靜靜，我自己都捨不得委屈，憑什麼在別人家裡要委屈成這樣？」

顧桐月聽了，既感動又心酸，拉著郭氏的手，低低道：「阿娘，眼下回去，恐怕為時尚早，您再忍一忍吧！」

「阿娘如何能忍，只要想到妳在我護不到的地方吃苦，心就跟浸在油鍋裡煎熬一樣。」

郭氏嘆息，憐愛又憂心地瞧著顧桐月，順手將她耳邊的碎髮攏到耳後。「不過妳說得很是，咱們娘兒才見第二回，就要妳長住侯府，的確有些操之過急。妳那兩個讓人頭疼的兄長不肯成親，若妳待在侯府，怕又引出許多不好聽的流言，於日後親事大大不利。」

雖然郭氏心急得不得了，恨不能立刻接回顧桐月，放到自己眼皮子底下才放心，但為了女兒的將來，卻不得不生生忍著。

「剛才發生的事，可有牽連到妳？」郭氏惆悵一陣後，收拾好心緒，擔心地問道。

顧桐月對自己的母親沒什麼需要隱瞞的，直言道：「剛才回到東房，才發現母親給四姊準備的吉服被人剪了兩個大洞，情急之下，只好拿大姊的衣服糊弄過去。好在大姊與四姊身高相仿，不然不知道要怎麼辦呢！」

郭氏皺眉。「顧府竟亂成這樣，可知道是誰下的手？」

顧桐月搖頭。「但是，母親一定不會饒了剪壞吉服的人。」

為了顧華月的及笄禮，尤氏精心準備這麼久，如今被人破壞，她絕不會輕輕放過。

郭氏撇嘴。「妳瞧，咱們侯府就不會發生這樣的事。」一副十分看不上顧府的模樣，耳邊聽顧桐月喊別人母親，也頗不是滋味。

顧桐月豈會不明白她的心情，笑著投進她懷裡。「當然啦，父親與兄長們向來潔身自好，哪是旁人能比的？不然，滿京閨秀都想嫁進侯府，還不是瞧中咱們家家風好。」

她一口一個咱們家，果然成功地讓郭氏笑得合不攏嘴。「那倒是，所以我們也想替妳找個家風清正的人家，沒想到，挑來挑去，挑到謝斂那個表裡不一的偽君子！」

顧桐月便知，郭氏知道了謝斂與姚嫣然的事，難怪今日對姚嫣然那般冷淡。

「父親跟您說了？」

「不然還能一直瞞著我？」郭氏瞪她。「將我當成扛不住事的人？還想隱瞞?!」

「您待姚嫣然猶如親生，我怕您知道後會受不了，才先跟父親說。」

郭氏嘆氣，露出受傷神色。「她在咱們家住了這麼久，孰料竟跟謝斂……哼，謝斂還有臉講出要為妳守三年的話！妳父親說，倘若查明妳遇害與他有關，整個謝家都別想逃！」

顧桐月不住點頭，害了她，當然要付出代價。「如果查到此事與姚嫣然脫不了關係，那要怎麼辦？」

郭氏與姚嫣然的母親乃是一母同胞的親姊妹，感情好得不得了，當初聽聞姚家犯事的噩耗，郭氏哭得昏死過去，爾後把姚嫣然接到侯府，視如己出。因而，顧桐月才忍不住追問郭氏，會怎麼處置姚嫣然。

「若當真與她有關，自然不能包庇。」郭氏有些苦惱，想到妹妹臨終前拉著她的手，苦苦哀求她照顧姚家唯一的骨血，忍不住嘆息。「到時將她遠遠嫁出去，這輩子不要再相見。」把人送到衙門，任由官員發落，她於心不忍，思量好幾天，才下了這樣的決心。

顧桐月知郭氏心軟，無法對姚嫣然下死手，聽完後並不驚訝，只抿唇一笑。

郭氏瞧著，有些不安。「靜靜，妳是不是不高興？」

「沒有。」顧桐月。「您與她情分不一般，我都明白。」母親對姚嫣然心慈面軟，可父親與兄長們卻不可能對害她的人慈悲為懷，若確定凶手真是姚嫣然，她絕對沒有好下場，恐怕很難如母親所願了。

「妳能理解阿娘就好。」郭氏輕輕嘆息。雖覺得這個決定對女兒不太公平，可想到早逝的妹妹，她就狠不下除之而後快的心。

「今日阿娘怎麼把她帶來了？」顧桐月不忍見郭氏糾結愧疚，遂岔開了話。

「是她非要跟著。」郭氏無奈地搖搖頭。「妳知道，那丫頭向來聰明敏銳，最近我對她態度不如從前，定然有所察覺。」

顧桐月笑了笑，心裡想著，面對即將嚴重威脅她在東平侯府地位的人，姚嫣然會如何應付呢？

這邊顧桐月與郭氏說著悄悄話，另一邊，尤氏也從顧蘭月口中得知吉服被毀之事。

尤氏摩挲著被剪出來的兩個大洞，沈吟一會兒，才淡淡開口。「這件吉服交到妳們手上時，我確定它是完好無損的。」

跪著的桃仁、麥冬冷汗直流。顧華月抬舉她們，讓她們當了及笄禮上的有司，這原是極風光、極有臉的事，但她們卻差點辦壞了；若是挨打還算輕的，萬一全家因此被發賣，那可是比死還不如！

「夫人，您把吉服交給奴婢們後，奴婢連眼睛都不敢眨一下，直接擺在東房，不曾離過眼啊！」麥冬哀哀分辯。

「當真不曾？」尤氏輕輕地掃兩人一眼。「再好好想一想，別以為四姑娘真離不開妳們，要連這點小事都辦不好，也留不得！」

麥冬與桃仁慌忙磕頭。「夫人饒命！」

顧蘭月見狀，忍不住提醒。「之前四姑娘與妳們一起待在東房，那時吉服想必還是完好的；後來，四姑娘出去行禮，妳們陪在她身邊，那時留守房中的是誰？」

兩個丫鬟想了想，異口同聲道：「是大夫人身邊的似雲姊姊！」

顧蘭月一怔，看向尤氏。似雲是劉氏的人，難不成是劉氏要破壞顧華月的及笄禮？若牽涉到長房，這事就不好往下查了，一個弄不好，長房便會與三房生了嫌隙。

「應該與長房無關。」尤氏道：「今日唐夫人過來，妳大伯母身為顧府當家主母，最不願鬧出事壞了顧府或她的名聲；至於似雲……」

尤氏頓了頓，今天的有司共有四人，除了桃仁、麥冬之外，為給劉氏臉面，似雲與棉霧也是有司；為了避嫌，劉氏不可能讓似雲或棉霧弄壞顧華月的吉服。

「現在不好往下追究。」尤氏抬眼看顧蘭月。「等賓客都離開，我再去找妳大伯母。好了，妳也別待在我這裡，去跟表姊妹們玩吧！」

顧蘭月見尤氏的神色已不像方才那樣凝重，似有了主意，遂道：「那女兒先出去了。」

尤氏點頭，顧蘭月便起身出了院子。

「妳們也去吧！四姑娘身邊離不得人，妳們是她最親近的丫鬟，該替她守好東西。」

「奴婢失職，還請夫人責罰。」聽著尤氏不再嚴厲冷酷的語氣，麥冬與桃仁鬆了口氣。

「扣三個月的月例，再有下一次，我絕不輕饒！」

「多謝夫人！」

比起被趕出顧府，扣月例銀子不算懲罰，可兩個丫鬟卻不敢掉以輕心。

尤氏大方寬厚，但只會給一次機會；再出事，定會做到她說的「絕不輕饒」！

一會兒後，到了送客的時辰，郭氏便讓顧桐月先回前院。

姚嫣然帶著丫鬟尋去西廂，柔聲對猶自待著的郭氏道：「姨母，時辰不早了，咱們也回去吧！」

說著，她不動聲色地打量著這逼仄的三間房，連她院子的一半大小都沒有；屋裡擺設倒是精巧精緻，不過顧荷月也說了，是因她們的嫡母會做人，都是表面工夫罷了。

一個容貌略略出色的庶女，怎麼偏偏就對了郭氏的眼？說什麼其容貌與唐靜好十分相似，當她瞎了眼嗎？

方才，她正愁著如何摸清顧桐月的底，顧荷月便送上門來，主動與她攀談。既然顧荷月想高攀侯府，自然得把顧桐月踩下去，她給出機會，就看顧荷月有沒有那本事！

「妳可是乏了？」郭氏看姚嫣然一眼，一如往常溫柔乖巧，總有些濕潤的眼睛信任又依賴地看著她，忍不住嘆息，直到現在仍不能相信，這個懂事乖巧的女孩會狠心謀害唐靜好。

但是，即便沒有證據，光想到她可能對唐靜好下狠手，郭氏瞧她的眼神便冷了下來。

姚嫣然見狀，輕輕咬唇。對她這種寄人籬下的孤女來說，察言觀色是深入骨子裡的本能，郭氏對她的態度，焉能感覺不到？

她唯一能想到的，就是顧桐月同郭氏說了她與謝斂的事，郭氏才會突然待她這樣冷漠。

這個壞她好事的顧桐月，她一定會讓她付出代價！

「姨母，我只是擔心您的身體。」姚嫣然搖搖頭，擔憂地說：「太醫吩咐了，您的身體還須靜養，既然這邊的事情已經了了，咱們回府歇著可好？」

「不急。」郭氏微微合眼。「桐姐兒出去送客，等她回來，我還有話與她說。」

姚嫣然聞言，神色微僵，不過瞬間便恢復，笑著道：「姨母當真十分喜歡顧八姑娘；不說我，若靜靜還在，瞧見姨母這般喜歡她，肯定也要吃味。」

她不提唐靜好還好，這般若無其事地提了，讓郭氏怒火頓起，眸光冰冷，厲聲道：「胡說什麼?!」

姚嫣然愣住。「姨母？」

在她的記憶裡，郭氏對她憐惜關心，向來輕聲細語，不曾大聲過，更別提如眼下這般嚴厲冷漠。她慌了心神，想也不想地跪倒，眼圈一紅，淚水無聲落下。

「可是嫣然說錯了什麼？姨母，嫣然錯了，您儘管責罰便是，千萬不能生氣，您的身體禁不住啊！」

她不提自己委屈，只關心郭氏的身體，哀哀求她保重。

郭氏聽了，縱然怒火中燒，也因此啞然。一來，唐仲坦他們尚未找到姚嫣然害唐靜好的證據；二來，私心裡，其實郭氏不願相信姚嫣然就是害死唐靜好的凶手。或許是哪裡弄錯了，她有什麼理由要害唐靜好？

此時瞧著姚嫣然這般害怕惶恐的模樣，郭氏嘆息一聲。「嫣然，妳先回去吧！」

「姨母不與嫣然一道走嗎？」姚嫣然怯聲怯氣問道。見郭氏的模樣，便知她心軟了，稍稍鬆口氣。

郭氏不欲與她多說。「妳先回去，今兒是上元節，妳不是約了小姊妹們出門看燈？」

「這些都是小事，嫣然想陪著姨母……」

「不用。」郭氏冷靜下來。「有桐姐兒在，妳自去玩妳的就是。」

姚嫣然臉色一僵，又是顧桐月！

她陪伴郭氏十多年，居然比不上一個才見一面的庶女？

顧桐月到底有什麼能耐，竟能哄得郭氏厭棄了她？

不一會兒，顧桐月回了西廂，送郭氏出去。

身分最尊貴的郭氏最後才離開，離開時，仍依依不捨地拉著顧桐月的手，直到顧桐月將她送上馬車。

目送東平侯府華麗的四駕馬車徐徐離開，尤氏與劉氏才鬆了口氣，相視一笑，但彼此的神色卻有些微妙。

劉氏對尤氏自然是羨慕不已。剛從陽城回京，就能請到東平侯府的唐夫人親自來做顧華月及笄禮上的正賓，放眼京城，只怕找不出第二個如顧華月這般幸運的人。

除此，郭氏對顧桐月那般喜愛憐惜，臨上車時，還對尤氏說，過兩日東平侯府會再來接顧桐月去做客。三房兩個姑娘得到郭氏青眼，來往親厚，怎叫人不羨慕三房的好運道？

然而，此時尤氏想的是顧華月的吉服被毀一事，要如何與劉氏說？

不過，她只猶豫了一瞬，瞧著回轉的顧桐月，笑道：「今日妳也累了一天，回去歇歇，晚上才有力氣與妳姊姊們出去看花燈。」

顧桐月聞言，喜不自勝。前世傷了腿後，有回上元節，她實在想出門看花燈，便忍著自卑，由哥哥們護送出門。只是街上人太多，到底還是將他們沖散，她的輪椅不小心撞倒一個花燈攤子，攤主把她罵個狗血淋頭，至今還記得那攤主輕蔑地叫她「小殘廢」的樣子……

自此，任哥哥們如何哄、如何求，她再也不出門看花燈；但是，隔著圍牆聽著外頭的熱鬧，她心裡如何難過，也唯有她自己才知道。

如今，她有了健全的雙腿，終於可以出門去逛夢寐以求的燈會！

見顧桐月歡歡喜喜地走了，尤氏才收回目光，與劉氏並肩而行。

「今兒也讓大嫂受累了，我在這裡跟妳道謝。」尤氏故作俏皮地先開口說道。

劉氏噗哧笑了，瞋怪地看她。「妳啊，這把年紀了還撒嬌，也不怕孩子們聽見笑話。」

「有言道長嫂如母，我在嫂嫂面前撒嬌，又沒人瞧見，怕誰笑話？」尤氏笑咪咪地說。

「今日之後，華姐兒的親事，妳無須再發愁，只怕從明天開始，來三房提親的人都要把門檻踩爛了。」劉氏羨慕地道。

尤氏聞言，低頭一笑。「大嫂覺得黃家如何？」

劉氏一怔，沒料到尤氏會與她商量顧華月的親事，這如何不是信任她的緣故？心裡覺得十分熨貼。

「黃大人雖是寒門出身，在京城根基尚淺，但他深受皇恩，乃陛下的左膀右臂，聽說過不久還有望進內閣；肖氏是妳的手帕交，黃公子也勤勉好學，這樣的人家，華姐兒嫁過去，不會受婆母轄治，倒是很好。」

尤氏這才放心。「我也是這樣想，過幾日，黃家會請官媒上門，早早訂親也好。」

劉氏卻有些驚訝。「妳就這般決定了？今日華姐兒的及笄禮傳出去，別說黃家，即便名門勛貴也配得上，妳不用再與三叔商量商量？」

「自然要和老爺商量的。」尤氏微笑，心裡卻不以為然，倘若她不快些將顧華月的親事訂下，誰知道今日之後，顧從安又會看上哪家權貴。

劉氏點頭，想起顧華月上面的庶姊顧雪月。「你們雪姐兒的親事也訂了？」

尤氏頓了下，道：「是靜王府長史家的公子，已經換了庚帖。」

「靜王府長史？」劉氏聞言，有些驚訝地睜大眼，隨即一喜。「這門親事再好不過！」顧從明是太子黨，如今正想辦法脫身，不知會不會因此脫掉一層皮，如能換得一家老小平平安安，也是好的。若三房與靜王府有牽連，最後是靜王登了大寶，到時候有顧家女兒為其周全，豈不更妙！

尤氏哪裡看不出劉氏的想法，卻不好說，只點頭。「大嫂覺得好，那這門親事定是好的。」說著，話鋒一轉。「剛才的及笄禮上，發生了一點事，正想跟大嫂說說。」

此話一出，劉氏也想起剛剛及笄禮以顧華月不舒服為由中斷，忙關切地追問。

尤氏便一五一十地說了出來……

顧桐月回了西廂，命巧妙服侍她更衣。

「那位姚姑娘與六姑娘當真是一見如故。」巧妙一邊伺候顧桐月、一邊笑著道：「比起滿府的姑娘們，六姑娘與姚姑娘倒更像親姊妹呢！」

顧桐月也笑。「她們都說了些什麼？」

自見到姚嫣然與郭氏一起前來，顧桐月便暗中吩咐巧妙盯緊姚嫣然。

巧妙不負顧桐月所望，竹筒倒豆子般地說：「聽著都像是無關緊要的，比如六姑娘好奇東平侯府的景致，姚姑娘則問了與姑娘有關的事情；比如姑娘脾性如何，素日裡愛吃、愛喝什麼，以及喜歡什麼，說是以後常來常往，知道得多些，更好相處。

「最後，姚姑娘邀六姑娘過兩日去侯府玩，說回去就下帖子，六姑娘高興得不得了。」

顧桐月聞言，彎唇笑了笑。顧荷月一心想攀上侯府，自然會去找姚嫣然，姚嫣然想對她知己知彼，顧荷月正好送上門，兩個各懷鬼胎的人湊在一起，不知會攪出什麼事情來。

這時，一道聲音傳來——

「八妹，妳還沒準備好？」顧華月人沒到，聲音先到了。

珠簾一晃，穿著大紅斗篷的顧華月站到顧桐月面前，得意地拉著裙襬在她面前轉個圈。

「好看嗎？」

她已經及笄，不再梳小姑娘的髮髻，此時將頭髮全盤起，梳了高鬟，露出光潔飽滿的額頭；髮髻上堆著金銀首飾，閃閃發光，比以往更加明豔嬌俏，猶如熠熠生輝的明珠。

「好看！」顧桐月毫不吝嗇地大聲誇讚，眼中亦是毫不掩飾的驚豔。

顧華月越發得意。「妳快收拾好，二姊已經迫不及待先走了，咱們也趕緊去吧！」

每年上元節的燈會為期三天，從上元節一直到十八。第一天最是熱鬧，誰都不想錯過。

顧華月急急催促，顧桐月屋裡立時忙碌起來，好不容易收拾好，姊妹倆才挽著手出門。

到了二門，顧桐月發現顧蘭月等人已經等在那裡。

「四姊打扮得真漂亮，不過，八妹怎麼就這樣出來了？」顧荷月走近她們，似笑非笑地說道。

她斜眼打量，見顧桐月只梳了簡簡單單的垂掛髻，淺綠色斗篷兜帽下那張雪白小臉卻依然精緻無雙，任她再挑剔，也找不出半分瑕疵。

真不知道老天為什麼給了她這樣一張完美的臉，難怪郭氏會喜愛她！倘若沒了這張臉……顧荷月心底的惡意如猛獸，陡然間掙脫枷鎖而出。

顧桐月淡淡笑了笑。「今晚姊姊們都是天邊皓月，我是月亮旁邊的小星子，打扮成什麼模樣，沒人注意，不如這樣自在呢！」說著，瞧顧荷月一眼，梳了仙氣逼人的飛仙髻，雖不及顧華月明豔，卻也清麗得不可方物。

「八妹這小嘴果然甜得很，怪道唐夫人那般喜歡。」顧荷月陰陽怪氣地說：「八妹不如教教六姊，讓六姊也學學，說不定哪日能用得上呢！」

這近乎直白的諷刺，讓顧桐月面上笑意頓失。「那六姊不用學了，因為肯定用不上。」

顧荷月唇邊笑意一僵，咬緊牙根，面上浮出惱恨之色。

顧華月哈哈笑道：「八妹說得沒錯，六姊用不上，就不用學啦！」

「妳們……妳們欺人太甚！」顧荷月氣得發抖，顧華月就算了，顧桐月憑什麼?!不過是攀上東平侯府，當真以為成了鳳凰，就能這般肆無忌憚地踐踏她？

「好了。」顧蘭月開了口。「時辰不早，再不出門，花燈都要被人買完了。」

顧華月聞言，拉著顧桐月，二話不說登上馬車。

顧蘭月微笑著看向顧荷月。「六妹別生氣，四妹向來口無遮攔，八妹年紀尚小，別跟她們計較了。今兒這樣的日子用來生氣，實在有些划不來，妳說是不是？」

顧荷月忍氣，勉強擠出一抹笑。「大姊說得是。」卻是更加惱恨，顧蘭月仗著長姊的身分處事不公，竟偏心幫著顧華月與顧桐月，拿話來敲打她！遂下定決心——

她翻身之日，就是她們倒楣之時！

大周繁榮鼎盛，民富國強，一年一度的上元節自是熱鬧非凡。

雖然因為自家兒子的事，這個年，武德帝過得並不開心，連每年例行舉辦的除夕宴都省了，皇后便也沒宴請內外命婦，宮裡顯得有些冷清。

不過，武德帝生怕皇家事弄得大臣與百姓惶惑不安，反倒生出事端，便在太平坊的大街搭建燈樓和燈樹，邀請異域來的雜耍班子與民同樂，因此街上格外熱鬧。

顧府的馬車才出門，就被堵得走不動，顧華月乾脆拉顧桐月下車。這種日子不會有人來挑她們的不是，說她們沒規矩。

顧桐月與顧華月被丫鬟、僕婦簇擁著往前走，不用擔心遭人衝撞，原還有些緊張的顧華月立刻興致勃勃起來，恨自己只長了兩隻眼睛，看哪裡都看不夠。

舞獅子的、踩高蹺的、猜燈謎的……還有形形色色的異域人。

顧桐月忍不住失笑。「四姊這樣，要被人當成鄉下土包子了。」

「真的呀？」顧華月連忙端正姿態。「妳別笑我好像沒見過世面一樣，咱們在陽城那麼多年，連過年都鮮少回京，更別提上元節了，我只有小時候在京裡過過上元節，長大後，這是頭一回呢！」

顧桐月但笑不語，其實她也好不了多少，眼花撩亂地瞧著各種各樣的燈，歡喜之色溢於言表，只比顧華月稍微鎮定些。

一路車馬擁擠，人潮洶湧，街頭、府邸都掛著漂亮華麗的燈飾，男男女女手中亦提著小巧精緻的花燈，臉上綻開快樂的笑容。

上元節也是男女相約的日子，訂了親的可以大方遊燈市，沒訂親的亦可藉今日尋找心儀之人，所以出遊的姑娘們都沒戴帷帽輕紗遮擋容顏。

姊妹倆走著，到了朱雀街。這裡靠近太平坊，不時可見兵士巡街維持秩序。

顧桐月瞧著朱雀街三字，不由想到蕭瑾修。他的宅子就在這條街上，只是上次來時坐著馬車，現在四下都是人，即便踮著腳，也看不到那棵光禿禿的棗樹。

今天晚上這麼熱鬧，蕭瑾修會出門看燈，還是覺得太吵而留在家中？他是御前侍衛，上次聽唐承赫說起，他似乎深得武德帝看重，這時會不會不在家，而是在宮裡當差？

這般胡思亂想著，顧桐月的眸光漫無目的掃過，忽地一凝——

熙熙攘攘的人群中，站著一個如蒼松般挺拔的身影。

蕭瑾修披了件薄薄玄色披風，四下的光彷彿都落在他身上，不少姑娘們紅著臉打量他，甚至有大膽的將自己的荷包、手帕丟過去，他卻視若無睹，俊朗的臉神色冷淡。

顧桐月忍不住笑起來，白天才在顧府見面，剛剛還猜他在家裡抑或宮中，誰知就這樣毫無防備地出現在她面前，可見人真是禁不起念叨呢！

她正想著，蕭瑾修彷彿察覺到什麼，目光筆直地看過來，冷淡表情瞬間柔和，如冰雪消融，更顯讓人難以抵抗的俊美。

往他身上丟東西的姑娘更多了。

蕭瑾修瞧見顧桐月，抬手指了指前面不遠處的清雅齋茶樓。

顧桐月有些驚訝，會意地點頭。

蕭瑾修便不再停留，轉身去了清雅齋。

顧桐月正想著要怎麼與顧華月分開，就聽顧華月驚呼一聲，提起裙襬往前跑。

「哇，好大、好漂亮的走馬燈！」

前頭那盞走馬燈，竟有半輛馬車那樣大，上面的畫也不是尋常的花鳥蟲魚，而是活潑可愛的小兒，孩子們天真的憨態幾乎要躍然紙上。

顧桐月見顧華月的心思完全被走馬燈吸引，遂吩咐身邊的僕婦。「妳們跟著四姊，護好她，我去前面走走。」

「八姑娘，可別走遠了。」其中一個婆子連忙說道。

顧桐月點點頭，帶著香扣往前行去。

方才，香扣也瞧見了蕭瑾修與顧桐月之間的小動作，小聲問道：「姑娘，您當真要去啊？」蹙起的眉心帶著顯而易見的擔憂。

「咱們只是走累了，歇歇腳而已。」顧桐月臉上微紅，欲蓋彌彰地說。

香扣哪裡看不出來，但顧桐月到底是主子，不好多說，只得小心地扶著她去清雅齋。

清雅齋名副其實，非常清靜雅致，此時樓裡已有不少客人，正談天說笑著。

顧桐月抬頭張望，就見一個瘦瘦小小、小廝打扮的少年走來，對她恭敬地行禮後，低聲道：「姑娘，爺在樓上等您。」說罷，便往樓上走，要為她帶路。

顧桐月提起裙襬跟在他身後，誰知剛上樓，竟險些在轉角處被腳步匆匆的人迎面撞倒，後退一步，腳下一滑，差點仰頭栽下樓，幸好差點撞到她的人眼疾手快地拉她一把。

顧桐月驚喘一聲，臉色都嚇白了，恐懼地瞧向身後的樓梯。真要從這裡滾下去，不摔斷骨頭才怪，幼時的意外立時鮮明地浮現在腦海，讓她止不住顫抖，怒火熾烈。「你是怎麼走路的?!」

她一邊怒喝、一邊回頭瞪始作俑者，卻再說不出話來。

扶著她的手臂尚未鬆開的人，竟然是謝斂。

謝斂穿了菖蒲紋圓領直裰，氣質沈穩內斂，溫潤如玉，身形如修竹般挺拔，此時也正打量著顧桐月。

因為受驚，顧桐月的右手不由輕撫著自己的左肩。

這是個極為尋常的動作，但也不尋常。

一般人受到驚嚇時，會拍撫胸口壓驚。

在謝斂的記憶裡，唯有一個人，受到驚嚇時，會拍撫自己的肩頭。

謝斂眸色幽幽地看著原本怒氣沖沖、此時卻驚愕瞪著他的顧桐月，很快收起眼中異色，鬆開扶著顧桐月的手，歉意道：「驚嚇了姑娘，是在下的不是，還請姑娘原諒。在下身有要事，不便久留，若傷著了姑娘，改日到城南謝府尋我便是。」

謝斂說完，便急步往樓下走。

顧桐月定了定神，目光追著他的背影。

這是她第二次以顧桐月的身分見到謝斂，大概也是最接近他的一次。

顧桐月有些悵然地輕嘆。倒不是她對謝斂仍抱著幻想，只是積年的感情，哪能說不在意就不在意？

那些年，他也是真心對她好過的。

比如寒冬臘月，聽說她想吃西城平民窟所出的雞蛋糕，他就快馬加鞭趕去買。雞蛋糕送到她手上時，他的臉上、手上一片冰冷，但雞蛋糕在他懷裡捂著，依然熱騰騰的。

比如他想給她做一件沒有雜色的紅狐狸皮圍脖，遂帶著人深入林子，一待就是大半個月。收到圍脖時，她才發現他瘦了一大圈，且身上多了好些傷口。

比如她跟謝望天生不合，他卻總是護著她。有一次，因為謝望出手推她，害她摔出輪椅，傷了膝蓋。謝斂得知後，氣急敗壞，不顧謝夫人求情，硬是把謝望吊起來鞭打一頓，直到她開口求情才停手。

那麼多年相伴，平時尚且能用他背叛她的恨意強壓下去，可是一旦見到他，那些壓制的記憶便洶湧而來，幾乎要將她淹沒。

這個人曾在她的生命裡，占據了比父母、兄長還重要的位置，如今卻形同陌路，相見不相識，如何能不讓人唏噓傷感？

「妳打算在門口站多久？」蕭瑾修似有些不悅的清冷嗓音不疾不徐地響起來。

顧桐月一愣，隨即回神，抬眼瞧見他站在不遠處的包廂門前，神色淡淡地看著她。雖然他同平常一樣冷淡，不像先前在顧府時隨意親切，但顧桐月總覺得這時的他似乎很不高興。

蕭瑾修輕挑長眉，顧桐月連忙緊走幾步，呵呵傻笑。「人太多、太熱鬧，我都看傻了。」

蕭瑾修的目光卻越過她，往樓下熙熙攘攘的人群看，幾不可聞地輕哼一聲。「是嗎？」

「當然啊，你看這麼多人、這麼多燈，簡直讓人目不暇給。」顧桐月隨口道。

她走近他，他便自然地側身，讓她先進去。

見顧桐月手裡提著燈，蕭瑾修順手接過來。「這是什麼東西？醜得讓人不忍卒睹。」

顧桐月轉頭，瞧見蕭瑾修嫌棄的皺眉模樣，意外地讓他看上去多了些孩子氣，不由笑道：「看不出來？這不是牡丹燈跟兔子燈嗎？」

為不讓人發現她特意來清雅齋，剛剛只是隨便買了兩盞燈，好避人耳目，並未細看；此時認真打量，並不覺得有蕭瑾修說的那般醜，不由得想，這人是心情不好還是怎麼了，竟像故意找碴。

蕭瑾修將兩盞花燈遞給香扣。「拿著，且去玩吧！」就要打發她走。

香扣自然不肯，只看顧桐月，不接那兩盞燈。

顧桐月也不打算慣著蕭瑾修的脾氣，再說自己的婢女，憑什麼要聽他指使？天長日久，自己這個正牌主子豈不是半點威信都沒有了，還像什麼主子呢！

至於為什麼會想到「天長日久」這四個字，顧桐月也嚇了一跳，不過很快便甩甩頭，只當胡思亂想罷了。

見顧桐月主僕不動亦不應聲，蕭瑾修並不惱，揚聲喚守在門口的小廝。「帶香扣姑娘下去。」

方才領路的小廝便上前來。「香扣姊姊，小的知道哪裡的花燈最好看，這就帶姊姊去瞧瞧，姊姊也好給八姑娘多挑些好看的花燈來。」不由分說拉了香扣的手臂往外走。

香扣急得臉色通紅。「你放開我！」

本來瞧著像蕭瑾修一樣冷淡的小廝此時竟像換了個人似的，笑嘻嘻地道：「香扣姊姊莫惱，今兒是上元佳節，應該開開心心才是。」那架勢，定是要帶走香扣了。

蕭瑾修冷眼旁觀，眼角餘光卻緊緊盯著顧桐月的反應。

顧桐月哭笑不得，見香扣掙扎得太厲害，已經惹了旁人注意，連忙開口道：「香扣，既然蕭公子如此大方，妳便承了他的美意，好好吃喝玩樂去吧！」

香扣這才不再反抗，瞪著小廝，直到他縮回手為止。「姑娘放心，奴婢定會好好地吃、喝、玩、樂，絕不辜負蕭公子的美意！」

蕭瑾修見狀，這才關上房門，帶顧桐月進去了。

兩人進了包廂，蕭瑾修看顧桐月一眼，沒好氣地說：「妳們主僕兩個還真是深諳敲竹槓之道。」

顧桐月自在地打量四周，房裡擺著黃梨木雕就的喜鵲登科大屏風，旁邊的博古架上是精美名貴的古董與陶瓷，還能聽到若有若無的琴音，夾雜清晰可聞的潺潺流水聲，自有一番令人舒心愜意的古意。

顧桐月點頭，暗讚此處果真是清雅不凡，含笑道：「多謝蕭公子給我們主僕倆敲竹槓的機會。」

因白天不經意的接觸而產生的那點不自在，不知不覺消失了。

蕭瑾修語塞，知道顧桐月的嘴皮子一向伶俐，如今算是領教了。

「蕭大哥特意引我來這裡，又趕走我的丫鬟，是有什麼事要跟我說嗎？」

顧桐月坐下，見桌上有茶杯、茶葉，紅泥小爐上剛燒開的水正沸騰作響，便伸手取來。她抓起一把茶葉，以指尖細細摩挲，又湊近鼻子聞了聞，笑道：「這君山銀針芽頭肥壯緊實，芽身金黃，葉底勻亮，又透著清香，真是極品。怪道這裡生意這般好，進來一趟，不留下若干銀兩，根本出不去吧？」這環境、這茶葉，以及待客的薄胎青瓷盞，樣樣都不便宜，與東平侯府所用的也差不多了。

其實，顧桐月有些吃驚，但她從沒來過茶樓，是以並未多想，只感嘆清雅齋的老闆當真財大氣粗，才能供上這種與貢品相差無幾的茶葉。

「妳倒是深諳茶道。」蕭瑾修望向她，淡淡笑了。

「深諳說不上，略懂而已。」顧桐月看他一眼，一個庶女懂這些，應該不是稀奇事吧？

接著，她分好茶葉，抬手提起小爐上的茶壺。少女、素手、香茶，優雅動人，無一不可入畫。

瞧著顧桐月被水氣熏紅的臉，眉梢、眼角皆含笑，唇色亦因此嫣紅，蕭瑾修覺得眼前這烹茶的小美人像足了美玉生暈，煞是好看。

她可能永遠也不會知道，他曾有幸看過她在桃花樹下為謝斂素手烹茶的模樣。

他們施施並肩坐在花樹下，她舉壺倒茶，每個動作都細緻流暢，桃花繁盛，芳氣滿園，如丹青所畫。

裊裊茶香，在安靜的包廂裡瀰漫開來。

顧桐月並未注意此時蕭瑾修是如何看她的，只緊盯著眼前的茶盞。

君山銀針氣味清香，入口醇厚，茶湯亦十分明淨，沖泡時，茶葉會一根根豎立懸在杯中，再徐緩沈入杯底，漂亮又有趣。

她最喜歡的茶，便是銀針，既能滿足她的口腹，也讓眼睛跟著享受。

見茶葉沈入杯底，顧桐月才抬頭對蕭瑾修說：「蕭大哥，粗鄙技藝，望你莫要嫌棄。」

捧著茶盞的手指晶瑩剔透，膚色如玉，蕭瑾修瞧迷了眼，緩步上前，接過茶，就往口中送——

「咳……」

「小心燙！」顧桐月的驚呼還是慢了一步。

蕭瑾修脹紅了臉，狼狽地彎腰輕咳，舉手搧著被燙著的嘴唇。

顧桐月連忙起身，在屋裡轉了一圈，找到些許冷水。「快用冷水敷一敷！」

蕭瑾修大窘，沒人願意這副狼狽模樣出現在心儀之人面前！

可此時顧桐月黑亮的眼睛正關切又焦急地看著他，手裡拿著找來的小杯子，細白手指蘸水，輕輕按在他燙得幾乎失去知覺的唇瓣上，感覺立時被涼意包裹，舒服極了。

「好點了嗎？」顧桐月盯著他的唇，見他的唇已經紅腫起來，忙又用手指蘸水敷上去。「是不是要上點藥才行？」

蕭瑾修坐在椅子裡，一時覺得很受用、一時又覺得極沒面子，糾結得不得了，聽到顧桐月問話，連連搖頭，含糊不清地說：「沒事，等會兒就好了。」

顧桐月站在他面前，湊近細瞧片刻。「還好沒有燙破皮，不然就糟糕了。」

她一靠近，少女特有的馨香便無孔不入地鑽進蕭瑾修鼻間，他一僵，捂住口鼻，不覺往後仰了仰。

「沒破、沒破，沒事、沒事。」

見他窘迫得很，連耳根都紅起來，顧桐月不由抿嘴一笑。「蕭大哥，你都這麼大的人了，怎麼還這般笨手笨腳？」

平時看著嚴肅又嚴謹的人，原來私底下竟然是這樣的？像個毛頭小子一般。

第三十七章 他送花燈

一會兒後，好不容易能坐下好好喝茶，蕭瑾修那張俊逸無雙的臉卻紅得快沒法見人了。

顧桐月忍不住偷笑。「好啦，蕭大哥，別不好意思，我會保密，不告訴別人。」

裡子、面子已經丟個精光，蕭瑾修索性自暴自棄道：「想笑就笑，憋著對身體不好。」

顧桐月聞言，立時眉開眼笑，口中還言不由衷地寬慰。「其實這也沒什麼，不過是不小心被燙而已。只是蕭大哥呀，連小孩子都知道剛泡好的茶是很燙的，你怎麼就直接往嘴裡倒呢？我還以為你練過什麼功夫，根本不怕燙呢！說起來，有套名叫金鐘罩或者鐵布衫的招數，說是能刀槍不入，厲害得很，是不是練了這個就不會被燙傷了？」

她的聲音清脆悅耳，猶如珠落玉盤，只是這話說得未免太跳脫了些。

蕭瑾修瞧著她興致勃勃、閃閃發亮的眼睛，不由嘆氣。「我沒練過這套功夫，真要有妳說得那麼好，明兒我就練起來。」又自言自語。「不知東平侯府有沒有人會？」

顧桐月心頭一動。「蕭大哥跟東平侯府很熟嗎？」

「侯府於我有救命之恩，更有養育之大恩！」蕭瑾修抬眼看向她，眸色深深地說道。

救命之恩？養育大恩？顧桐月有些摸不著頭腦，那她怎麼對蕭瑾修半點印象也沒有？

「若沒有東平侯府，我便沒有今日。」蕭瑾修又開口道。

聽得出來，他對侯府的確非常感恩，可為什麼她不記得他有登門拜訪過？

顧桐月想明問，又怕反而讓蕭瑾修警惕不滿，只好說道：「唐侯爺夫婦一看就是樂善好施的人。」

上次聽唐承赫提起蕭瑾修，她模模糊糊想起一些畫面，有段時日，他常常來侯府跟著哥哥們習字練功，至於旁的，她半點也想不起來，又不能直接去問，因為唐承赫最是討厭，聽見她打聽外男，定要嘲笑。可也不好問蕭瑾修，擔心他不願意提，又怕問出他的傷心事，太失禮了。心裡似有貓爪在撓，令她簡直有些坐不住了。

「是啊！」蕭瑾修眸光深遠，瞧著不遠處的大屏風，彷彿透過那座屏風，看到了不知名的地方。「唐侯爺夫妻，是我平生最為敬重之人。」

說著，他忽地岔開話。「聽聞唐夫人有意要認妳當義女？」

顧桐月訝然。「你知道了？」

蕭瑾修笑道：「日子訂在哪一天？」

「還沒有訂呢！」

唐侯爺夫妻的意思，自然是越快越好，如此時常來往也名正言順，不至於鬧出不好聽的閒話；只是去龍泉寺找老方丈問吉日時，老方丈算來算去，近期都沒有好日子。

「夫人有些著急，希望能快點訂下，可是又怕太過倉促，日子選得不好，反而不美；唐侯爺也是這樣的意思，因而現在還未決定。」

蕭瑾修點點頭。「為免衝撞，還是慎重些好。」

「也太過慎重了吧！」顧桐月哭笑不得，沒想到連蕭瑾修都這樣想。「不就是個認親儀式，哪那麼多講究？」

「當然有。」蕭瑾修不贊同地看她。「小孩子家，哪裡懂得其中的重要，妳只管聽唐侯爺與唐夫人的話便是。」

顧桐月忍不住抗議。「我才不是小孩子呢！」她生為唐靜好時，早及笄了好嗎！

「妳不小？」蕭瑾修似笑非笑地瞧著她，目光恍若無意地從她胸口掠過。

顧桐月一窘，不自然地縮了縮身子。這句聽著好像很正經的話，可從他嘴裡說出來，怎麼就覺得那麼不正經呢？

一定是她想多了！

「再過兩年，我也要及笄了。」彷佛見不得蕭瑾修這樣看不起她，又挺了挺胸。「我總是要長大的，哼！」

蕭瑾修失笑。「是。」快點長大吧！

「這個給妳。」蕭瑾修說著，從懷中拿出一盞精緻小巧的花燈，遞到顧桐月面前。

顧桐月立時瞪直了眼，一見便知這是從海外買回來的燈，小小巧巧，不過人的拳頭大，卻是以蛟油為引，水晶為罩，瞧著有些不起眼，但放在燈光下一照，卻是光彩璀璨；而最讓她驚喜的是，這盞小小水晶燈，形狀正是她最愛的蓮花模樣。

顧桐月極喜歡這盞燈，愛不釋手地對著屋裡的宮燈照了又照。「這是打哪兒來的？太貴重了吧！」

蕭瑾修見狀，也不用問她喜不喜歡了，笑道：「是個長年出海的朋友送的，這樣的燈，於我而言，實在太過小家子氣，留在我手裡也沒用，妳拿著玩吧！」

顧桐月遲疑。「不太好吧！這盞燈一定值很多銀子！」

以前她有只懷錶，小小一個就很值錢，眼下這盞水晶燈定然比之更貴重。以她跟蕭瑾修的關係，還沒好到能坦然收下這般重禮吧！

不過，話又說回來，她跟蕭瑾修之間有關係嗎？

當然沒有！那更不能收這份重禮了。

想著，顧桐月連忙將燈放下。「蕭大哥，你拿回去吧！以後遇到喜歡或要成親的姑娘，送去討她歡心，豈不是更好？」

現在他做的，不正是她說的？蕭瑾修含糊不清地嘀咕了一句。

「什麼？」顧桐月沒聽清楚。

「我並沒有喜歡的姑娘。」蕭瑾修淡淡道：「等以後有了，再送她更好的東西就是。」

顧桐月見他滿不在乎，沒將水晶燈放在眼裡，又遲疑了。最後，因為這水晶燈實在太漂亮，她太喜歡，遂大著膽子收下。

「既然如此，我便卻之不恭了。」

蕭瑾修瞧著她發亮的眼睛及故作出來的勉強之色，不由起了逗弄之心。「既然這般勉強，想來妳並不喜歡，那還給我吧！」

這下顧桐月急了，雙手一抱，護住水晶燈。「你都已經送給我了，哪有再收回去的道理？反正你也沒有別人可以送嘛！多謝蕭大哥，我很喜歡這盞燈呢！」

見顧桐月笑得甜蜜蜜地對他撒嬌，蕭瑾修勾唇，心裡受用，面上卻絲毫不顯露。「不勉強就好。」

「不勉強、不勉強。」顧桐月抱著水晶燈，珍惜地摸了一遍又一遍。「蕭大哥對我實在太好了。」

可是，蕭瑾修又送平安符、又送花燈的，她卻什麼回禮都沒準備，似乎有些失禮呢！

「我身無長物，不知道蕭大哥喜歡什麼呢……」顧桐月想著，皺起小眉頭，想了想，忽然一拍小手，歡喜地說：「有了，我知道幾個不錯的養生方子，寫給你如何？」

蕭瑾修眉角一抽，磨著牙，柔聲問道：「妳覺得我身體不太好？」

顧桐月不笨，自然聽出了他的不悅。想想也是，誰也不願意被說身體不好，蕭瑾修生氣，也是人之常情。

「自我遇見你，你總是在受傷，這段時日又忙得很，根本沒有好好調理身體，流了那麼多血，總是要補一補才好嘛。」

顧桐月很誠懇地解釋，眨著蝶翅般鬈翹濃密的長睫，認真地看著他，彷彿她的眼裡只有他一樣，這樣的神色，無法不讓人心中柔軟。

「可我府裡只有一個年邁的守門老僕，並沒有廚娘，妳寫給我，我也用不上。」

「啊?!」顧桐月驚呆了。「只有一個老僕人？你在家中都不吃飯的嗎？」

「我不在家裡吃飯。」事實上，那個院子也稱不上是家，除了睡覺，平日他甚少留在那裡。上次是他臨時回去拿點東西，她與顧蘭月才能好運地找到人。

顧桐月聞言，立時噘起嘴。「你這個人太沒有誠意了。」

蕭瑾修見她瞬間垮下來的小臉，不明所以。「怎麼說？」

「那回在陽城，你受傷潛在我房間裡，我冒險找傷藥給你，你說的可是——日後有事，派人到朱雀街留話便成！」顧桐月學著蕭瑾修昔日的語氣，氣呼呼地瞪著他。「可見當時你不過是在敷衍我罷了，倘若我真有急事求到你頭上，連人都見不到，你怎麼還我恩情？」

她這胡攪蠻纏的模樣弄得蕭瑾修哭笑不得。「晚上我總要回那裡睡覺，妳派人過去，我自然能知道——」

見顧桐月不說話，只哼哼著斜睨他，蕭瑾修放棄辯解。「好好好，當初我的確誠意不夠，以後顧八姑娘但有差遣，上刀山、下火海，在下在所不惜可好？」

顧桐月癟癟嘴。「誰要你上刀山、下火海了？」

她兀自氣了一回，覺得自己實在小題大作了，忙輕咳一聲，岔開了話。「既然你不在家裡吃飯，不如我跟唐夫人說一聲，反正你與唐家交情頗好，不如讓侯府的廚娘幫忙，以後你每日抽空去侯府吃飯，喝些補身的湯水，如何？」

換作以前，因為可笑的自尊，蕭瑾修定不會答應顧桐月的提議，可這時，他卻想也不想地一口答應。「也好。」

顧桐月見狀，高興地道：「那我下次見到娘……夫人，我就跟她提，夫人那麼好，不會拒絕的；況且，以前你不也是侯府的常客嘛，呵呵……」娘喲，差點說漏嘴了。

蕭瑾修彷彿沒聽出來，神色不變地點頭。「那倒是，不過妳怎麼知道我以前是常客？」

顧桐月頭皮一緊，眼珠骨碌碌地轉了圈。「是、是你自己說的，侯府於你有養育之恩，既如此，那……那你還不是侯府的常客呀？」

見她緊張得又開始掐手，蕭瑾修不忍心再逗她。「那我也卻之不恭了！」

覺得自己算還了禮後，顧桐月也輕鬆下來。

兩人喝著茶，說著無關緊要的閒話，氣氛寧靜自在。

用完茶點，蕭瑾修才帶顧桐月下樓，與香扣會合。見時辰不早，打算親自送她們回去。

顧桐月想了想，這樣也好，遂讓香扣找顧蘭月傳話，說是覺得有些累，先雇車回府。

清雅齋外，顧荷月扶著喜梅的手，隨著人流往前走。

起初，她倒是興致勃勃，怎麼看怎麼覺得稀奇，處處都比陽城那個小地方熱鬧好玩得多，只是走了一路，便覺得有些累了。

她原本想與顧蘭月等人一道走，只是顧蘭月與顧雪月以及二房的顧冰月有說有笑，卻有意無意地忽略她，令她覺得難堪，索性獨自去逛。

她正打算找個地方歇歇腳，就見冬梅急急忙忙地跑回來。

顧荷月雙眼一亮。「打聽到顧桐月去哪裡了？」

冬梅忙道：「聽說八姑娘有些累，已經先回府。姑娘您猜，是誰送八姑娘回去的？」

「我怎麼猜得到？」顧荷月狠狠剜了故意賣關子的冬梅一眼，忽地心頭一動。「莫非，是東平侯府的人送她回去？是哪一個？唐三爺還是唐四爺？」

冬梅看著顧荷月亮晶晶的眼睛，不由縮了縮脖子，越發小聲地回答。「都不是，不是東平侯府的人，是……是那個一路護送咱們進京的蕭公子。」

顧荷月愣住，興奮期待的神色倏地冷淡，甩了甩帕子。「我道是誰，那個蕭公子，雖說是御前侍衛，可聽聞他家世不顯，一輩子也就是個御前侍衛，有什麼好提的？」

說到這裡，她心裡又是一動。「他跟那賤丫頭私底下相見？哈，蕭公子也就是臉長得好罷了，顧桐月那眼皮子淺的想必是瞧上了他的臉，有東平侯府撐腰，她還要自甘下賤地俯就一個什麼都沒有的人，果然愚蠢至極！」

冬梅與喜梅聽了，悄悄地互視一眼。主子與她們這些下人的想法果然不一樣。

其實蕭瑾修哪有顧荷月說得那麼差勁，長得俊且不說，功夫還那麼好，跟著他，至少不會擔心被人欺負；再說，御前侍衛隨侍在皇帝面前，原就是正四品的官階，說不定哪日立了大功，別說升官，進爵也有可能，就算一輩子當御前侍衛，於她們而言，也是高不可攀。

要說唯一差了點的地方，也就是出身與家世；可這些不是最要緊的，只要蕭公子能幹，遲早能掙來家底。

顧荷月想著，不免有些悻悻。若是東平侯府的公子送顧桐月回去，她現在往回趕，說不定可以跟他們來場偶遇，可能就被記住了呢！

「喜梅，前頭的鋪子有賣桃片糕，祖母愛吃，妳去買些來。」

喜梅忙奉命去了，擠過熙攘人群，很快便不見了蹤影。

顧荷月百無聊賴，目光一掃，發現有幾個公子哥兒注意到她，但無論長相或氣度，甚至衣著配飾，都沒有哪樣能比得上當日策馬而來的唐承赫。

她撇撇嘴，索然無味地別過眼。

「姑娘！」喜梅氣喘吁吁地跑回來，卻是空著雙手。

顧荷月皺眉瞪她。「不過是叫妳買糕點回來，居然也做不好？」

「姑娘先別忙著訓奴婢，奴婢方才經過前頭那條又黑又小的巷子時，不經意地瞧了一眼，發現一件不得了的大事！」喜梅喘著氣，臉上的神情似驚又怕。

顧荷月聞言，笑了起來。「什麼大事？」

「奴婢彷彿瞧見……大姑娘未來的夫婿，忠勇伯府的俞世子！」喜梅踮起腳尖，結結巴巴地湊在顧荷月耳邊說道。

「俞世子？」顧荷月皺眉。「他的傷好了？」

俞家這位世子爺，自從鬧出一場醜事後，對顧府的態度再不是之前的冷淡高傲，這些日子送了不少東西上門。

雖說她還抱著看顧蘭月笑話的心情，但見忠勇伯府越來越殷勤，也不由暗暗羨慕顧蘭月的好運。忠勇伯府與俞世子徹底丟了顏面，此後顧蘭月嫁過去，那府裡的人哪有臉折磨她？

聽聞俞世子也拖著病體來過顧府，不過她們這樣的閨中女兒，自然是見不到的。

「大姊的未來夫婿？」顧荷月皺眉。「妳如何認得他？」

俞家這位世子爺，自他們從陽城回到京城後，據說連過年俞家都只是送賀儀，俞世子並未親自過來拜年。顧荷月與莫姨娘早在嘀咕，怕是俞家並不滿意與顧家的親事。畢竟俞家因為俞賢妃的得寵，地位越發水漲船高、鮮花著錦，若非婚期逼近，她們都要猜測，俞家是不是根本不打算與顧家結親了。

奇怪的是，俞家態度冷淡，尤氏竟然一點都不著急，除了尋常的送禮往來，她亦不曾登俞家的門拜訪。

莫姨娘知道後，出言嘲笑，說尤氏此時端著架子，等顧蘭月嫁進俞家，受了冷待，到時候可有她後悔的了。

「上回俞世子來家裡見老爺時，奴婢遠遠瞧過一眼。俞世子比尋常男子高些，咱們老爺已經夠高了，他比老爺還要高出一個頭呢！所以奴婢剛才只看身形，便確定是俞世子無疑。」喜梅當然不敢說，當日俞世子登門拜訪，她無意間撞見了，故而印象深刻。

「那俞世子如何了？」顧荷月有些發懶地問了句。她再怎麼想嫁高門，也知道那是顧蘭月的未來夫婿，要是她做出什麼來，不說尤氏，顧從安亦會打死她；她再愚蠢，也知道什麼人可以去爭、去搶，什麼人是想都不能想。

「這個，奴婢不清楚。不過跟俞世子碰面的婆子，好像是夫人身邊的莊嬤嬤。」喜梅小聲說道：「莊嬤嬤拿了一封信給俞世子，俞世子看一眼，臉色便十分難看，還一把掐住莊嬤嬤的脖子呢！」

此時，喜梅的臉色仍是煞白，可見剛才嚇得不輕。

顧荷月這才嚴肅了神色，隨即又流露出幸災樂禍的樣子。「可是把那老虔婆掐死了？」

「俞世子那模樣，恨不得將莊嬤嬤生吞了。」喜梅撫著胸口，心有餘悸。「奴婢不敢多看，趕緊跑開了。姑娘，您說莊嬤嬤私底下見俞世子，是怎麼回事啊？」

顧荷月眨眨眼，尤氏的心腹偷偷見俞世子，聽起來的確怪異。「若有事需要寫信——」

冬梅立刻接話。「大可大大方方送到忠勇伯府，哪需要偷偷摸摸在暗巷裡碰面？」

顧荷月點點頭，卻百思不得其解，索性放棄。「先別想了，咱們回家看看去。」

顧桐月高高興興地回到顧府後，顧蘭月等人也回來了。

顧桐月還未歇息，與顧蘭月、顧華月待在房裡說話。

「哇——」顧華月瞧見顧桐月帶回來的水晶燈，立時驚呼出聲。「這是水晶燈？是海外的東西吧！我怎麼沒發現街上有鋪子在賣？八妹快說是在哪裡買的？我立刻派人去買！」

顧桐月膽戰心驚地瞧著顧華月歡天喜地捧著水晶燈的樣子，急急道：「四姊小心點，別摔了燈！」

「放心、放心，我拿得穩穩的呢！」顧華月見顧桐月撲過來要搶，轉身避開。「到底是在哪邊買的？」

顧蘭月見狀，一把將燈搶過來，還給顧桐月，見顧華月還要伸手，立時瞪她一眼。「這是八妹的東西，妳搶什麼搶？」

「我就是想看看，又不是要據為己有。」顧華月委委屈屈地住手。

「妳粗手粗腳，真摔了怎麼辦？」顧蘭月拉她坐下。「要看，不會規規矩矩坐著看？」

「是啊！」顧桐月抹了把汗，將水晶燈放在顧華月面前。「四姊坐著，妳愛看多久就看多久，只是千萬別摔了。」

「不就是一盞水晶燈，弄得跟什麼寶貝似的！」顧華月不高興了，甩袖起身。「不看了、不看了，有什麼了不起！」氣呼呼地走了。

顧蘭月見狀，無奈地搖頭。「妳四姊就是這炮仗脾氣，八妹別跟她一般見識。」

顧桐月應好，沒將顧華月的話放在心上。「不瞞大姊，這燈是別人送的，若是我買的，剛才就送給四姊了，如今不好將別人的心意拿來送人，等會兒還望大姊向四姊解釋一聲。」

顧蘭月問：「可是東平侯府的人送的？」

顧桐月微垂眼睛，面不改色地點頭。「是。」不好直說是蕭瑾修送她的，沒必要節外生枝。

「侯府對八妹可真是上心。」一聲嬌笑響起，顧冰月走了進來。

顧桐月忙起身相迎。「七姊。」

顧冰月微微笑著，手上提著一盞仕女圖走馬燈。「這盞燈上的仕女瞧著與八妹有幾分相像，便買回來給妳把玩。」

顧冰月的善意，顧桐月自然不會拒絕，連忙接過來，甜甜道謝。「多謝七姊，瞧著還真像我呢！原來我長得這樣美麗可人。」

這般自誇的話，讓姑娘們都笑了起來。

「妳這丫頭，好歹也謙虛些呀！」顧蘭月拿帕子掩嘴笑，有些深意的目光自顧冰月身上一掃而過。

顧冰月一向不屑與庶女往來，自從二房鬧出納妾的事後，她沈寂好些時日，最近才出來走動，隨即對顧桐月頻頻示好，是何用心，不難猜測。

「是。」顧桐月「謙虛」地接受顧蘭月的說教。「咱們家有這麼多漂亮迷人的姊姊，讓我這做妹妹的都不好意思不美麗可人些，否則豈不是丟了姊姊們的臉？」

眾人被她這番聽似不要臉卻極為自然的奉承逗樂了，連一夜無話的顧雪月臉上都浮起淡淡笑意。

大家又說笑一陣，這才散了。

待幾個姊姊們走遠，顧桐月才揉揉笑僵的臉，輕吁一口氣。

換過衣裳，顧桐月問香扣。「三姊瞧著臉色不好，可是在外頭出了什麼事？」

「姑娘可知三姑娘的親事訂下來了？」

顧桐月還真不知道，立時好奇追問：「訂了哪一家？」

「靜王府長史家的庶子，是老爺選的。」香扣輕聲道：「夫人與魏姨娘相中的原本不是這家，但又不能違逆老爺的意思，聽說已經換了庚帖，等過幾天夫人空閒了，便要去龍泉寺請高僧合八字，倘若合適，就要下聘。」

「三姊的意思呢？」顧桐月又問。訂親這種事，比起顧從安，她更相信尤氏的眼光。

「這個，奴婢就不知道了。」香扣搖搖頭。「只是這兩日瞧著三姑娘都是強顏歡笑的模樣，剛剛也沈默著，沒隨姑娘們一起說笑。」

這樣說來，顧雪月不太滿意這門親事？

顧桐月瞧瞧漏壺。「三姊應該還未歇下，我們去她那邊坐坐。」

不知道這件事就罷了，既然知情，顧雪月又對她甚好，應該過去看看。

「姑娘，您別再多想了，其實靜王府長史家的公子，也挺好的啊！」白果正努力勸著神色懨懨的顧雪月。

白芍咬牙道：「好什麼好？王公子可是嫡長子，姑娘嫁過去便是嫡長媳，以後是當家主母！長史家的公子是庶子，姑娘嫁過去不受氣就好了，還指望自己做主？」

白果聞言，低頭瞧見顧雪月眉眼間的鬱色，皺眉瞪白芍一眼。「胡說！便是庶子，以後大不了分家過，姑娘一樣當家做主！」

「一個庶子能分到什麼？」白芍頂嘴道：「王公子勤學上進，那郭公子是什麼樣的人，我們都不知道，萬一他不成器，分家之後，姑娘豈不是更難過？明明夫人跟姨娘看中的都是那位王公子，偏偏……」

「妳閉嘴！」白果低喝。「什麼話都敢說，不要命了嗎？」

「好了，都別說了。」顧雪月揉著額角，澀道：「這就是我的命吧！」

她這輩子最想擺脫的就是庶出身分，名門望族不敢想，但也曾幻想過，未來嫁個家風清正的人家，家人和睦，夫君上進，平實、平安、平淡地過她的小日子。原以為這樣簡單的願望必定能夠達成，卻差了那麼一步……

這時，小丫鬟進來稟道：「姑娘，八姑娘來了。」

顧雪月忙振作精神。「快請八妹進來。」

白芍眼珠一轉，飛快道：「姑娘，不如求八姑娘幫幫咱們。」

顧雪月搖搖頭。「這是父親決定的事，八妹又能如何？還是別給她添麻煩了。」

說話間，顧桐月已經走進來，顧雪月忙迎上去，寒暄一陣後，顧雪月便讓白果將在外頭買的花燈取出來。

「我瞧這兔子燈很是可愛，便買回來給八妹玩，八妹看喜不喜歡？」

雖說一開始兩人或許是打著互幫互助的主意，但這些日子相處下來，早已生出姊妹之情。

顧桐月忙接過來。「喜歡，多謝三姊。」

「不過一盞燈罷了，不值什麼。」顧雪月微笑，又從一旁的針線簍裡翻出兩塊手帕與兩只荷包。「閒來無事繡的，妳拿著吧！」

接著，她語重心長地對顧桐月道：「雖說妳於針線上沒什麼天賦，不過還是要多練練，至少要會繡個帕子、荷包才行，否則日後連給未來夫君做件裡衣都不成，豈不叫人嫌棄？」

顧桐月嘟嘴。「若因為我不會做針線活兒便要嫌棄我，這樣的人，我才不嫁呢！」

她心直口快地這麼一說，就見顧雪月的臉色微微一變。

同樣是庶出，甚至剛開始時，顧桐月過得比她還不如，可如今不但得到尤氏的歡心，更有東平侯府的喜歡，現在更能有底氣地說出這樣的話——果真是人各有命。

「八妹是有福之人，日後定會覓得如意郎君。」顧雪月喃喃道。

顧桐月這才發現自己嘴快說錯話，頓了頓，索性明問：「聽說姊姊的親事已經訂下？」

白芍忍不住插嘴。「八姑娘，您與咱們姑娘要好，這回請您再幫幫忙吧！」

「閉嘴！」顧雪月柳眉一豎，對白芍厲聲喝道：「出去！」

她待下人向來寬厚，和顏悅色，這般嚴厲地喝斥貼身丫鬟，還是頭一回。

白芍一愣，紅著眼圈，垂頭退出去。

「八妹別聽她胡說。」見白芍出去，顧雪月才勉強笑笑，拉住顧桐月的手，淡淡說道：「婚姻大事乃父母之命，父親、母親……總不會害了我。」

「三姊心裡的想法，可同母親說過了？」顧桐月問她。

「父親已經決意與長史家結親，即便與母親說，又有什麼用？」見顧桐月問得坦然，顧雪月也不再遮遮掩掩，這個小妹聰明得緊，實在沒必要在她面前演戲，有什麼就說什麼。

「眼下已交換庚帖，聽說上元節後，母親就要去龍泉寺幫你們合八字，倘若不合，親事自然成不了。」顧桐月道：「母親與父親不同，三姊跟魏姨娘向來循規蹈矩，母親不會罔顧妳們的意願；但什麼都不說，母親定會以為妳跟魏姨娘滿意這門親事。三姊，妳明白嗎？」

顧雪月咬唇，猶豫道：「真的行嗎？」

「不管行不行，妳都要將妳的意思說給母親聽，才有希望。」顧桐月捏捏她的手，鼓勵道：「若三姊不好開口，可以讓魏姨娘去說。」

顧雪月猶豫再三，終於下定決心。「八妹說得對，我該試一試！」就算最後還是不成，她好歹努力過了，以免日後心心念念地後悔，連日子都過不好！

顧桐月這才笑起來。「三姊放心，咱們這個家裡，最厲害的可不是父親。」這話倒跟魏姨娘說得一樣。顧雪月輕拍她一記。「讓父親聽見了，當心他罰妳跪祠堂。」

「能讓三姊嫁得如意郎君，便是跪一回祠堂，又有什麼？」顧桐月滿不在乎地說。

顧雪月聽了，心裡熨貼。「好妹妹，這回三姊又領妳的情。」若非顧桐月前來鼓勵她爭取，說不定她就這麼認命了。

「三姊這樣說，就是跟我見外啦！」顧桐月與顧雪月相處的時日多一些，明白顧雪月雖有些自己的小心思，卻是個記恩的人。她願意廣結善緣，說不定什麼時候就會用上呢！「時間不多，這會兒母親應該還沒歇下，三姊要抓緊才是。」

說罷，顧桐月提起顧雪月送給她的花燈，收好帕子與荷包，告辭離去。

顧雪月送她出了院門，隨即目光堅定地沈聲吩咐白果和白芍。「替我更衣，我去給母親請安。」

顧桐月前腳離開顧雪月的院子，顧雪月就緊接著去了尤氏的正房。消息傳到眾人耳中，反應不一。

顧蘭月笑著合上書卷。「真是個熱心腸的小姑娘，瞧著真不像是咱們顧家人。」

紫薇幫她把書放好，聞言笑道：「這不正是您喜歡八姑娘的原因嗎？」

顧家姑娘們向來各自為政、各掃門前雪，說自私涼薄也不為過；但顧桐月回京後的所作所為，真像是個異類。

顧蘭月點頭。「這樣可人的小姑娘，誰不喜歡？妳瞧我娘，再瞧唐夫人，我就想啊，這丫頭是不是秉持著好人有好報的心在做人呢？難不成還真是有好報了？」

紫薇笑著搖頭，不敢接話。主子不承認自己是好人，她能跟著說不是嗎？

與此同時，顧冰月也聽聞了這個消息，放下藥碗，微微一笑，對無精打采的秦氏道：「您瞧我說得沒錯吧！八妹是個有善心的姑娘。」

「就算有善心，咱們與她隔了一房，她會像幫顧雪月那樣幫咱們？」秦氏不以為然。

「凡事總要試試。」顧冰月笑道：「您也瞧見了唐夫人對她的態度，這件事交給我，您只管養好身體。」

秦氏瞧著彷彿一夜間長大的女兒，柔弱稚嫩的肩膀扛起本該由她與顧從仁承擔的責任，忍不住紅了眼眶。

「我的兒，苦了妳了。」

顧冰月握住她的手，低低道：「只要您跟弟弟好好的，我並不覺得辛苦。」

正房裡，尤氏坐在梳妝鏡前拆髮髻，霜春急步進來稟道：「夫人，莊嬤嬤回來了。」

尤氏霍地轉身，面色平靜，然而眼底卻是掩不住的緊張與急切。「人呢？」

語畢，莊嬤嬤隨即進房。「夫人，奴婢幸不辱命，俞世子答應了。」

尤氏大喜。「那他可是氣得厲害？」

「自然很生氣。」莊嬤嬤回想起來，摸了摸火辣辣的脖子，仍覺得心有餘悸。

當時她將信遞給俞世子，原本漫不經心、高高在上的俞世子打開一看，臉色變得十分猙獰，捏住她的脖子，險些要了她的老命。

尤氏聽完，看向莊嬤嬤的頸子，果然有好幾枚清晰的指印，頓時一陣心驚。「他竟敢對妳下如此狠手！」

「夫人莫惱。」莊嬤嬤忙道：「雖說奴婢受了點皮肉之苦，不過俞世子同意了夫人的要求，會盡快退親；只是，倘若我們這邊洩漏消息，他不會善罷甘休。」

原來，尤氏籌謀良久，一直沒有好時機跟好辦法解決這件事，思來想去，只能兵行險著，將俞世子養著孌童的地方寫在信上，命莊嬤嬤送去，直接掀他的底，逼他退親。

雖然莊嬤嬤受了苦，不過結果還是令人滿意的。

尤氏微微一笑，雙手合十，輕輕唸聲佛。「總算了了這樁事！」

「夫人，您怎麼就能肯定俞世子會退親呢？」莊嬤嬤還是有些放心不下。「依奴婢的意思，這件事應該和俞夫人商議才好吧？」

尤氏搖頭。「俞家對咱們的態度如何？」

莊嬤嬤聞言，有些不滿了。「按說兩家結親，咱們顧府雖比不上俞家，但俞家也不能如此冷淡。還不是仗著宮裡賢妃娘娘的勢，瞧不上咱們家罷了！」

「我聽聞賢妃娘娘近日常常宣兵部尚書的愛女進宮說話，想來俞家的冷淡與此有關，只是兩家婚約早已訂下，俞家不好貿然悔婚。」如此，俞家對顧家的冷淡態度便說得通了。

尤氏神色恢復平靜，轉頭喚海秋過來為她梳頭髮，又道：「我為何不與俞夫人說，偏偏找俞世子，是猜測著，恐怕連俞夫人都不知道俞世子在外頭的那些齷齪事。倘若貿然找上俞夫人，一則擔心俞家惱羞成怒，反倒要對顧家出手；二則，是怕俞家因此下定決心，非娶蘭姐兒不可，那就弄巧成拙了。」

遮掩醜事最好的辦法，不就是要對方也閉嘴嗎？讓顧家閉嘴的方法，一是撕破臉之後的魚死網破，二是將顧蘭月如期嫁過去，如此兩家成為親家，顧家不得不為俞家遮掩。

但這兩個結果，都不是尤氏想要的，故而她思來想去，才決定從俞世子下手；倘若俞世子不希望自己的秘密被公諸於世，只能配合他們來解除這門親事。

莊嬤嬤連連點頭。「還是夫人思慮周全，如今此事總算有結果，您也能放心了。」

尤氏舒心地笑笑。「但願不要再生出什麼波折了。」

第三十八章　塵埃落定

往日早該夜深人靜的時刻，卻因為上元節，街上仍是熱鬧喧譁。

蕭瑾修大搖大擺地翻過侯府的院牆，出現在唐承赫面前。

剛沐浴出來的唐承赫攏攏裡衣，不悅皺眉。「一次、兩次也就罷了，如今你倒翻上癮了？」

蕭瑾修神色不變。「侯府打算幾時將她接回來？」

「我們當然想儘早把小妹接回來，只是一來害她的凶手還沒抓到，二來，眼下她已經很惹人注目，再這般大張旗鼓地接人，不知是好事還是壞事。」唐承赫有些苦惱，因為事關顧桐月，全家人小心謹慎、不敢輕舉妄動。「父親跟兄長們的意思，還是想等適當的時機。」

蕭瑾修沈默一瞬。

唐承赫忽地回過神，瞪著他道：「這是我家小妹，你著急做什麼？」

蕭瑾修理直氣壯道：「自然是因為擔心。」

唐承赫冷笑一聲。「笑話，你跟小妹非親非故，替她擔哪門子的心？」

蕭瑾修不說話了，幽深目光沈沈看著唐承赫。

唐承赫又得意地哼笑兩聲，正要下逐客令，忽然覺得不對勁。「你今晚去見小妹了？」

「見了。」蕭瑾修並不隱瞞。

唐承赫怒極反笑，抬手指著蕭瑾修。「你……好你個蕭六郎，怪道我上街找了半天也沒找到人，快說，你拐著我小妹去哪裡？」

「前兩天我得了點君山銀針，今日無事，又正好遇到，請她喝盞茶罷了。」蕭瑾修無比坦然地迎視著唐承赫憤怒的目光。

唐承赫稍稍鬆口氣，念頭一轉，沒好氣地喝問：「你怎麼知道小妹最愛君山銀針？」還說什麼正好遇到，說不定一早就上街徘徊去了，專等著顧桐月出來看燈會呢！

這個蕭瑾修，真打起顧桐月的主意了！

蕭瑾修沒回答他的問題。「她碰到了謝斂。」

唐承赫又是一驚，失聲問道：「謝斂發現了？」

「應該沒有。」蕭瑾修淡淡道：「不過她有些不對勁，謝斂趕著離開，才未曾察覺。」

唐承赫脫口道：「小妹不會還喜歡那道貌岸然的偽君子吧？」

這可有些棘手了，謝斂與姚嫣然私底下見面，他的人已親眼看見，光憑這一點，謝斂與顧桐月便再無可能；況且，誰曉得謝斂有沒有一起謀害唐靜好？

只是，眼下連姚嫣然害死唐靜好的事，都是他們猜測的，並沒有真憑實據，又如何去查謝斂與這件事相不相關？

唐承赫說出那句話後，就見原本鎮定坦然的蕭瑾修臉色變得不是那麼好看了，不知為何，居然覺得心情舒暢了些，甚至還上前拍拍他的肩頭，安慰道：「就算小妹對謝斂餘情未了，也能讓人理解，這麼多年的感情，不是說放下便能放下，你說是吧？」

蕭瑾修無聲地勾了勾唇。「聽起來，你很期待她對謝斂餘情未了？看來這事必須告訴侯爺才行，想必侯爺會有不同的見解。」說完，轉身就要走。

唐承赫聞言，出手如閃電，迅速拍向蕭瑾修的肩頭，想把人扣下來。他是為了刺激覬覦他家小妹的蕭瑾修，才說那些話，倘若蕭瑾修真到父親面前參他一本，他可吃不了，兜著走。

「蕭六郎，男子漢大丈夫，你竟然要去告我黑狀！」

蕭瑾修身形一錯，避開唐承赫的攻勢。「不過是實話實說罷了。」

「不許去！」唐承赫再攔。

「好處？」蕭瑾修又閃。

唐承赫氣得笑出聲，閃亮亮的眼睛裡卻幾乎要冒火，咬牙切齒地問：「你想要什麼？」

蕭瑾修慢悠悠地回答。「過兩日，我要來侯府喝湯。」

唐承赫攻擊的手勢一頓，疑心自己聽錯。「什麼？」

他見識過蕭瑾修變態的自尊，別說主動留下吃飯，就是父母苦苦挽留，他也極少答應。以前，蕭瑾修剛被唐仲坦帶回來，與他們一道習字練武，居然自己帶乾糧進府。有時候，唐承赫故意在他面前大魚大肉，他也能目不斜視地啃又乾又硬的冷饅頭，連眼角都不曾往豐盛飯菜掃一眼。

這些年，蕭瑾修在侯府用飯的次數，真是少之又少。

因此，唐承赫聽到蕭瑾修主動說要上門喝湯，才會震驚得連出拳都忘了。

蕭瑾修順勢捋開他的手，淡淡地又重複一遍。

唐承赫滿臉疑惑，盯著他打量。「蕭六郎，你是被什麼不乾淨的東西附身了？」

「隨你怎麼想。」蕭瑾修過來的主要目的，其實是說這件事。「走了。」

「你給我站住！」唐承赫追了兩步，卻眼睜睜看著人自他跟前消失，不由憤憤握拳。「這蕭六郎簡直莫名其妙！他到底想喝什麼湯?!」也不說清楚，到時候他怎麼安排？

最後，百思不解的唐承赫只得放棄去猜，索性等著看就是了。

隔天一大早，尤氏領著幾位姑娘去知慈院請安。

路上，顧桐月故意落後一些，問顧雪月。「母親怎麼說？」

顧雪月看看前頭的尤氏，壓低聲音道：「母親叫我想清楚，倘若當真不想要那門親事，她會助我。」

顧桐月瞧她目光晶亮、充滿希望的樣子，也跟著開心起來。「那就好，我就說母親定不會坐視不理，這下三姊可以放心了吧！」

顧雪月抿嘴一笑，仍有些忐忑。「父親答應了那邊，拒絕王家，不知王家會怎麼想？」

「王家能怎麼想？」顧桐月倒不擔心。「王公子雖然勤學上進，但王家家底實在太單薄，拖到上京才開始議親，擺明是要在京中尋一門有助力的岳家，不會隨隨便便訂下親事。與顧家結親，王家本來就是高攀，知道顧雪月推郭家而就王家，王家人只有高興的分。「三姊別胡亂擔心，既然母親應承會管，就會管到底。」

顧雪月聞言，舒了口氣。「妳說得是。」感激地握住顧桐月的手。「八妹，多謝妳。」

顧桐月揮揮手上的帕子，俏皮地眨眼。「三姊已經送過謝禮啦！」

姊妹兩個相視一笑。

知慈院裡，顧老太太的精神還是不怎麼好，今日穿了件半新的卍字不斷頭檀色緙絲褙子，戴鑲嵌翡翠的額帕，頭髮梳得整整齊齊，半倚在羅漢床上喝冰糖銀耳湯。

顧荷月在她身旁，小心恭敬地服侍著。

過了十五，朝廷開朝議事，顧家的爺們已經出門，留在家中的，自然都是女眷。

劉氏領著二姑娘顧葭月先來，這時正跟顧老太太說話。

尤氏請完安，正要開口，就聽顧老太太沈沈冷哼一聲，目光自尤氏與劉氏臉上掃過。

「家裡最近發生這麼多的事情，竟沒有一個人告訴我！」顧老太太冷冰冰地開口。「想來是認為我這老婆子老了，不管事，連敷衍搪塞都不樂意了？」

顧老太太這話太重，劉氏連忙起身。「母親言重了……」

「言重？」顧老太太猛地將手裡的青花瓷小碗朝劉氏砸去，目光森森地盯著她。「難道我說錯了？妳們誰把我這老婆子放在眼裡？雪姐兒說親，還有和哥兒去尤府讀書的事，誰跟我說過一聲了？」

劉氏神色微變，她當家做主以來，顧老太太從未對她發過這樣的脾氣，且還是當著小輩的面……她低頭瞧著裙襬沾上的銀耳，原本就不太愉悅的心情頓時蒙上了陰霾。

尤氏沒有劉氏那般忐忑，顧老太太提的事全與三房有關，對劉氏發火，只是為了敲打她，遂上前一步，笑道：「這些日子，老太太身子不好，大夫囑咐定要靜養，我跟大嫂憂心您的身體，才不好拿這些事來擾您清靜。說起來，也是我跟大嫂的一片孝心。」

「孝心？」顧老太太果然指著尤氏，怒聲道：「我這老婆子可當不起妳尤家姑奶奶的孝心！既然妳事事向著尤家，覺得顧家虧待妳，不如回尤家待著吧！」

「母親，三弟妹並未做錯什麼，怎能……」劉氏有些心慌，不知顧老太太為何突然大發脾氣。

尤氏微微一笑。自她回府後，便壓得顧老太太心中不痛快，忍到顧從安走馬上任，她的父親告老在家，便認為不需要再忍她了。

「是啊，母親，兒媳犯了什麼天大的錯，您要趕我出顧家的門？」尤氏平靜地瞧著顧老太太。「若您不滿意雪姐兒的親事，我想法子退親就是。」

一旁的顧雪月聽見，捏著帕子的手指驟然一緊，緊張地屏住了呼吸。

「如果您不喜我的父親親自教導和哥兒，也不要緊，我這就讓人把和哥兒接回來，以後和哥兒的學業，交給母親安排，我絕無二話。」尤氏慢條斯理地說道：「您還不滿我什麼，只管說便是，能改的，我一定改。」

尤氏一邊說著、一邊自翡翠手中接過茶杯，輕輕放在顧老太太手邊。

「母親喝口茶潤潤，今兒有什麼話，都攤開了說。您是府裡的老太太，府裡上下，誰敢不把您放在眼裡？這樣的話傳出去，還不道您的兒媳婦忤逆不孝？我們被傳幾句也就罷了，萬不能因為這個讓御史們參了大伯與老爺，於他們的仕途、名聲都不好，您說是吧？」

要是顧老太太當真不管不顧豁出去鬧上一場，尤氏還要說聲佩服，可她太了解顧老太太了，顧家的名聲、顧家的女眷們，甚至她自己的名聲都可以不在乎，唯一在乎的，是兒子們的仕途前程。真壞了兒子們的事，她也怕他們怪責，才對她百般忍讓。

篤定顧老太太只是想出口氣，並不敢真將她掃地出門，尤氏便先放低身段。這段時日，事情實在太多，若在這當頭與顧老太太置氣，耽擱女兒們的親事，就因小失大了；倒不如先服軟，等解決手裡那些事情，日後再來慢慢清算。

顧老太太見尤氏這般做小伏低的姿態，心頭那口氣終於順了，卻不接她的茶，垂下眼皮，晾了尤氏好一陣，才冷哼道：「這次便算了，再有下次，統統給我去跪祠堂！」

發作完的顧老太太，精神似乎好了不少，不想再見尤氏惹她心煩，遂不耐煩地揮揮手。「行了，妳們都去忙吧！」

劉氏與尤氏對視一眼，便帶著女兒們躬身告退。

一直沈默著的秦氏也起身要走，顧老太太卻道：「妳留下，陪我說說話。」

秦氏微愣，才勉強擠出笑容。「是，母親。」

待劉氏與尤氏離開後，顧老太太打發顧荷月下去，招手讓秦氏坐到她身旁。

自顧老太太偏袒顧從仁，默認他將胭脂接進顧府後，秦氏便對顧老太太心存怨恨，已經許久不曾親近過她，此時見顧老太太這般，僵了一瞬，才朝她走過去。

秦氏一坐下，顧老太太便忙不迭地拉住她的手。「可是還在怪我？」

「沒有。」秦氏搖頭，只是臉上的笑怎麼看，怎麼顯得僵硬。

顧老太太嘆氣。「我知道妳心裡苦，可我能怎麼辦？那孽障到底是從我肚子裡爬出來的，能眼睜睜看著妳大哥打死他嗎？妳聽我的，不過是個女人罷了，由著那孽障去，等他稀奇過了，妳再幫他抬兩個年輕漂亮的姨娘，他還能為那上不得檯面的女人要死要活？」

這番話，可說是顧老太太對秦氏掏心掏肺的貼心話了。

秦氏聽了，神色卻依然淡淡。「您說得是，我都聽您的。」

她的疏離冷漠，顧老太太哪裡看不出來，還想再說點什麼，話到嘴邊又作罷。秦氏是她嫡親的姪女，可說是她看著長大的，是什麼性子，她心裡清楚得很，這回她沒有站在秦氏這邊，幫忙對付胭脂，秦氏心裡已經怪上她了。

顧老太太低低一嘆。「妳的身子可大好了？」

「勞您掛記，已經無礙。」秦氏低聲回道。

「我會去說那孽障，這幾天便讓他去妳屋裡。放心，只要我活著一日，就不會讓任何人越過妳去。」這不獨獨是秦氏的臉面，也是她的臉面，她自然不會置之不理，由著胭脂在二房坐大。

秦氏的表情依然無波無瀾。「是，我都聽您的。」

這般來去，顧老太太也意興闌珊了，鬆開秦氏的手。「罷了，妳回去吧！留冰姐兒陪我說說話。」

顧冰月聞言一愣，秦氏微微皺眉。「冰姐兒還有些事要忙……」

「母親，沒事的。」顧冰月忙笑著打斷秦氏。「什麼事也比不上陪祖母說話重要。」

顧老太太這才舒心地笑起來。「還是我的冰姐兒最孝順。」

這日，忠勇伯府的人上門來了。

來人是俞夫人身邊的心腹嬤嬤，尤氏在花廳接待她。

這時顧桐月正跟顧華月等人跟教養嬤嬤學規矩，聽聞消息，顧華月面上現出著急的神色，再也沒法子專心上課，頻頻伸頸往外瞧，被教養嬤嬤打了兩下手板。

見顧華月挨打也不收斂，教養嬤嬤搖頭嘆氣，只得讓她們休息一會兒再繼續。

顧華月顧不上別人，拉起顧桐月就往花廳跑。「咱們快去瞧瞧！」

她雖然大剌剌什麼都不管，但隨著顧蘭月婚期的逼近，也十分憂心，可一來尤氏不許她管，二來她也沒有好法子，這會兒聽說忠勇伯府來人，自然坐不住。

顧桐月卻若有所思。事發至今，尤氏始終胸有成竹的樣子，她便知此事輪不到她操心，尤氏定然心裡有數。

兩人急急往花廳走，沒注意到顧荷月也跟了上來。

「四姊、八妹，妳們這麼著急，要去哪裡啊？是府裡來了什麼貴客不成？」顧荷月只當自己沒瞧見顧華月的嫌棄與冷臉，依然笑咪咪地與她們搭話。「不會是唐夫人又來了吧？」

顧華月沒好氣地回道：「即便唐夫人來了，又關妳什麼事？有那管閒事的心，倒不如好好學規矩，免得以後做出什麼有失規矩體統的事來！」

「四姊教訓得是。」顧荷月竟然沒跟顧華月頂嘴。「不過嬤嬤說了，姊妹裡，規矩學得最好的就是我，四姊不必擔心，我不會做出沒規矩、失體統的事來壞了顧府名聲。」

顧華月冷哼。「說得倒是好聽，做不做得到，還是兩回事呢！」

見顧荷月鐵了心要跟，甩又甩不掉，兩人索性不再理會她，加快腳步往花廳趕去。

另一邊，花廳裡，忠勇伯府來的老嬤嬤倨傲地將顧蘭月的庚帖與退婚書丟在尤氏面前，拉著臉，冷言冷語。

「我家夫人讓我將貴府大姑娘的庚帖送來，此後，貴府大姑娘與我們世子爺，男婚女嫁，各不相干。」

尤氏微微抿嘴，控制好面上激動的神色，示意莊嬤嬤將庚帖與退婚書拿來，仔細過目後，方才笑道：「累嬤嬤辛苦走這一趟。莊嬤嬤，給這位嬤嬤包個大紅包來。」

按規矩說，兩家退親需要雙方主子與當初的官媒在場，不過忠勇伯府自恃身分，只讓個僕婦過來送庚帖與退婚書，其實是輕視顧府的意思。

尤氏卻不在意，只在意退婚書上蓋好的印鑑，確定出自忠勇伯府無誤，才輕輕吁口氣。

老嬤嬤見狀，愣了愣，原以為她前來退親，顧家人定要傷心驚愕，難過得不得了。他們可是忠勇伯府，姑奶奶可是正當聖寵的賢妃娘娘，就算前些天俞世子出了點醜事，但男人風流，算得了什麼？這尤氏的反應是不是有點不對勁？

這般想著，她聽見尤氏如沐春風般地輕聲細語。「訂親本是結兩姓之好，俞家是勛貴，我們顧府原就高攀了。俞世子品貌非凡，日後定能覓得好姻緣，是咱們蘭姐兒沒福氣。」

聽著彷彿很遺憾，但尤氏面上分明沒有半點遺憾之色。

老嬤嬤聞言，臉拉得更長了，也不要莊嬤嬤遞來的紅包，陰陽怪氣地說：「那我也祝貴府大姑娘能早日覓得良婿。大姑娘的年紀可不小了，顧三夫人可得抓緊了挑，萬一不小心將大姑娘留成老姑娘……呵，這底下可還有不少姑娘呢！」說罷，趾高氣揚地揚長而去。

莊嬤嬤氣得發抖。「這個老貨！她竟敢詛咒大姑娘，我、我非撓花她的臉不可！」就要追出去。

尤氏神色淡淡地喚住她。「不過逞一時口舌之快，嬤嬤與她置什麼氣？要緊的是蘭姐兒的庚帖與退婚書，總算是拿到手了。」

莊嬤嬤氣得眼睛都紅了，見尤氏並不在意，這才忍住氣。「咱們這就將大姑娘的庚帖送去尤府？」

「不急。」尤氏收起庚帖。「咱們才被退親，立刻又訂親，忠勇伯府定會不高興，且等一等，最好等到俞世子訂下另一門親事。最多三個月，如果沒訂下來，我們就不管了。」

那老嬤嬤有句話倒是沒說錯，顧蘭月已經不小，再耽擱不得！

「不過尤府還是要去的，得將蘭姐兒退婚的事告訴母親，她才好安排應對。」

隱在暗處的顧桐月三人聽完，悄悄離開了花廳。

一出去，顧華月便激動地抓住顧桐月的手，雙眼冒光。「八妹，妳瞧見沒？大姊真的退親了！」

顧桐月也很高興。「我看到了。」

雖然忠勇伯府的態度著實有些侮辱人，不過不管怎樣，這門親事總算退掉了。

顧蘭月再不用嫁給俞世子那樣下作的人，那點侮辱與此相較，根本算不得什麼。尤氏定也是這樣想，才沒計較那位嬤嬤的態度。

顧荷月看看神色激動興奮的顧華月，又看看笑彎眼睛的顧桐月，不可思議地開口問道：「剛才，大姊被退親了沒錯吧？」

她簡直想抬手揉自己的眼睛，難道剛剛她們看到的不是同一件事？顧蘭月被退親，這是一件多麼嚴重、多麼可怕的事情，她們怎麼還高興得起來？

「什麼被退親？」顧華月不高興地瞪她。「這樣的親事，我們才不稀罕呢！」

顧荷月瞠目結舌。「那、那可是忠勇伯府啊！」非但出了非常受寵的賢妃娘娘，如果沒有意外，說不定爵位還會再往上提！

可細想方才尤氏的態度，好像也跟顧華月她們一樣，半點惋惜都沒有，甚至鬆了口氣，這到底是怎麼回事？

她忽然想起昨晚喜梅看到的那一幕，莊嬤嬤見了忠勇伯世子，今兒忠勇伯府就派人上門還庚帖。看似是忠勇伯府主動，可昨夜的事，還有尤氏的反應及顧華月等人的態度，都說明主動要擺脫這樁親事的，根本不是忠勇伯府！

顧華月不屑地撇嘴。「忠勇伯府怎麼了？這滿京城的勛貴之家沒有一百也有八十，忠勇伯府不過是靠著家中女兒發達起來的新貴罷了，真當自己有多了不起？有本事，他們也跟東平侯府一樣，以軍功來封侯拜相，那才是真正的本領！」

顧荷月說著，看顧桐月一眼。「東平侯府自然十分厲害，聽聞在當今聖上面前，什麼親王、郡王，都不如東平侯府有臉。」

顧桐月彷彿沒聽到，只笑著對顧華月說：「四姊，咱們該去上課了，等會兒晚了，教養嬤嬤又該打手心了。」

顧華月拉起顧桐月，一迭聲地道：「快走、快走。」

兩人手拉手跑遠了，將顧荷月扔在後面。

顧荷月氣得直跺腳，卻無可奈何，只得加快腳步追上去。

忠勇伯府派人送還顧蘭月的庚帖以及退婚書的事，很快在府裡傳開。

秦氏剛從知慈院回來，便聽到這個消息，頓時啊的一聲，跌坐在椅子上。

「娘，您怎麼了？」顧冰月忙上前，擔憂地問道，用手輕輕順著她的後背。

秦氏一把抓住她的手，不自覺地用力。「蘭姐兒被忠勇伯府退親了？」

「是，剛才那個婆子是這麼說的。」顧冰月秀眉輕蹙，忍著疼問道：「大姊退親，並不關我們的事，您怎麼好像很緊張的樣子？」

「她知道了。」秦氏面如土色，喃喃低語。「她肯定是知道了！」

「誰？誰知道了什麼？」顧冰月輕聲追問。

「快，快讓人服侍我更衣，我要去忠勇伯府。」秦氏猛地站起身，口中急急忙忙吩咐。

「您要去見俞三夫人嗎？」顧冰月想想，秦氏上門能見到的人，只有俞三夫人了。

隨即，顧冰月驀地睜圓眼睛。「大姊的親事是您與俞三夫人一力促成，難不成其中有不可告人的秘密？」瞬間想通，猶如有盆冷水當頭潑下。「是三嬸知道了，是不是?!」

秦氏一把推開她。「還愣著幹什麼？快叫人進來幫我梳洗更衣！」

「娘！」顧冰月拉住她，冷靜地說：「現在去忠勇伯府做什麼？俞三夫人會不會見您還難說；再者，眼下已經退親，您趕去有什麼用？您先告訴我，這樁親事到底有何不對勁？」

秦氏張張嘴，茫然地看著鎮定的顧冰月。這個時候，除了眼前瘦弱的女兒，她似乎沒有人可以相信與依靠，遂一五一十地說出她如何謀算顧蘭月嫁給俞世子那樣下作又殘忍的人。

顧冰月聽完，一顆心猶如跌到谷底，怔怔坐著，半晌說不出話來。

「冰姐兒，妳三嬸定然知道了此事，才會想方設法退親！忠勇伯府那邊斷然不會主動來說，否則也不會拖到現在……」

秦氏心亂如麻，她謀算顧蘭月時，未覺得不妥，那時她在府中有倚仗，連當家的劉氏都要退讓三分；尤氏與她有過節，她便讓顧蘭月嫁給俞世子那樣的人，想看尤氏痛苦一輩子。

可尤氏回來了，又在府裡立威，一日比一日有威嚴、有地位，現在更是連中饋都管了一半，而她卻在短短時日內，失去所有倚仗；倘若尤氏還要報復她，她根本沒有還手之力！

秦氏後悔了，但為時已晚。

「怎麼辦？尤氏向來恩怨分明，一定不會放過我！」秦氏抱著頭，慌張地喃喃自語。

顧冰月猛地抬頭，難以置信地看著秦氏。「母親，胭脂會不會是三嬸……」

當時，尤氏要宴客，秦氏一早便起來，要攪亂尤氏的安排，可還不等秦氏動手，就先傳出顧從仁去找胭脂的消息！會不會在那個時候，尤氏就知道顧蘭月的親事有問題，而胭脂根本是尤氏找來報復秦氏的？

秦氏動了她的女兒，但尤氏更知道秦氏看重什麼……

顧冰月這樣一想，整顆心都涼了，苦笑一聲，不再看目瞪口呆的秦氏，緩緩垂下眼。

「母親啊，這回您真是……斷了我們所有的生路……」

秦氏怔怔看著她，眼淚毫無聲息洶湧而下。「妳別害怕，大不了……我去求她，我跪著求她，她這人吃軟不吃硬。冰姐兒別擔心，我絕不會害了妳跟秋哥兒，妳信我……」

此時，尤府裡，吳氏正氣急敗壞地瞪著挺直背脊、跪在跟前的尤嘉樹。

「你這孽障！你再說一遍?!」

「孩兒要娶顧家六表妹為妻，求母親成全。」神色憔悴卻仍不掩少年風采的尤嘉樹說著，隨即彎腰磕頭。

吳氏氣得腦門發疼，哆嗦著嘴唇指著他，竟是好半晌說不出話來。

一旁的丫鬟見狀，急忙道：「五少爺快別說了，夫人都要暈過去了。」

尤嘉樹聞言，連忙抬起頭，膝行至吳氏身邊，高聲喚道：「母親，您怎麼樣了？千萬別嚇兒子啊！」

「你都要活活氣死我了，還怕我嚇你？」吳氏緩過氣來，抬手就要將抱住她雙腿的尤嘉樹推開。「那顧荷月是個什麼樣的人，你去問問姊姊、妹妹，看她們有誰喜歡她？」

「還不是因為六表妹是庶出，家裡的姊妹才看不上她。」尤嘉樹忍不住脫口辯道：「若換了四表妹，姊妹們還會不喜歡她嗎？四表妹驕縱蠻橫，平日裡不知如何欺負六表妹呢！」

吳氏聽了，覺得眼前一陣一陣發黑。「那小賤人向你訴苦告狀，說華姐兒欺負她了？」

「母親！」尤嘉樹覺得心尖上的純潔小花被自家母親喚作小賤人委實太過分，不由皺眉。「您怎可那般說她？六表妹並沒有道四表妹的不是，是我自己猜的！」

見自家母親臉色實在太過難看，尤嘉樹又換了哀求的姿態。「母親，孩兒求您了。以往您多疼愛孩兒，孩兒要什麼便給什麼，如今就不能再疼一疼孩兒嗎？孩兒保證，您讓我娶六表妹，以後定認真讀書，再不做讓您不喜的事，勤奮上進，向大哥學習！您就應了吧！」

「不可能！」吳氏喘著氣，冷眼瞪他。「尤嘉樹，你死了這條心吧！」

「母親！」尤嘉樹又驚又氣，霍地站起身。「出身就那麼重要嗎？六表妹是庶出，又不是她可以選的，我不嫌棄就好！她才情出色，性情又那般婉約溫和，不比家裡的姊妹們差，您為何瞧不上她？」

「就憑她敢與你私相授受，她就不是個矜持的好姑娘！」吳氏也站起身，仰頭望著已經比她高出一頭的兒子。「哪家的好姑娘會罔顧名聲與家族，與外男牽扯不清？今天她能跟你私相授受，明天就能同別人私下來往，這樣的人，尤府絕對不要！」

「是我先看見她，是我非要喜歡她，是我非要將玉珮給她，關六表妹什麼事？」尤嘉樹不服。

尤嘉樹是吳氏的么子，可說是吳氏寵慣著長大的，吳氏怎麼樣也想不到，有一天，她最疼愛的兒子會為一個女子這般頂撞她。

「少爺，您怎麼這樣糊塗？」一旁的丫鬟看不下去了。「一個好姑娘，再如何也不會私見外男，更別提收下您的玉珮，這不是私相授受是什麼？聽夫人的話，夫人不會害您的。」

「閉嘴！」尤嘉樹衝丫鬟喝道：「她是什麼樣的人，妳有何資格評說？」

屋子裡吵鬧不休，有丫鬟心驚膽戰地走進來稟道：「夫人，老夫人請您去一趟。」

聽見尤老夫人找她，吳氏無法，只得先把大吵大鬧的尤嘉樹撂下，帶丫鬟過去。

吳氏到了尤老夫人屋裡，一雙眼睛還紅紅的。

「這是怎麼了？」尤老夫人詫異地挑眉。

吳氏按按眼角，在尤老夫人身邊坐下，話還未出口，眼淚又滾落。「還不是那逆子，當真要氣死我！」

「嘉樹還在鬧？」尤老夫人沒當一回事，呵呵笑了兩聲，讓丫鬟給吳氏上茶。

「死活都要娶那小妖精不可！」吳氏恨恨道：「不過就見了兩面，為了那麼個人，還跟我頂嘴，罵我身邊的丫鬟！您說說，我哪敢讓他將那禍害娶進門？」

「知慕少艾，也是正常的。」尤老夫人安慰吳氏。「想當年，嘉樹他爹不也是見了妳一面，就央求我上妳家去提親？還生怕我手腳慢了，害他娶不到可心的媳婦兒。」

吳氏頓時紅了臉，不好意思地側過頭。「您又打趣我。」

「孩子們的事，沒必要這麼緊張。」尤老夫人勸道：「嘉樹還小呢！往後見不著面，慢慢就淡了；況且，沒有兄弟娶同家姊妹的理，等二哥兒跟蘭姐兒訂了親，他還能鬧？」

在大周，並無兄弟娶同族姊妹的事。小門小戶也罷了，名門望族絕不可能如此。各戶婚配，並不單單只是親事而已，更是與其他望族聯姻之道，誰家都不會這樣浪費手上的籌碼。

吳氏愣了愣。「蘭姐兒跟忠勇伯府的親事已經退了？」

「剛才顧府捎消息來，忠勇伯府已送還蘭姐兒的庚帖與退婚書，從此兩家再無干係。」尤老夫人面上笑意更甚。「妳瞧瞧，蘭姐兒配二哥兒可還使得？」

若是以前，吳氏心裡定有疙瘩，雖然顧蘭月是她看著長大的，不過退了親的姑娘，名聲總不是那麼好聽，但現在，她卻是一千、一萬個願意娶顧蘭月進門！

吳氏幾乎按捺不住臉上的喜色，不住點頭。「既然如此，咱們該早早訂下這親事來。大哥兒六月娶妻，我回頭查查黃曆，要是今年內有好日子，二哥兒跟蘭姐兒也盡快成婚！」

尤老夫人聞言，笑了起來。「既然妳們都沒有意見，等過些日子，便請官媒上門提親。眼下妳們姑嫂私下先說定就是，畢竟蘭姐兒才被忠勇伯府退親，咱們這就湊上去，實在有些打忠勇伯府的臉；倒不是我們怕了他們，不過多一事不如少一事罷了。」

「還是母親思慮周到。正巧莊子上送了新鮮野物來，我選一些，親自給姑奶奶送去。」

「好。」尤老夫人瞧出吳氏的急切，也不笑她，揮揮手讓她去了。

午飯後，秦氏到知暉院找尤氏。

此時，尤氏正拿著顧桐月寫的字點評。「桐姐兒的字寫得越來越好，都快趕上妳四姊了。」

顧華月驕傲地說：「那自然是我教得好，是不是啊八妹？」

顧桐月笑著奉承。「四姊說得很是。」

「這女先生是好不容易才請來的，妳們姊妹幾個可得好好地學。」尤氏勉勵了顧桐月兩句，又叮囑她們。

顧桐月點頭，沒想到顧從明當真踐諾，年後真請來女先生教導她們呢！

此時，外頭的丫鬟來稟，說是秦氏過來了。

不僅顧桐月與顧華月驚呆，連尤氏都愣了下，才道：「請二夫人進來。」

眼下府裡沒什麼大事，秦氏來做什麼？真要說有，便是顧蘭月退親的事。

尤氏想到這一節，恍然大悟，唇邊浮起了然的微笑。

「好了，妳們兩個出去玩吧！」

顧桐月看看顧華月，對她使眼色。

顧華月遂扭股兒糖似地纏著尤氏。「反正我跟八妹沒事，讓我們留在這裡吧！」

每天上午她們要和教養嬤嬤學規矩，下午顧桐月跟著顧華月練字，或去顧雪月那邊坐坐，不管她對針線再怎麼沒天賦，也是要做做樣子的；其餘時間，她們便窩在尤氏這邊，尤氏與人對帳或安排府裡的事時，從不會趕她們走，甚至還有意無意地教著。

可現在秦氏來了，尤氏卻要趕她們走，顯然是知道秦氏的來意。

顧桐月很好奇，她知道秦氏跟尤氏不合，這會兒跑來找尤氏，難不成是發現胭脂的事與尤氏有關，上門來討公道了？

尤氏拗不過顧華月，加上秦氏已經進門，只好打發她們去碧紗櫥待著。「不許弄出動靜來！」

顧華月笑嘻嘻地應下，拉著顧桐月跑進碧紗櫥。

兩人剛坐定，就聽見秦氏進來的聲音。

尤氏冷淡道：「這會兒二嫂怎麼過來了？」

秦氏還有些虛弱，對自己帶來的丫鬟、婆子揮揮手。「妳們在門外待著。」又看向尤氏。「三弟妹，能讓妳屋裡的人也出去嗎？」說這話時，生硬嗓音裡帶著顯而易見的祈求。

尤氏緩緩地笑了。「好。」轉頭吩咐道：「妳們都出去吧！」

丫鬟、婆子如潮水般退出去，房裡似連空氣都變得寂靜起來。

撲通！秦氏直挺挺跪下了。

「蘭姐兒的事，是我有心算計。」她啞著聲音，一字一字如從齒縫中擠出來。「不敢求妳原諒，是死是活，都是我造的孽，妳衝著我來就是，不要……不要動我的孩子們！」

尤氏不說話，秦氏只覺得彷彿過了很久，久到她的雙腿發軟，久到她的呼吸變得沈重，久到她的心一點一點沈入深谷，才終於聽到頭頂上方傳來尤氏的一聲輕笑。

「二嫂在動我的孩子時，沒想過有朝一日會為了妳的孩子們下跪求我吧？」尤氏冷冷開口。「說起來，二嫂也令我大開眼界，原以為妳這輩子都不會將我放在眼裡，更不會輕易踏足知暉院，如今倒也擔得起能屈能伸這四個字了。」

秦氏過來之前，已想到尤氏會有的態度，當面奚落諷刺自在意料之中，雖然心中難過、臉色難看，仍跪得穩穩妥妥，艱澀地道：「弟妹說得沒錯，我從未想過有今日。過去種種，都是我的錯，還望弟妹大人不記小人過，原諒我。」眼下除了下跪求情，她當真走投無路。

顧老太太？尤氏一句老爺們的前程就將她拿捏住；顧從仁？他如今在溫柔鄉中樂不思蜀，早將他們母子三人拋到腦後，與其求他護著，她寧願來尤氏這裡受辱！

尤氏捏著茶杯，手指緩緩摩挲杯沿，過了一會兒，才淡淡道：「二嫂言重，一家人用不著這樣。現在二嫂知道什麼人碰不得，什麼事做不得，倘若此後還不悔改，再對我的孩子們做出不可原諒之事，我可就顧不得一家人了。」

秦氏呼吸一窒，隨即驚喜地抬頭，幾乎要喜極而泣。「弟妹當真原諒我了？」

「二嫂記得，妳我都是為人母者，妳能為孩子做到這地步，我為了孩子，也能做到妳想不到的地步。」

最後，尤氏仍嚴詞警告了秦氏一番，秦氏才千恩萬謝地走了。

躲在碧紗櫥裡的顧桐月與顧華月聽見秦氏離開的聲音，對視一眼，齊齊嘆氣。

「剛回府時，二伯母可是懶得多看咱們三房一眼啊！」顧華月先開了口。

顧桐月自然也記得秦氏彼時的高高在上，不過短短時日，便被尤氏磨得心氣都沒了。

「還是母親厲害。」顧桐月由衷地讚道。

顧華月立時得意洋洋。「那當然，我母親是最最厲害的。」

尤氏聽見兩人誇她的話，哭笑不得地搖搖頭，正欲叫她們回自己屋裡，一個身影卻像風一樣突然衝進來，後面跟著驚慌失措的霜春與海秋。

兩個嬌滴滴的丫鬟，怎能攔得住盛怒中的顧從安？

顧從安斯文白淨的臉猙獰扭曲，手幾乎要指到尤氏臉上。「妳幹了什麼好事?!」

「老爺，有話好好說……」霜春大著膽子上前勸阻。

「滾出去！」顧從安怒喝，一腳踹向霜春，盛怒下半點力氣都沒留，踹得她撲跌在地。

尤氏瞧著海秋還要上前，忙開口道：「妳們出去吧！守好門。」

海秋難掩擔憂地看尤氏一眼，見她神色鎮定，並不驚慌，這才磨磨蹭蹭地去扶倒在地上的霜春，一起退出去。

碧紗櫥裡的顧華月聽見動靜，也坐不住了，起身就要往外衝。

顧桐月拉住她，以眼神示意她不要輕舉妄動。

顧華月掙扎。「那是我母親！他要是打她怎麼辦？」

顧桐月小聲安撫她。「他不敢！妳別忘了尤府，還有唐夫人，他不敢對母親如何。」

顧桐月猜得沒錯，顧從安即便氣得恨不能休棄尤氏，也不敢失去理智動她。

「老爺這是怎麼了？」外頭傳來尤氏平靜的問話聲。

顧從安氣怒的雙眼幾乎要冒出火來。「妳還敢問我怎麼了？這樣罔顧兒女的前程，妳算是什麼母親？」

這番嚴厲的指責並未傷到尤氏分毫，只讓她輕輕地抬了抬眼皮。「老爺這話，我卻是不懂，我做了什麼，讓您如此指責？」

「我問妳，為什麼不跟我商量，就私自退了忠勇伯府的親事？」顧從安恨不得撕爛了尤氏那張平靜的臉。

「老爺誤會了。」尤氏不疾不徐地解釋。「是忠勇伯府的嬤嬤帶了蘭姐兒的庚帖與退婚書前來退親，老爺可聽清了？」

「眼見就要到婚期，忠勇伯府倘若要退親，怎會等到現在？」顧從安目眥盡裂。「是不是妳搞的鬼？」

尤氏輕輕地嘆口氣。「如果老爺這樣認為能讓您好受些，那就是吧！」

「果然是妳！」顧從安氣得語無倫次。「妳知不知道忠勇伯府是什麼樣的人家？知不知道賢妃娘娘正當盛寵？要是得罪他們，顧府是不是要滿門給妳陪葬？」

「老爺言重。」尤氏神色仍是淡淡。「您現在是正三品的朝廷大員，只要不貪贓枉法、通敵叛國，滿門抄斬這種事是不會發生的。」

顧從安聞言，氣得發抖，指著尤氏卻說不出話來。

尤氏瞧著他，輕輕地點出關鍵。「之前，賢妃娘娘特地接了兵部尚書家的千金進宮說話。」

顧從安一愣，隨即跌坐在椅子裡，滿臉憤怒皆被驚愕與無奈取代。

「俞家搭上了兵部尚書？」

尤氏輕嘆。「兵部尚書執掌整個兵部，待到來日，定能成為賢妃娘娘的助力，賢妃娘娘與俞家有了二心，想要退親，我一個婦道人家，又有什麼法子？」

顧從安徹底呆了，隨即起身，甩袖離開了正房。

顧從安走後，顧華月急不可待地從碧紗櫥跑出來，擔心地瞧著尤氏。「母親沒事吧？」

尤氏抬手撫了撫她的臉頰。「沒事，剛才可嚇到妳們了？」看向顧桐月。

顧桐月神色如常，搖搖頭。「我知道母親能夠應對。」

尤氏笑了起來，敲敲顧華月的額頭。「瞧瞧桐姐兒，妳還是姊姊呢！還沒有她鎮定。好了，我這裡沒事，妳們去玩吧！」

顧華月不肯走。「我想陪陪您。」

顧桐月見狀，不好留在這裡礙眼。「那我先回去練字。」便告退出去。

回去路上，香扣扶著顧桐月，小聲道：「老爺出去後，便直接去了莫姨娘那裡。」

顧桐月笑容淡淡，撇撇嘴角。「莫姨娘這是要復寵了啊！」

不過，這是京城，莫姨娘再得寵又如何？除非顧從安當真不想做官了，才敢寵妾滅妻。

第三十九章 為了喝湯

很快地，顧荷月也知道顧從安去了莫姨娘的院子，而且當夜還留宿在那邊。她高興之餘，又覺得意興闌珊。就算莫姨娘復寵又能如何？如今的尤氏，可是連顧老太太都不放在眼裡。

「姑娘，七少爺的身體已經大有起色，姑娘是不是該為七少爺的將來想一想了？」喜梅小心翼翼地將冰糖燕窩端進來，放在顧荷月身前。

顧荷月吃了一口，嘆道：「我能有什麼法子？弟弟身子弱，拖到現在才啟蒙，妳瞧顧清和，人家馬上就要下場考秀才了，夏哥兒就算不眠不休奮起直追，也追不上；更何況，顧清和已經是三房嫡子，三房日後都是他的。」

說到這裡，她啪的扔了銀勺，狠狠咬住唇。

更別提顧清和還有個八面玲瓏的親姊姊，顧桐月攀上東平侯府不說，還提攜顧清和。聽聞現在顧清和早上在尤府跟著尤老太爺讀書，下午去東平侯府練習騎射，教他的還不是隨隨便便的人，不是唐侯爺，就是那幾位公子，真不知那對姊弟到底走了什麼狗屎運！

「之前奴婢偷偷聽到七姑娘身邊的丫鬟說，原來七姑娘也想送六少爺去尤府讀書，要是可以，更想讓六少爺跟五少爺一道去東平侯府練功夫呢！」

「哈！」顧荷月像是聽到了天大的笑話。「我說這些日子顧冰月怎麼也湊到顧桐月跟前，原來打的是這個主意！真是好笑，明知二房跟三房水火不容，竟然還想這般行事，腦子是不是有問題啊？」

「姑娘，七姑娘未必不能成事。」喜梅小聲道：「剛開始，長房跟咱們三房也不見得有多親密，可八姑娘不還……」

她原想誇顧桐月性子好，可看看顧荷月陰沈的臉色，便不敢說了，改口道：「八姑娘耳根軟，被七姑娘廝纏一番，說不定真會幫忙送六少爺去尤府跟東平侯府呢！」

顧荷月扯著帕子，氣呼呼道：「尤府的事，她說了能算？」

「如今八姑娘在夫人跟前十分得臉，她開口，夫人未必會駁她。您想，東平侯府的唐夫人是因為誰才來當四姑娘及笄禮的正賓？」喜梅提醒道。

縱使顧荷月不願意，也不得不承認，現在的顧桐月早已不是陽城那個任由她欺凌的傻子，顧府上上下下對她都是捧著、奉承著，連顧從明也誇過她。

「妳跟我說這些做什麼？」顧荷月心裡很不是滋味，瞪向喜梅。

喜梅嚇得哆嗦，卻還是期期艾艾地說：「奴婢想著，比起七姑娘，您跟八姑娘更近些，倘若八姑娘當真答應送六少爺去尤府讀書，那咱們家七少爺可怎麼辦？」

顧荷月咬牙，隨即嘆氣。「妳當我不想跟她交好？妳又不是沒瞧見，這些天我往她跟前湊了多少次，她理我了嗎？勢利眼的臭丫頭，也不想想，我跟她的關係才是最近的呢！」都是庶出，顧桐月怎麼就不肯幫幫她？

正惱恨間，冬梅高高興興地快步走進房，拿出一封信遞給顧荷月，湊近她耳邊小聲道：

「是尤五少爺身邊的小廝親自送到後角門的。」

顧荷月眉頭一皺，旋即鬆開，手指輕彈著薄薄的信封，低低笑道：「真是瞌睡來了，他便遞上枕頭呢！」說罷，隨手拆開信，一目十行地看完，唇邊笑意更深了些，卻撇撇嘴，搖頭道：「真是個傻子呢！」

原來，尤嘉樹在信裡極力向她保證，定會說服吳氏，明媒正娶迎她過門，要她相信他，好好等著。

若是以前，有尤嘉樹這樣身分的男子愛慕她，顧荷月定會抓牢這個機會，無論如何也要嫁到尤家去；就算明知尤氏跟吳氏甚至整個尤家都不會同意，又有什麼關係，只要男人喜歡她，她也自信能抓住男人的心，讓他一心向著她。

可是，她有了別的念想，尤嘉樹自然入不了她的眼，不過倒是可以拿來利用——

「準備紙筆，我要給尤五少爺回信。」顧荷月微微一笑，想必他會很樂意幫她這個忙。

顧桐月剛回到屋裡，便聽到一個消息。

長房五姑娘顧槐月不知為何得到靜王青眼，不日就要嫁進靜王府了。

躺在床上時，顧桐月還在想這件事。

她是見過靜王爺的。

武德帝子嗣繁盛，光兒子就有二十多個，靜王排行第八，是戚貴妃所出。鎮北侯戚家祖籍西北，與東平侯府一樣，是正經的武將世家，子孫世代鎮守西北。據聞現在的鎮北侯愛民如子，威望極高，以至於在西北地界，百姓只知鎮北侯，而不知京城的武德帝。

按理說，這樣的情形，鎮北侯應該會被猜忌才是，可武德帝卻十分信任他，因此，宮裡的戚貴妃與靜王，都是武德帝身邊盛寵之人。

是以，靜王才能成為太子底下第一人。當然，他自己也頗有本事，不然又怎麼可能在這麼多兄弟中脫穎而出？

唐靜好第一次見到靜王時，靜王還沒有封王立妃，仍是八皇子，對他們家的練武場慕名已久，唐承宗無奈之下，才把他帶回來。

後來，唐承赫跟她說，八皇子還是頗有幾分能耐，十箭中，有七、八箭能射在靶心上。他這樣說，可不是誇獎，而是嘲笑——唐家的兄長們，若到了十歲還不能練就百步穿楊的好本事，出門都不好意思告訴人家，他們是東平侯府的人。

於是，她對八皇子生出好奇，磨著唐承赫推她去練武場偷偷看一眼。隔得遠遠的，果然看見唐承遠正跟一個身形挺拔的年輕男子耍長槍對打。

她覺得八皇子打得不錯，眼花撩亂，怪好看的。唐承赫卻嗤之以鼻，道那不過是花架子，真要上了戰場，用這些招式來對敵，估計連個全屍都拼不出來。

兩人正說著，八皇子手裡的長槍脫手而出，竟朝他們的方向刺過來。

有唐承赫在，長槍並沒有傷到她分毫，但八皇子嚇得不輕，急急忙忙跑過來道歉。

那時候，八皇子落在她臉上的目光，是明明白白的焦急擔憂和自責。她第一個念頭是，八皇子長得還挺好看的，不過唐承赫跟唐承遠的臉色很不好看就是了。

後來，她無意間聽到父親與兄長們說起八皇子竟然瞧上她，想求武德帝賜婚的消息，因此憂心忡忡，想趕在賜婚前將她的親事訂下來。

那時，郭氏瞧中了尤家二公子，是她不顧臉面寫信給謝斂，確定他的心意後，便不管不顧地說出除了謝斂誰也不嫁的話，兩人才訂了親。

她曾經很感謝八皇子，要不是他，父兄們只怕不會輕易答應與謝家結親。

後來，她總是想，其實那時謝斂給她回信，說能跟她訂親是謝家之幸，他也非常高興。前一句大概是真的，而後一句，很可能不是真的，所以才能一面對她忠貞不渝、一面暗地裡與姚嫣然眉來眼去。

顧桐月翻身，忍不住嘆氣，怎麼想著想著，思緒又跑到謝斂跟姚嫣然身上去呢？這樣真的太不好了，以後回東平侯府長住，該如何面對他們？

「小小年紀，哪有那麼多氣可嘆？」

黑暗中，驀地響起一道低沈悅耳的聲音。

顧桐月頭皮一緊，隨即揮開床帳，果然見到一身黑衣的蕭瑾修站在她床前。

「蕭大哥！」顧桐月想捶床。「這裡是顧府。」

蕭瑾修點頭。「我知道。」

「這裡是我的閨房！」顧桐月加重語氣。

「沒錯。」蕭瑾修面不改色。

顧桐月額頭青筋隱隱跳動。「你一個大男人公然出現在我這個清清白白小姑娘的房間，就那麼自信不會被人發現？」
蕭瑾修再次點頭。「我不想被人發現，就不會有人發現。」
顧桐月敗了。「……好，你厲害。」
蕭瑾修瞧著她瓷白小臉上的無奈，以及那敷衍得想翻白眼的誇讚，微微一笑。「是，我也知道我很厲害。」
顧桐月嘴角抽了抽。「深更半夜來這裡，是為了自誇，還是想聽我誇你？」
「如果妳喜歡，可以多誇我幾句。」蕭瑾修一本正經地說。
顧桐月無語地看他半晌，忽然問：「你覺得護城牆厚不厚？」
蕭瑾修面上隱有笑意。「能抵禦千軍萬馬，自然是厚的。」
顧桐月面無表情地搖頭。「我覺得還不夠厚。」
「為何？」蕭瑾修明知故問。
顧桐月目光閃閃地盯著他。「城牆哪及得上你臉皮厚？蕭大哥，你學壞了，之前不是這樣的人啊！」以前分明冷淡有禮，怎麼變成現在這個樣子？
蕭瑾修慢條斯理地開口。「妳怎麼知道不是？」
顧桐月無奈地瞅著他，指指一旁的漏壺。「蕭大哥，女孩子睡不夠，會容色憔悴，有損美貌，明日我可不想頂著黑眼圈，憔悴地出去見人。」這是要趕他走了。
蕭瑾修抿唇看她。「我來，是有事要問妳。」
總算切入正題了，顧桐月連忙道：「你請說。」

「幾日前妳說要請我喝湯，可是侯府沒人請我過去。」蕭瑾修說時，向來深沈的目光裡，竟似有星星點點的委屈浮現。

顧桐月看得一愣，直覺自己眼花，抬手揉眼睛，揉完眼睛，又疑心自己聽錯了，於是試探著問：「你漏夜前來，就是為了喝湯？」

「是妳說我需要好好調養身體的。」那語氣簡直就像在抗議她說話不算數。

顧桐月眼睛都瞪直了。「就……就為了喝湯？」

蕭瑾修認真地點頭。「喝幫我調養身體的湯。」

顧桐月扶額，有氣無力地道：「是我疏忽，明日我就讓人帶信去東平侯府，行了吧？」

「明日若沒人來請，我再來找妳。」蕭瑾修嘴角微彎，漆黑眼裡的柔光猶如漣漪般，一圈圈蕩漾開來。

顧桐月忍不住嘀咕。「這是賴上我了？」

「妳說什麼？」蕭瑾修挑眉。

「沒什麼。」顧桐月連忙搖頭。「你還有事嗎？」

「明晚是上元燈會的最後一天，妳要不要去看？」蕭瑾修問道。

「明晚……」顧桐月頓了頓，她跟郭氏說好了，要一起去看燈。

「嗯。」顧桐月點頭。「蕭大哥想陪我去看燈？」

瞧見顧桐月遲疑，蕭瑾修微微皺眉。「妳有事？」

「妳初來京城，我在此處也沒有相熟的好友，唯獨與妳熟悉些；怎麼，妳不願意與我同遊？」蕭瑾修說得坦蕩，彷彿當真只是為了找個伴一起逛燈會。

顧桐月聽了，莫名有些悻悻，果然是她想太多了。

「承蒙蕭大哥看得起，不過明晚我可能會陪唐夫人賞燈，故而……」

蕭瑾修神色微動，點頭道：「既如此，那下回吧！」說完，自在地喝完茶，轉身離開。

顧桐月還未從他用她的茶杯喝茶的震驚中回過神，瞪圓眼睛，喃喃道：「下、下回？」

「女兒節也有燈會，妳不知道？」不等她回答，蕭瑾修揮揮手。「不早了，妳歇息吧！」

顧桐月張口結舌地坐在床上，半天回不過神。

女兒節啊，那是她從前最嚮往的節日。聽聞那一天，未婚的少年、少女都會聚集在涇河邊，摘蘭草，拂不祥，可以自由往來而不會被人詬病。

唐承赫曾得意洋洋地告訴她，那天去涇河，得到最多蘭草的肯定是他，少女們會將手裡的蘭草扔到他身上，弄得他很不耐煩。

到了晚上，便在河邊放花燈，還會沿著河岸搭起一排帳篷，十分有趣又好玩。

這些都是唐承赫或姚嫣然告訴她的，她唯一的遺憾就是不能親眼目睹。自重生成了顧桐月，她就想著，往後每個可以出門的節日，都絕對不要錯過。

可是，不錯過是一回事，蕭瑾修深夜來提前約她遊女兒節，又是另一回事！

顧桐月驀地睜大眼睛。難道不是她的錯覺，蕭瑾修當真看上她了？

另一邊，今晚出門賞燈遊玩的百姓雖沒有昨日多，但仍是人頭攢動，歡聲笑語。

探月橋熱鬧非凡，街道與拱橋兩邊掛滿紅燈籠，照亮河面上大大小小的畫舫與花船。鶯聲燕語飄蕩在空氣中，夾雜著斷斷續續的琴聲、琵琶聲或姑娘家動聽柔美的歌聲，一派醉生夢死、曖昧淫靡的景象。

「王爺，您來了。」候在河岸上的男子看到靜王一行人，連忙上前行禮，恭敬道：「我家王爺已經到了，奴才引您過去。」

「不必。」靜王笑著揮揮手，舉目一望，指向不遠處的畫舫。「十三弟凡事都喜歡最大、最好、最美的，本王瞧著，這裡只有那艘畫舫能入十三弟的眼。」

男子忙笑著奉承。「王爺英明。」

眾人簇擁著靜王邁進畫舫，舫中一名身著華麗衣袍的男子放下酒杯，起身相迎。「八哥，你總算來了，我跟十七弟等了半天，還想著莫非是八嫂纏著，不許你出門呢！」

旁邊的席案後，一個更年輕些的少年正醉眼矇矓地半臥在旁邊身材玲瓏有致的美麗花娘胸前，鬧著她用嘴餵他喝酒。

「八哥，你素來不喜這樣的地方，今日怎麼將我跟十七弟約到這裡來？」英王抬手，親自為靜王斟酒。

靜王沒有回答他，反而問道：「之前交代你們蒐集的證據，現在可以拿出來了。」那些證據，自然是太子的罪證。

半醉的康王看過來，興奮地說：「咱們這是要給太子哥哥定罪了？」

英王也掩飾不住面上的喜色，猛地用拳頭砸手心。「等了這麼久，終於……」

「不要高興得太早。」靜王卻很冷靜，抬眼瞥他們一眼。「他到底是父皇親手帶大的，父皇老了，心比以前軟很多，倘若父皇狠不下心，咱們這麼多年的努力，還是白費工夫。」

「這怎麼行！」康王頭一個叫起來。「這次父皇叫咱們三個一起審他，絲毫沒有大事化小的意思，分明是要藉著這次機會廢了太子哥哥。」

「如果父皇當真狠得下心，就不會只將他禁足在東宮。」靜王淡淡道：「我的人上奏摺，請父皇把太子移交給宗人府，父皇不肯。」

英王沈吟道：「八哥說得沒錯，不過，我還是覺得這次太子殿下不成氣候了。今日父皇在勤政殿見黃大人，說了半天話，黃大人出來時，小太監瞧見他一臉輕鬆的模樣呢！」

康王聽得一愣一愣。「這能說明什麼？」

靜王笑起來，長指輕叩桌面，面上露出輕快神色。「黃大人與太子早已勢不兩立，倘若父皇決心要保太子，黃大人還能笑得出來？」

康王聞言，也哈哈大笑。「八哥說得很對。這幾日，咱們陸陸續續將這些年收集的罪證呈在父皇面前，我倒要瞧瞧，父皇還會不會護著他！」

「太子殿下已是不足為懼。」英王含笑舉杯。「臣弟在這裡預祝八哥，心想事成。」

靜王舉杯與他相碰，面上的得意掩都掩不住。「承十三弟吉言。」

「只是有個人，八哥與十三哥不得不防著些。」康王忽然開口。

「誰？」靜王與英王異口同聲地問。

「蕭瑾修。」康王緩緩道。

「蕭瑾修？」靜王皺眉。「他有何懼？」

雖然蕭瑾修的確很受武德帝信任，但不過只是個四品御前侍衛，有什麼值得他們防著？

「我聽說過年時，蕭瑾修去了東江一趟，是奉父皇的命令，悄悄去的。」

靜王與英王大驚失色，猛地站起來。「什麼？」

康王見狀，面上不明所以，心裡卻冷笑不已。他年紀小，總被兩個哥哥以不穩重為由，隱瞞不少事，但不代表他打聽不到。

「八哥，怎麼辦？父皇是不是知道了？」英王面上有了駭意，連聲音都顫抖起來。

東江那裡，可是藏了他們最大的秘密。

靜王強作鎮定。「不可能，別慌，待本王去會會蕭瑾修，能拉攏就罷，要是不能拉攏，大不了——」

他抬手，在脖子上狠狠一抹，這動作配著森冷目光，令人不寒而慄。

第二日一早，因為昨夜沒睡好，顧桐月無精打采，強打著精神睜大眼，想著熬過給顧老太太請安後，便回去睡回籠覺。

如今顧蘭月頭上沒了俞家這座大山，整個人越發顯得安寧秀美，看看哈欠不斷的顧桐月，問道：「昨晚做什麼去了，怎麼這樣沒精神？」

「看了一本遊記，很有意思，就忍不住一直看下去。」她倒沒有騙人，蕭瑾修走後，她心煩意亂睡不著，便找本書來轉移心思，結果卻是越看越入迷。

顧蘭月瞋怪地瞪她一眼。「什麼時候不能看書？偏要晚上熬著看，還要不要眼睛了？」

「我知道幾個養眼方子，不會有事的。」顧桐月打起精神，笑嘻嘻地說，又問：「大姊跟三姊要不要試試，很好用的。」顧蘭月喜歡看書，顧雪月喜歡刺繡，都很傷眼睛。

兩人聞言，相視一笑，顧雪月率先開口。「那我先謝過八妹了。」

她們這個小妹，出手其實是很大方的，無論得到什麼好東西，都不忘給其他姊妹分一份，一點都不藏私。尋常人得個好方子，必定要藏著掖著，或當作傳家寶貝，一代一代悄悄傳下去，她卻隨手就拿出來，絲毫不以為意。

這一點，真的不像個生而卑微的庶女。

此時，丫鬟來稟，說尤家大夫人來了。

幾個姑娘便起身，隨著尤氏一道去見禮問安。

尤氏帶著姑娘們走到花廳門前，就見莊嬤嬤神色緊張地守在外頭。

「怎麼了？」臉上猶帶著笑的尤氏頓了頓，目光望向廳裡。

「舅夫人的臉色不太好，好像氣沖沖的。」莊嬤嬤小聲提醒她。

尤氏想了想，轉身吩咐幾個女兒。「蘭姐兒，妳先領著妹妹們去妳的繡樓裡坐坐，等會兒我再讓人過來喚妳們。」

顧蘭月乖順點頭，尤氏目送她領著妹妹們離開，才轉身進去。

尤氏一入花廳，便見吳氏沈著臉坐在那裡，臉上怒色未消。

揮退廳裡的丫鬟、婆子，尤氏上前親自給吳氏倒茶。「大嫂，可是發生了什麼事？」

吳氏端過茶，一口氣喝乾，才將捏在手裡的信啪的丟在桌上，啞聲道：「妳自己看。」憤怒後的疲憊與憔悴盡顯出來。

尤氏心頭暗驚，拿起那封信，只看了一眼，臉色立時變得鐵青。

「這個沒皮沒臉的！」

見尤氏神色大變，吳氏嘆氣。「要怪，也是怪我家那孽障，是他先給荷姐兒寫信的。」

尤氏緊緊捏著信，怒火久久消不下去。「我原想著將她禁足，只是她到底住在老太太院子裡。大嫂也知道老太太跟我之間不太和睦，若我伸手明目張膽管知慈院的事，怕又是一頓好鬧，才疏忽了。」

說著，尤氏一頓。「至於信上說的這些……大嫂權當沒瞧見吧！我會想法子儘早訂下她的親事。」目光閃過一抹冷硬。

顧荷月這般找死，就真的怨不得她了。

吳氏聞言，慍色稍緩。「等二哥兒跟蘭姐兒訂親後，我也早點把那孽障的親事訂下。」

「大嫂放心，嘉樹定會尋到一個真正的名門淑女。」尤氏柔聲寬慰她。

吳氏點點頭，又道：「我今日過來，還有一事。坊間有些傳聞，跟蘭姐兒有關，妳大哥讓人去查，發現是忠勇伯府傳出來的，要壞了蘭姐兒的名聲。」

尤氏臉色一沈。「是這樣嗎？」俞世子竟還是這樣不知好歹！不過不想徹底撕破臉，就以為她當真不敢得罪忠勇伯府？仗著宮裡的賢妃娘娘撐腰，便當顧府無人，任他搓圓捏扁？

吳氏拉著尤氏的手，輕聲道：「我過來之前，母親特地交代我，既然俞家如此行事，咱們也不必再等，這就訂下二哥兒與蘭姐兒的親事吧！」

平心而論，她很喜歡顧蘭月，畢竟是尤老夫人親自調教、又是她親眼看著長大，才情學識、待人處事都是妥當的。當初顧蘭月訂給俞家，尤老夫人是按照世家宗婦的規矩來教養她，這樣的姑娘嫁給自己略顯平庸的二兒子，其實是有些委屈的。

可是，眼下顧蘭月的名聲被壞，顧家又有個與小兒子糾纏不清的，就很令她心塞了。

聽了吳氏的話，尤氏毫不猶豫地點頭。「我翻過黃曆，正巧後日就是好日子，勞大嫂請官媒上門提親。我不是忌憚忠勇伯府，只是想著結親不成，至少維持表面的和氣，畢竟都在京城裡，低頭不見抬頭見；既然俞世子覺得我怕他，那我不得不證明，我從沒有怕過！」

「姑爺會不會生氣？」吳氏有些擔心顧從安的反應。「聽說，妳跟姑爺鬧得不愉快？」

尤氏並不在意，揮揮手。「不必理會他。」

姑嫂倆又談了幾句，將事情說定後，吳氏便告辭了。

待吳氏回去後，尤氏便請顧桐月過去說話。

「母親，您找我有什麼吩咐嗎？」

丫鬟來時，她正在屋裡挑選衣裳，因為剛才東平侯府派人傳話，說一會兒後就要過來接她去小住幾日，只當尤氏喚她去，是要叮囑她幾句。

誰知她一抬眼，便瞧見尤氏憂心忡忡的模樣。

這是發生什麼事了？昨日顧從安那般喝罵，也沒讓尤氏驚慌失措。想起一大早趕來的吳氏，顧桐月心裡一動，莫非顧、尤兩家的親事生了變數？

這般猜想著，就聽尤氏嘆了口氣。「這件事，我真是難以啟齒。」

「有什麼話，母親直說就是。」顧桐月看得出來，尤氏遇到了難處。

於是，尤氏三言兩語地說了。知道俞世子放出流言中傷顧蘭月後，方才她隨即讓人將俞世子好男風、養孌童的事瘋傳出去。

顧桐月聽得張大了嘴，尤氏苦笑一聲。「妳是不是覺得我太意氣用事？」

要說實話嗎？顧桐月有些糾結地皺起眉頭。

尤氏見狀，微微一笑。「我也知道有些欠妥，可我是個母親，沒有哪個做母親的，能眼睜睜看著別人糟踐自己的孩子而無動於衷。」

顧桐月想起郭氏，點點頭。「母親，我能做些什麼？」

尤氏把這些告訴她，顯然是需要她的幫助。目前，唯有東平侯府能與忠勇伯府抗衡……不對，在東平侯府眼中，忠勇伯府根本不算什麼。

尤氏微微抿唇，顯然有求於顧桐月這件事，讓她頗為慚愧。

顧桐月看出來了，笑著說：「您別擔心，我一定說動唐夫人，幫大姊度過這個難關。」

她真的很慶幸，死了之後能重生為顧桐月，遇到尤氏這樣的嫡母，恩怨分明，有情有義，還會為庶女著想，這是她的福氣。

以前，她埋怨老天不公，既然讓她生成東平侯府的嬌嬌明珠，又為什麼要殘忍地奪去她的雙腿？既然讓她中意謝斂，為什麼不安排他們相守幸福？既然讓她死了，為什麼又讓她活過來，還給她這樣令人唾棄的出身？

但現在，所有的不平都沒有了，她甚至開始相信天道是公平的，老天拿走一些東西，終要還給她一些。

尤氏問道：「侯府那邊，會不會因此對妳不滿？」甚至厭棄顧桐月？畢竟才開始往來，她就有求於侯府，會惹人不喜吧？

她有些後悔，剛剛實在意氣用事了。

「不會的。」顧桐月笑盈盈地安撫尤氏。「您等我的好消息。」

另一邊，東平侯府是一番忙碌景象。

「方才夫人吩咐廚房準備的梅花杏仁酥餅好了沒有？」

「百花釀魚肚要嫩嫩的才好。」

「還有茶，一定要君山銀針，別拿錯了……」

徐氏瞧著這比過年還忙碌的陣仗，不由怔住。「嫂嫂，她們這是在幹什麼呢？」

端和公主和氣地說：「我也不知道，這些事都是母親親自安排，我連手都插不上。」

「母親連妳都沒說？」徐氏倒抽一口冷氣。「什麼客人能讓母親重視成這樣？」喃喃說著，忽地睜大了眼，難以置信地去看端和公主。

端和公主也看向她。

「不會吧?!」是顧桐月?!

端和公主抿唇。「看來就是她了。」

自顧桐月來府裡做了一回客，郭氏的身體就好了，明明長得不像，卻非說她跟死去的唐靜好一模一樣，上元節那天更是紆尊降貴去了顧府，替顧華月的及笄禮當正賓。今天更是支使下人忙得團團轉，連她們這兩個兒媳婦前來請安都沒空見。

「那母親去哪裡了？」徐氏忍不住問。

端和公主喚住一個匆匆走來的僕婦，她手裡抱著幾枝剛剪來的鮮嫩桃花。

「這花是哪來的？」這種天氣，別說府裡，就是京城的桃花都沒有開，除了……

「是夫人吩咐，特地從萬象山取回來的。」僕婦緊張地說：「公主，二少夫人，那邊還等著奴婢的花，夫人說了，如今天氣尚寒，不能將花凍壞，得趕緊送到有燒地龍的屋裡。」

「妳快去吧！」端和公主輕聲道。

徐氏目送那僕婦腳步匆匆卻小心翼翼地護著桃花往抄手遊廊走去，嘖嘖兩聲。「特地去萬象山摘桃花，難不成還是為了顧八姑娘？」

「走吧！咱們也去看看有沒有什麼能幫得上忙的。」端和公主率先往前走去。

「去哪裡幫忙？」徐氏連忙跟上她。

「清風苑。」

「那不是小姑以前的住處？」徐氏訝異。「不是怕母親睹物思人，已經封起來了嗎？」

端和公主笑笑。「封起來了，就不可以再打開嗎？」

「又是因為顧八姑娘？」徐氏已經懶得驚訝了。「母親捨得讓她住清風苑？」

想當初，唐靜好剛去世沒多久，姚嫣然打著照看清風苑的主意，想搬進去，郭氏都沒有同意，現在居然要給一個外來的小姑娘住？

徐氏心情複雜，隨端和公主來到清風苑，正好瞧見郭氏笑容滿面地從院子裡出來。

「把門關上守好了，不許任何人進去。」

守院門的婆子忙應是。

此時，郭氏的心腹江嬤嬤接到消息，小跑著過來稟告，說顧桐月的馬車已經到門口了。

郭氏面上喜色更甚。「快快快，去垂花門那邊等著。」言罷，領著丫鬟、婆子浩浩蕩蕩而去。

徐氏傻了。「……嫂嫂，剛才母親沒有瞧見我們嗎？」

她們兩個大活人，站在離郭氏那麼近的地方，可郭氏卻視若無睹，直接越過她們走了。

「這時母親眼裡、心裡只有那位顧八姑娘了。」端和公主輕吁一口氣，笑了笑。「走吧！我們也去迎一迎。」

徐氏噘嘴，不悅道：「這也太……妳可是公主，除了陛下、太后與皇后外，誰配得妳親自去迎？上一回，妳已經很給她臉面了。」

「我不僅是公主，還是東平侯府的媳婦。」端和公主淡淡道：「母親都親自相迎了，我若不去，說不過去。」

徐氏嘆氣。「這是真將顧八姑娘當成小姑了啊！」想起丈夫唐承博叮囑她的話，打起精神來。「罷了、罷了，但願這位顧八姑娘能有些自知之明。」別真拿自己當東平侯府矜貴的掌上明珠，大家面上過得去就是了。

說著，妯娌倆也去了垂花門迎客。

一會兒後，顧桐月在垂花門前下了車，郭氏興高采烈地迎上去。

「乖孩子，妳總算來了。」

顧桐月正要提著裙子飛奔過去，瞧見一旁的端和公主與徐氏，忙停下來，規規矩矩地走上前。

「小女見過夫人。」她屈膝低頭，向郭氏行了大禮。

郭氏心疼得不得了，忙伸手扶她。「好孩子快起來。」

顧桐月起身，飛快地對郭氏使眼色。

郭氏怔了怔，不捨地放開手。

接著，顧桐月舉步走向端和公主與徐氏，同樣行了大禮。「小女見過公主殿下、二少夫人。」

上回來得匆忙，郭氏又怕女兒面對端和公主與徐氏時會拘束，根本沒讓她們正式見面。

顧桐月知道，郭氏想維護她，不願讓她受委屈。不過以後要常來常往，不可能每次都任性地當端和公主與徐氏不存在，畢竟她不再是唐靜好。二來，母親對她這般，端和公主與徐氏遲早心生不悅，到時候厭惡她，鬧得家宅不寧就不好了。

想著這些，顧桐月這回來，便存了要與兩位嫂嫂交好的心意。

唉，從前她是名正言順的小姑子，連端和公主都要哄著她、順著她，如今卻換過來了。

端和公主已經溫和開口。「顧八姑娘不必客氣，快起身吧！」

因為身分，端和公主心安理得地受了顧桐月的禮。原本徐氏也能接受，不過瞧見郭氏的心疼神色後，躊躇一下，還是上前虛扶顧桐月一把。

「顧八姑娘別客氣，來了咱們府裡，只管當成自己家便是；府裡除了表姑娘，沒有別的女孩子，以後顧八姑娘常來常往，咱們也熱鬧些。」

郭氏聞言，立刻接話。「妳二嫂說得沒錯，以後可要常來常往才是。」

徐氏。「……」郭氏是不是正等著她這句話呢？直接就叫二嫂了？

顧桐月瞧著驚愕的徐氏，也有些哭笑不得。郭氏實在太心急，這讓端和公主與徐氏怎麼想她？

好在端和公主與徐氏經歷過兩次顧桐月來侯府的陣仗，還算鎮定，撐住了。

「夫人，快別站在風口上說話。」江嬤嬤含笑上前提醒。「薑蜜水備好了，您與顧八姑娘都要熱熱喝一碗才是。」

郭氏聞言，便迫不及待地拉著顧桐月上暖轎，問她這幾日可都還好？

「這兩日，妳在顧府可好？聽說那邊又鬧出事來了。唉，那一家子人，除了妳嫡母跟長姊，沒幾個明白人，所以才想讓妳早些搬回來……」

「不是什麼大事，還可以應付的，您別擔心。」

「怎能不擔心？妳早日回到我身邊來，我才放心。」

郭氏擔憂的話語與顧桐月低柔寬慰的聲音，隨暖轎慢慢飄遠了。

徐氏見狀，開口道：「大嫂，妳當真不覺得奇怪？」

小到蕫蜜水，大到曾經被封鎖的清風苑，這一切的一切，怎麼就便宜了顧桐月？除了長得好、看著乖巧之外，她實在看不出來，也想不通，這顧八姑娘到底有什麼過人之處啊！

端和公主笑笑。「母親高興就好。」

她們心裡已經認定，郭氏驟然痛失愛女後，深受打擊，臥病在床，直到抓住顧桐月這根救命稻草，身子才好起來。依郭氏對這件事的熱忱與執著，大概聽不進任何人的勸阻，連唐仲坦都放任郭氏，顧桐月離登堂入室的進住之日，應該不遠了。

「對了，今日怎麼沒瞧見表姑娘？」徐氏有些詫異。「難不成又被打發出去？」

「沒有。」端和公主淡淡道：「說是夜裡受寒，病得起不了身。家裡來客，自然不好知會她，免得把病氣過給客人，就不好了。」

徐氏眸光微閃。「是這樣啊！」

顧桐月一來，姚嫣然不是被打發出去，就是生病，這真是個巧合？

到了正房，郭氏便一迭聲地吩咐僕人。

「蕫蜜水呢？快端上！還有，姑娘走了路，定然又累又餓，快把點心送來。」

語畢，郭氏又對顧桐月說：「等會兒就用晚膳，現在先墊墊肚子。」

顧桐月很想開口勸郭氏不必如此，尤其是當著端和公主與徐氏的面，但她明白郭氏失而復得、恨不能將所有好東西都捧到她面前的心情。

她偷看端和公主與徐氏鎮定的神色，索性也放鬆下來。郭氏對她的態度，遮掩不了、隱瞞不了，那就不必多此一舉，兩個嫂嫂都是聰明人，自然不會做出不聰明的舉動。

很快，點心流水般地擺上來。梅花杏仁酥餅、棗泥千層糕、撒了糖霜的酥酪、白如雪片的桃片糕……擺在她面前的精緻小碗裡，擱著切好的鴿子蛋。

徐氏坐在一旁，覺得自己跟端和公主像兩個外人一樣，眼睜睜瞧著那方的熱鬧。她端坐不動，嘴也沒動，但卻有聲音從齒縫中傳出來。

「嫂嫂，眼熟嗎？」

端和公主明白她言下之意，卻是笑笑，並未說話，只端起手邊的茶盞淺淺飲了一口。

這些點心，都是唐靜好生前最喜愛的，這也是她還在世時，侯府每天的畫面。

「乖孩子，快嚐嚐這酥酪，可是還跟以前……」

「夫人，我自己來就好。」顧桐月忙打斷郭氏忘乎所以之下，險些脫口而出的話。

郭氏怔住，這才醒過神來，暗罵自己一聲，穩住了些，揮手令伺候的丫鬟、婆子下去。

丫鬟婆子魚貫而出，郭氏的目光落在端和公主與徐氏身上。

端和公主體貼，要跟著起身，打算找個藉口出去。

顧桐月卻細聲開口了。「夫人，公主，二少夫人，我們一起吃點心吧！」

郭氏心頭一暖，欣慰地看向自己的女兒。她明白女兒的用意，如果開口請端和公主與徐氏離開，為了她這個「外人」，天長日久，勢必會引得兒媳婦們不滿，導致家宅不寧。

徐氏已經站起來，聞言便看向端和公主。

端和公主微笑，正要拒絕，郭氏便開口了。「妳們兩個跟著我忙亂一整天，也餓了吧？快過來，咱們一起吃點心，晚上再出門看燈。」

郭氏發話，端和公主與徐氏不好離開，只得坐下，但沒人說話，氣氛又顯詭異。

顧桐月抬眼看看端和公主，又看看徐氏，伸手將金黃的蟹粉酥推到端和公主面前，怯聲怯氣道：「公主姊姊，這個很好吃。」

徐氏嘴角輕勾，忙拿帕子掩住。這小姑娘還真有兩下子，剛才見禮時還喊公主殿下，這會兒就變成公主姊姊了？

端和公主行事八面玲瓏又溫和得體，自然不會令顧桐月覺得尷尬為難，微笑道：「京城這麼多人家，唯有咱們家的蟹粉酥最好吃，顧八姑娘也嚐嚐，與顧府做的有什麼不同？」

因下人都被遣走，端和公主又不可能幫顧桐月取蟹粉酥，眼見郭氏要親自動手了，徐氏忙挾了蟹粉酥，擱在顧桐月面前的小碟裡。「顧八姑娘且嚐嚐吧！」

顧桐月起身，屈膝謝道：「多謝二少夫人。」

徐氏掩嘴一笑。「瞧妳，都叫公主姊姊了，偏喊我二少夫人，這是有意要與我生分？」

話音一落，就見原還笑盈盈的郭氏倏地看過來，目光瞬間變得凌厲。

徐氏心裡一抖，不由低下了頭。

她嫁過來三年，郭氏和藹可親，即便她與夫君爭執吵鬧，郭氏也只會指責夫君，安撫勸慰她；唯有在她對小姑不滿、不喜時，才會見到郭氏這樣冷淡又銳利的表情。

顧桐月悄悄握住郭氏冰涼的手，乖巧地笑了笑。「徐姊姊。」

「乖、乖妹妹。」徐氏偷覷郭氏緩和下來的臉色，磕磕絆絆地喊了一聲。

端和公主見狀，起身微笑道：「母親，我想起庫房那邊收的年禮還沒有清點好，我跟弟妹先去看看，等會兒再過來陪您與顧八姑娘說話。」語畢，又看徐氏一眼。

徐氏乖乖跟在她身後，兩人一前一後地走了。

郭氏重重嘆息一聲。

顧桐月笑著安慰她。「阿娘，不著急。」哪能這麼快就讓兩個嫂嫂接納她？她們跟父母、兄長不一樣，只能慢慢來。

郭氏心疼地撫著她的臉。「委屈妳了。」

顧桐月搖頭。「能再回到您跟父親身邊，再怎麼樣，我也不覺得委屈。」

「乖靜靜。」郭氏哽咽一聲，用力把她抱進懷裡。

第四十章　居心不良

威嚴莊重的勤政殿裡，身著玄色龍袍的武德帝端坐在案桌後。他的鬚髮已經花白，瞧上去慈眉善目，竟如同尋常人家中的老翁般，身上不見半點威嚴及霸氣。

太監輕手輕腳地上前稟道：「陛下，蕭大人在外頭。」

武德帝批閱奏摺的手不停，甚至連頭也沒抬一下。「怎麼，還要朕請他進來不成？」

太監偷偷看武德帝，心裡卻暗暗咋舌。如今武德帝越發看重蕭瑾修了，連勤政殿都不需要他們通傳，可以來去自如。

太監暗暗提醒自己，以後切不可得罪蕭瑾修，繼續道：「方才蕭大人過來時，遇到出宮的唐大人，說了兩句話才分開。」

武德帝嗯了聲，再沒多餘的話。

太監等了一會兒，見武德帝沒有別的指示，便躬身退出去。

見到蕭瑾修身形挺拔地站在殿外等候，太監笑著迎上前。「蕭大人，陛下請您進去。」

蕭瑾修頷首微笑。「多謝公公。」

「蕭大人太客氣了。」一見蕭瑾修就要進去，太監壓低聲音提醒一句。「剛才陛下宣了靜王殿下，靜王殿下出來時，臉色不太好看。」

蕭瑾修聞言，多看太監一眼，接受他的好意，拱手為禮後，大步走進勤政殿。

聽見某人進來的動靜，武德帝頭也沒抬，如話家常地開口問：「跟唐承宗說什麼了？」

「回陛下。」蕭瑾修稟道：「唐大人提醒微臣，今晚記得去侯府喝湯。」

「嗯？」一直沒抬頭的武德帝終於抬頭看過來，慈眉善目的臉上染了些許笑意。「朕聽說過請客吃飯，還真沒聽說請客喝湯，據朕所知，唐承宗不是這麼小器的人。」

蕭瑾修笑了。「陛下英明，唐大人是跟微臣開玩笑呢！」

武德帝也笑了。「好一段時日，你跟侯府不曾往來，如今怎麼芥蒂全消了？」

蕭瑾修恭敬回答。「微臣與東平侯府並沒有任何芥蒂。陛下知道，倘若沒有唐侯爺對微臣的栽培調教，微臣也沒有今日。之前與侯府少來往，不過是因為可笑的自尊心，不願讓人認為微臣攀附侯府。」

「不怪別人會這樣想，連朕也是這樣認為。」武德帝哈哈大笑。「若不是這些年，每逢年節你都不忘給侯府備禮，朕都要以為你是個沒良心的呢！」

蕭瑾修拱手。「陛下聖明。」

「今兒朕瞧唐承宗的心情很不錯，莫非侯府有什麼喜事？」武德帝隨口問道。

唐承宗向來喜怒不形於色，連武德帝都看出他心情不錯，那就是真不錯了。

「或許是前段時日臥病在床的唐夫人終於大好了吧！」

「哦，這事朕略有所聞。」武德帝沈吟。「說是有個小姑娘在侯府亂跑，差點闖進郭氏的院子，郭氏見到這個小姑娘後，就好起來了？」

「陛下耳聰目明，任何事情都瞞不過您的眼睛。」蕭瑾修道：「那位姑娘乃是戶部侍郎顧從安之女，因其模樣、性情像極過世的唐姑娘，故而遭受喪女之痛的郭氏一見到她，便精神大好，隨即病癒。」

武德帝感慨道：「白髮人送黑髮人，想必郭氏就此將那位姑娘當成了慰藉，如此也好，有了寄託，不再整日悲痛，也是好事；不過……朕彷彿聽你提過，年前你護送黃愛卿回京，便是與顧府人同行？」

「正是。」蕭瑾修心頭一動，神色卻是如常。「那位顧八姑娘，微臣有幸見過一面。」

「哦？」武德帝來了興致，索性將朱筆隨手一拋，追問道：「來，跟朕說說。」

武德帝知道，蕭瑾修不好女色，即便賞人給他，他也不肯受，還道他那小小宅院恐會委屈了人家云云，這會兒主動提起顧八姑娘，武德帝如何能不好奇？

「刺客追殺黃大人，不惜放火燒毀整個驛站。微臣趕到時，正好看見刺客追殺顧家的姑娘們，旁的姑娘嚇得閉眼尖叫，只有她拿著棍子拚命反抗。微臣替她們解圍，那些刺客便纏上微臣，本以為她們都逃了，回頭一看，顧八姑娘竟拿著棍子站在旁邊替微臣助陣。」

蕭瑾修很乾脆地將謝望完全抹去，彷彿那天的驛站裡，就是他救了她，而她又折回來要救他。

倘若謝望知道了，定要罵他不要臉。

武德帝愣住。「替你助陣？她還會功夫不成？」

「她只是個嬌滴滴的女兒家，連花拳繡腿都不會。」

武德帝撫掌大笑。「這個小姑娘倒是不簡單，旁人嚇得要死，她還能守在旁邊幫你；不過，朕去過侯府，規矩森嚴，一個小姑娘家怎能肆意亂走，還差點闖進正院裡？」

明明是好奇的語氣，蕭瑾修卻聽得心裡一沈，這的確是最大的破綻。

當日，他看到她在侯府裡飛快穿行，沒人引領，竟是熟門熟路，才大感意外，沒有立刻現身阻止。

「說起來，這也是小姑娘之間的事情。」蕭瑾修解釋道：「顧府與尤府是姻親，聽聞顧八姑娘是為了給尤家姑娘出氣，跑到東平侯府找人算帳，胡闖亂闖的，就闖到唐夫人的院子，恰巧被唐四爺發現了。」

「這倒有些意思。」武德帝沒有多問。「朕瞧著，你倒是挺關心那小姑娘的。」

「微臣從未見過這樣的姑娘家，故而留意了一下。」蕭瑾修答得很是坦然。

因這份坦然，武德帝又哈哈大笑了兩聲。

「好了，說正事吧！」武德帝的神色倏地變了，再不是溫和無害的老翁，連花白長眉都變得凌厲起來。「今早散朝後，老八找你了？」

「過年微臣暗訪東江的事，靜王殿下似乎知道了。」蕭瑾修沒有任何隱瞞地稟道：「他邀微臣空閒時去靜王府喝酒。」

武德帝以鋒利的目光打量蕭瑾修，嘴角一彎，搖搖頭。「太著急了。聽說昨晚他還跟十三、十七去了探月橋，活像別人不知道他們交好似的，你看看，能成得了什麼氣候？」

蕭瑾修沒有接話，皇家子嗣如何，輪不到他來評說，也不需要他回應。

武德帝慢慢吐出一口氣。「老八想必是要拉攏你了，東江的事，你可以露點口風，他有事情忙，總好過一心一意死盯著太子不放。」

聽了這話，蕭瑾修神色亦沒有絲毫變化。「是，微臣遵旨。」

「這些日子，太子如何了？」提到太子時，武德帝鋒利肅殺的表情明顯緩和不少。

「太子殿下每天看書寫字，底下人也盡心盡力地服侍著。」

「看書寫字？」武德帝嘆氣。「他當真坐得住？」

太子如何，武德帝心裡清楚，根本不需要蕭瑾修回答。

「怕又是那群屬官哄勸他做做樣子罷了。」武德帝的神色又繃緊起來。「這個不爭氣的東西！」

蕭瑾修微微垂眸，依然是恭敬的姿態。

「皇長孫呢？」武德帝打起精神，又問太子的嫡長子。

皇長孫今年已有十五歲，一直在國子監讀書。

武德帝對蕭瑾修說這些，其實已超出御前侍衛的職責，但蕭瑾修卻是張口就答。「國子監的先生說，皇長孫殿下已經讀完四書五經，正要請示陛下，接下來……」

武德帝百年後，如果一切順利，皇長孫便會順理成章地成為儲君；但武德帝並沒有單獨教養皇長孫，而是讓他與其他皇子或皇孫們一道在國子監唸書，這也是許多人覺得太子地位不穩的原因。

武德帝聞言，哼哼笑了兩聲。「有個老東西告老了，以為能享清福，朕偏不如他的意，讓他進宮教導皇長孫吧！」轉頭吩咐旁邊的秉筆太監。「擬旨——」

蕭瑾修不語，躬身等武德帝下旨，嘴角卻暗暗勾了勾。

另一邊，東平侯府裡，顧桐月吃完點心，與郭氏說了一會兒話，也提了尤氏的難處。

郭氏聞言，微微皺眉。「這俞家本就不是正經人家，妳可知他們家以前是做什麼的？」

顧桐月也不太清楚俞家的底細。「我只知道，俞家在朝為官的子弟不算多，且都是七、八品的微末小官；俞世子在禮部領了個虛職，說是今年會動一動，說不定會得個實差。」

郭氏搖頭。「在賢妃娘娘未進宮前，俞家就靠著俞伯爺走街竄巷當貨郎餬口呢！」

顧桐月聽了，忍不住好奇地問：「那賢妃娘娘是怎麼入了陛下的眼？」還盛寵不衰呢！

郭氏彎唇一笑。「因為她的容貌像極了先皇后。」

顧桐月張大了嘴。「原來是這樣。」

「這也不是什麼秘密。當年選秀，山西巡撫推薦了她，果然甫進宮就得到陛下的喜愛。」郭氏淡淡道：「她所出的皇子，今年八歲。」

深得皇寵又有皇子傍身，俞賢妃果然厲害，難怪忠勇伯府雖為新貴，卻天不怕、地不怕，行事囂張。

瞧著顧桐月面上浮起的擔憂，郭氏又笑了。「傻孩子，難不成東平侯府還怕了俞家？明兒我正好要進宮給太后請安，順道說一聲就是了。」

武德帝寵愛俞賢妃，太后卻不喜歡她。

「還要驚動太后？會不會太……」

「不過是隨口一提罷了，算不得什麼大事。」郭氏安撫她。「好了，別為這些小事傷神，咱們先去妳的院子看看，等妳父親回來再用晚膳。」

顧桐月隨她起身。「我的院子，您還留著？」

郭氏歡愉的神色瞬間變得哀戚。「當然，每日，我都督促下人好好打掃整理。」

顧桐月忙握住郭氏的手，柔聲寬慰她。「阿娘，我回來了。」

郭氏用力回握她的手，眼泛淚光。「是啊，幸好妳回來了。」

顧桐月燦爛一笑，扶著她去清風苑。「其實剛開始我也很無措，不知道該不該回來。」

「這是什麼話？」郭氏不悅地瞪她一眼。

「我怕嚇到您跟父親啊！」顧桐月老老實實地說：「這麼荒謬的事，連我自己都不相信。有時候一覺醒來，看見鏡子裡那張陌生的臉，還會覺得茫然，不知道自己是誰。」

這樣一說，郭氏又差點落淚。「我的靜靜，妳受苦了。」

顧桐月笑著搖頭。「阿娘見過我嫡母，就算不喜，她也不會故意苛待庶出子女，因而我也算不得受苦；只是很怕，有時候作夢夢見我回來了，你們卻不要我。」

剛成為顧桐月時，她當真夜夜被噩夢驚醒，夢見自己歡天喜地地想投入郭氏懷裡，郭氏卻冷漠無情地推開她，跟她說——妳不是我的女兒。

早上睜開眼，她也不敢去看鏡子，鏡子裡那個陌生的人，連她都害怕。

「傻姑娘。」郭氏強忍淚意，勉強擠出笑容。「妳是不是我的女兒，我一見就能知道，雖然皮囊不一樣，但妳是我的女兒，我怎麼會不要妳？」

當時，乍聽唐仲坦跟她說，唐靜好還活著，只是變成完全不一樣的人時，她第一個念頭是，不是唐仲坦瘋了，就是她瘋了。

但哪怕這樣，她也沒有害怕過。

「阿娘！」顧桐月動情地喊郭氏，淚眼模糊，唇角卻越揚越高了。

唐承宗一回到侯府，就見唐承赫也從城外的京畿營策馬回來。

唐承赫未領官職，但武德帝卻准他自由出入京畿營，說是要打磨他那拓落不羈的性子，等磨好了，再給他適合的職位。

「大哥，你回來了。」唐承赫翻身下馬，把韁繩隨手丟給身邊的小廝，壓低聲音問：「聽說小妹來了？」

唐承宗點點頭，面色沈肅地掃他一眼。「打架了？」

「我哪回去那邊不打架？」唐承赫不以為然地笑笑。「那群草包不服氣，總要找我打一場，不給他們點厲害瞧瞧，還真當我跟他們一樣呢！」

能進京畿營的，一般都是京城裡的世家子弟，被家中送進去撈個一官半職。這般富貴之地養出來的子弟，真正有能耐，家中又捨得的，不是進了禁衛，便是直接送出京，到沙場上磨練。

所以，唐承赫雖是唐家最小的兒子，也被唐仲坦扔去北疆大營摸爬滾打，整整三年才回來，因此，他根本瞧不上京畿營裡那些除了吃喝玩樂外，什麼都不會，還自以為是大爺的酒囊飯袋。

故而，不管生氣也好、高興也好，唐承赫總愛往京畿營跑。不高興時揍趴一地人，就高興了；高興時，揍趴一地人，他更高興。

「小妹這回來，就會住下不走了吧？」唐承赫又問。

「哪有這麼快。」唐承宗搖頭。「小住幾天可以，但長住府裡，要惹人非議。」

唐承赫嘟囔兩句。「非議就非議，咱們家還怕人非議？」

「咱們家不怕，小妹怕不怕？」唐承宗睨他一眼。

唐承赫頓時啞口無言。

兩人進門，唐承赫先去找郭氏與顧桐月，問過下人後，便直奔清風苑去。

唐承宗先回了自己的院子。

端和公主揮退屋裡的丫鬟、婆子，親手為唐承宗解下身上的黑色披風。

唐承宗對她說：「吩咐廚房燉一道淮山枸杞鮮菇牛尾湯，今晚蕭六郎要過來喝。」

端和公主微愣，隨即笑了。「這倒是稀奇，蕭六郎鮮少來家裡吃飯，今兒是怎麼了？」又問唐承宗。「他可有喜歡的菜式？或者有什麼忌口的？我讓廚房做幾道他愛吃的菜。」

「別的不管，他就是來家裡喝湯的。」唐承宗淡淡道。

端和公主嬌瞋地瞪他一眼。「哪有這樣待客的？傳出去，還不說咱們侯府小器呀！」

「不會傳出去。」唐承宗在端和公主的伺候下，換好家常衣裳。「他不敢。」

端和公主實在好奇，忍不住追問：「我聽你們提過幾句，蕭六郎彷彿與咱們家極熟，但平日裡又不來往。我嫁進來這幾年，從未見過他留下用飯，怎麼現在……」

唐承宗聞言，面上那點淡笑消失不見。「如今自然是有所求了。」

端和公主誤會了他的意思。「如今蕭六郎是御前侍衛，聽聞父皇對他很看重，許多事交給他辦，儼然已是父皇最得力的左膀右臂，若有想求的，去求父皇不是更快？」

唐承宗淡笑不語，岔開了話。「今日顧八姑娘過來，沒出什麼事吧？」

「母親忙了一天，就為了接待顧八姑娘，我跟弟妹都插不上手呢！」端和公主微笑道。

唐承宗點點頭。「母親和她高興就好。」

端和公主聞言，愣住了。「我瞧母親讓人收拾清風苑，顧八姑娘要住在咱們府裡了？」

「母親喜歡她，讓她多陪陪母親也是好事。」唐承赫這樣回答。

「那……你呢？」端和公主終是忍不住，開口問了。

唐承宗微愣，這才明白端和公主的意思，不由握住她的手，失笑道：「顧八姑娘能讓母親開心，我自然也喜歡她。」

端和公主聽了，咬住唇，哀怨地看唐承宗一眼，想掙開他的手。

「吃味了？」唐承宗拉住妻子不放，在她即將惱羞成怒時，猛地往懷裡一摟。「父母當她是小妹，我也當她是小妹而已。」

原要掙扎的端和公主頓時安靜下來。「我知道了，往後，我也會把她當成小妹對待。」

唐承宗聞言，心裡熨貼又感激，夫妻之間說感謝，顯得太生分，遂將端和公主抱得更緊了些。

「妳放心，我滿心滿眼裡，只裝得下妳。」

端和公主的臉霎時脹得通紅，然而心底的喜悅卻是止也止不住地湧上來。

這個平日裡老成穩重的男子，從未這般直白地表達過他的心意呢！

另一邊，顧桐月隨著郭氏踏進清風苑，一抬頭，便愣住了。

清風苑是個兩進院落，很是氣派寬敞，曲折的朱紅迴廊、太湖石堆砌的假山，院子裡栽植青竹及各色花卉，甚至還從後院的大池子引水進來，鑿了小池子，養著各色錦鯉，讓整座院子不失北方建築的大器，又有江南水鄉的秀美。

當初，她看了書，十分嚮往婉約的江南風光，兄長們知道後，便齊心協力將清風苑努力改造成她心目中的樣子。

顧桐月含著熱淚站在院門口，看著熟悉的迴廊、精緻的亭子，不住地吸氣，才能忍著不讓眼淚落下來。

此時天色漸晚，暮色降臨，清風苑裡卻是明亮一片，猶如白晝。

寬敞的院子裡，錯落有致地掛著許多花燈。

有多少呢？顧桐月放眼望去，像是看見一片燈海。

所有的燈，都是她最中意的蓮花燈。大的小的、圓的方的，層層疊疊，宛如蓮花盛開。

「喜歡嗎？」一路疾奔而來的唐承赫笑盈盈地站在驚呆的顧桐月身邊，輕聲問道。

顧桐月呆呆看著他。「喜歡。」又看郭氏。「這些花燈都是你們親手做的？」

「當然。」唐承赫搶著回答。「跟往年一樣，都是我們做的。」

以前唐靜好不能出門看花燈，於是父母、兄長陪著她，在府裡做花燈過節。

那時候，只是做幾盞燈應景，其他的便派人去外面買回來，也像現在一樣，裝飾在清風苑裡，家人圍坐吃喝說笑，一同賞燈。

顧桐月眼前彷彿又出現往昔美好的景象，積在眼眶中的淚水終於忍不住滑落，但嘴角卻高高揚起，嬌美如花的小臉上，滿是快樂的笑意。

「東邊的花燈是不是大哥做的？」唐承宗為人嚴謹，做起花燈來也是一絲不苟，一盞盞的蓮花燈，大小形狀一模一樣，沒有半點參差。

「猜對了。」郭氏挽著顧桐月的手，笑咪咪地回答。

「南邊這片肯定是二哥的手藝了。」唐承博別的都好，唯獨手不巧，十年如一日，做出來的花燈是最醜、最難看的。

雖然手笨，唐承博卻做了那麼多，足足有上百盞，圍成大大的蓮花燈盞。

「二哥做的燈實在太醜，醜得我不忍直視。」唐承赫毫不客氣地取笑，又興致勃勃地問顧桐月。「那妳猜猜，哪些燈是我做的？」

這還不好猜？顧桐月指著旁邊那圈花燈。「這些是小哥做的。」

「怎麼猜出來的？」唐承赫故作不解。
「三哥最是風雅，他做的燈，每一盞都提了字。」唐承遠常說風雅人做風雅事，那些提了各種詩詞的花燈，定然是他的手筆。
剩下這些不好不壞、中規中矩的，自然就是唐承赫的傑作了。
唐承赫撇嘴。「什麼風雅？嘰嘰喳喳跟娘兒們似的，最沒有意思了。」
身後忽然響起唐承遠陰沈沈的嗓音。「嘰嘰喳喳跟娘兒們似的？」話音未落，一記掃堂腿便朝著唐承赫掃過來。
唐承赫輕鬆躲開，化掌成拳，矮身攻向唐承遠的下三路。
顧桐月捂眼。「又來了。」
只要唐承遠跟唐承赫在一起，說不到三句話，必定要動起手來。
瞧著眼前你來我往打得好不熱鬧的兩人，顧桐月滿足地輕嘆一聲。
真好，她的家，她的家人。

午後的寧王府，綠竹之下，依舊茶香裊裊。
「上回給你的茶怎麼樣？」寧王穿了件白色錦袍，神態自若地問坐在對面的蕭瑾修。
蕭瑾修身著黑袍，與長身如玉的寧王形成鮮明對比，一白一黑，宛如美玉對古劍。
「還不錯。」蕭瑾修淡淡回應一聲，不客氣地問：「還有嗎？」
寧王笑了一聲。「你這小子要什麼好茶沒有，居然來搶我的！我告訴你，上回給你的，已經是我得的全部，沒了啊！」

他一個長年病弱不受寵的王爺，能分到點好茶已十分不容易，蕭瑾修倒好，瞧見那君山銀針，便毫不客氣地要走了。

那可是進貢的茶葉，現在要他去哪裡變出來？

蕭瑾修看他一眼。「陛下可沒有賞我君山銀針。」

「以前你不是最愛喝碧螺春，怎麼換口味了？」寧王挑眉，疑惑地瞧向他。

蕭瑾修面色不改。「嗯，換了。」

「嘿，這多年的習慣，說換就換？」

蕭瑾修抬頭看他。「今日陛下問起了皇長孫。」

寧王表情一正。「父皇的意思？」

「皇長孫大了，陛下打算下旨讓尤老大人進宮教導他。」

寧王神色越發凝重。「尤老大人不是已經告老了？」不等蕭瑾修說話，又道：「看來，老八他們這回要白忙活了，這群蠢物，定然又做了什麼惹怒父皇——」

蕭瑾修打斷他。「前段時日，陛下讓我去了趟東江。」

寧王一震。「難怪父皇問起了皇長孫，現在咱們該怎麼辦？」

蕭瑾修緩緩搖頭，直視有些失神的寧王。「我只是將我知道的告訴王爺，至於要怎麼做，卻要看王爺的意思。」

「將父皇看重皇長孫的消息洩漏給老八他們。」寧王很快穩住心神。「我總算看明白了，或許，父皇一開始就沒打算要廢太子。」

就算武德帝對太子的所作所為失望寒心，可越過其他兒子扶持太子所出的皇長孫，說明什麼？說明他還是要一意孤行地將皇位傳給太子，因為自古以來，沒有越過太子，直接傳位給皇長孫的例子。

「王爺不必著急。」蕭瑾修淡淡道：「這個時候，靜王他們才是最著急的。」

「你說得沒錯，我急什麼呢？」寧王放鬆緊繃的身體，忽地舉杯一笑。「這麼多年都忍過來，不過是再忍忍罷了。好了，不提這些掃興的事，今日我得了兩尾鱖花魚，你留下來用晚膳吧！」

蕭瑾修卻放下茶杯，起身道：「不了，我要去東平侯府喝湯。」

寧王嘴裡的茶差點噴出來。「你要去東平侯府喝湯?!」

東平侯府燉了什麼了不得的湯？不對，蕭瑾修跟東平侯府向來沒什麼來往，怎麼一下子熟到可以去喝湯的地步了？

蕭瑾修頭也不回地擺擺手，逕自走了。

「喂！」寧王瞪圓眼睛，喊道：「這時節的鱖花魚可是非常稀罕的，就兩條！今天錯過，明兒可沒了啊！」

蕭瑾修已經走遠了。

寧王看傻了眼，嘟囔道：「這傢伙到底怎麼回事，連背影看起來都那麼開心的樣子？」

東平侯府已經許久沒這麼熱鬧過了。

今晚府裡開了兩桌席面，以郭氏為首的女眷一桌，唐仲坦、蕭瑾修等人一桌，因沒有別人，便只在屋裡隔了座沉香木雕的四季如意屏風。

用膳時，郭氏拉著顧桐月，不停地勸她吃、勸她喝，恨不能一頓就將她補成大胖子。

端和公主與徐氏陪坐在旁，面上掛著微笑，卻謹守「食不語」的規矩，沒說一句話，倒是旁邊的男人們聊得很熱鬧、很高興。

「難得啊難得，蕭六郎竟然真來咱們侯府吃飯了。」唐承赫笑咪咪地瞧著坐在唐仲坦身旁的蕭瑾修，話中帶刺。

「早該上門看看侯爺跟夫人，只是一直沒空，才沒能過來。」蕭瑾修微微笑著，很是溫和謙遜。

「沒空啊！」唐承赫拉長了語調，似笑非笑地瞅著他。「到底是做了天子近臣的人，的確很忙，那你今天怎麼有空了？」

「小四！」唐仲坦輕咳，瞪他一眼。「誰教你這樣沒禮貌？六郎也是你能叫的？」

唐承赫撇撇嘴不說話。

蕭瑾修比他大兩歲多，論理，他的確不該直呼他的排行，可蕭瑾修與他們家又沒關係，難不成還要叫他一聲哥？然後眼睜睜瞧著這沒安好心的傢伙跑來他們家，拐走可愛的小妹？別作夢了！

蕭瑾修微笑道：「侯爺，我與小四爺相識多年，我們之間不用講究那些虛禮。」

「喲，現在不用講究啦！」唐承赫見縫插針地諷刺。「以前是誰一直婆婆媽媽地說禮不可廢？」

唐仲坦再瞪他。「小四！」覺得氣氛似乎有些怪異。

大兒子唐承宗也就罷了，天生沈默寡言，可老二唐承博卻是長袖善舞、行事得體，不會讓人覺得難看或不自在，但他居然只是坐在那裡，臉上帶著自然的微笑，拿著酒杯與老三交頭接耳，彷彿沒察覺桌上的不對勁。

還有老三唐承遠，往常最是熱情好客，可今日自從蕭瑾修進門，也只是打量他，話都沒說上兩句，從前可不是這樣的。

蕭瑾修神色平靜，對唐承赫舉起酒杯。「以前多有得罪，請小四爺不要放在心上，我先乾為敬。」說罷，仰頭將杯裡的酒一飲而盡。

唐承赫卻沒動作。「喲，這是怎麼說的？哪有得罪不得罪，滿京城，誰不知道咱們最是好客，你這樣說，要是讓人家覺得咱們太小器，往後誰敢跟侯府來往？」

隔著一道屏風，女眷這邊將唐承赫陰陽怪氣的為難聽得清清楚楚。

郭氏微微皺眉，小聲道：「今兒小四是怎麼了？」

端和公主與徐氏雖然沒有說話，但神色都有些驚訝，也覺得今日唐家兄弟們很不對勁。

顧桐月心裡暗暗著急，唐承赫這般為難蕭瑾修，實在很不給她面子呢！是她邀蕭瑾修來府裡喝湯的，唐承赫這樣陰陽怪氣地挑刺幹什麼？

她正咬牙著急，就聽蕭瑾修輕笑一聲。「是我不會說話，以後還請小四爺多指點。」

唐仲坦。「……」這自尊心太強的孩子居然沒有扭頭就走？

唐家兄弟們。「……」連這般為難委屈都毫不在意地受了，蕭瑾修果然所圖甚大！

「聽聽六郎說的，小弟在跟你開玩笑呢！」長袖善舞的唐承博終於開口了。「他向來脾氣耿直，你別放在心上。」

「唐二哥言重了，我知道小四爺對我沒有惡意。」蕭瑾修說道。

唐承博。「……」誰是他的唐二哥？這順竿子就爬的人，當真是蕭瑾修？

唐承遠忍不住笑起來。「原來六郎也是個能屈能伸的性子，以前咱們幾個眼拙，真沒看出來。」

顧桐月聽著，心裡急得不得了。今日哥哥們是怎麼了？一個、兩個拿話刺蕭瑾修，還沒完沒了了？

幹什麼呀，蕭瑾修是她請來的客人，他們讓她的臉往哪兒放呢？

蕭瑾修沈默一瞬，便站起身，親自替唐家兄弟斟酒，朗聲笑道：「以前多有得罪之處，往後還請侯爺、大哥、二哥、三哥跟四弟指點。前幾年在軍中，不好上門，如今在御前當差，倒是有了不少空閒時間。侯爺跟夫人及幾位兄弟算是看著我長大的，我心裡是真拿侯府當自己的家，當侯爺、夫人及兄弟們是我的親人……」

「打住、打住！」唐承赫聽不下去了，生出一片雞皮疙瘩，跳起來摸著自己的胳膊。「蕭六郎，你快給我打住吧！聽得我雞皮疙瘩都起來了。我告訴你，別以為我們幾個不知道你心裡打著什麼主意……」

「小弟。」唐承博打斷他的話，笑盈盈地看向神態自若的蕭瑾修。「六郎確實算是跟我們一起長大的，這麼多年，跟自家兄弟也沒什麼差別，一家人不說兩家話，以後六郎有空了，就來侯府坐坐，別客氣啊！」

蕭瑾修微微挑眉，不相信唐承博會這麼好說話。

唐承赫也疑惑地看向他，但他了解自己的兄長，便強忍著不開口。

果然，唐承博轉頭，對唐仲坦道：「父親，當年您說過，想認六郎為義子，只是六郎離京任職，便耽擱下來，如今六郎歸來，現在辦這件事，也不遲嘛。」

唐仲坦疑惑地看向唐承博，他以前提過嗎？

唐承遠一本正經地點頭。「以前父親就說六郎很好，很是喜歡，如果能認六郎當義子，定待他如親子，還說六郎最像他年輕時候，咱們兄弟幾個反倒要靠後，現在能認了，父親會高興得睡不著覺呢！」

唐仲坦滿腹狐疑地看向唐承遠，所以他真的提過這件事？

唐承赫眉開眼笑，撫掌笑道：「沒錯、沒錯，我也記得這件事。父親，如今六郎回來，不如就今天認好了，且把這頓飯當成認親宴；不過這席面倒是有些簡慢了，我讓人去酒樓叫一桌菜來，咱們好好慶祝慶祝。」

嘿，膽敢覬覦咱們家的寶貝妹子，今天就徹底斷了你的念想！

所有人都看向蕭瑾修。

女眷那邊，大家也屏息凝氣，想聽蕭瑾修如何應對這件事。

顧桐月的心情莫名有些複雜，蕭瑾修就要成為她的義兄了嗎？

唐仲坦覺得不太對勁。不是他要認義子？這時候不是應該聽他說？為什麼兒子們全都看著蕭瑾修，彷彿這事跟他沒啥關係似的？

他清清嗓子，正要在這莫名尷尬緊張的寂靜氣氛中說點什麼，就見依然端著酒杯站著的蕭瑾修輕笑一聲開口了。

「能認侯爺當義父，我當然求之不得，在我心裡，早將侯府的人當成最親的親人。」

不要臉！唐家兄弟在心中同聲啐道，誰跟他是最親的親人？

「好孩子。」在座唯一不曉得蕭瑾修正惦記著他家掌上明珠的唐仲坦很是欣慰。「我就知道，你不是個涼薄無情的人。你的兄長們說得對，我早存了要認你當義子的心，不知道你意下……」

蕭瑾修聞言，放下酒杯站出來，對著唐仲坦一揖到底。「此乃我天大的榮幸，只是侯爺、兄弟們，請恕我不能答應！」

唐仲坦。「……」所以這是被拒絕了？

唐家四兄弟。「……」呵呵，果然拒絕了！居心不良的臭小子！

「那孩子竟然不願意嗎？」連郭氏都覺得詫異不已。

顧桐月也很意外，抬頭看去，卻只能看到影影綽綽的人影。

蕭瑾修這樣拒絕唐仲坦，會成為不受侯府歡迎的人吧！

「侯爺、兄弟們有所不知。」蕭瑾修沈聲道：「我未上京之前，住在盧陽鄉下時，曾有位待我恩重如山的先生，父親病重臨終前，將我交託給他。後來，先生認我做了義子——」

唐仲坦聽了，舒展雙眉，撫著短鬚，釋然一笑。「原來如此，你義父待你恩重如山，你也知恩圖報，極好，極好！」

唐家四兄弟。「……」好狡猾的臭小子！

唐承赫抽了抽嘴角，瞧著唐仲坦毫不掩飾的欣賞之色，忍不住又跳出來。「以前怎麼沒聽你提起過？也沒見你往盧陽鄉下捎信什麼的，你就不想念你的義父？」

有沒有這位義父且不說，如果當真有，他也要讓這臭小子在父親跟妹妹面前落下忘恩負義、刻薄冷酷的印象才行！

「如今你算是熬出來了，該將義父接到京城享福，莫非你義父捨不得故土，不肯來京城？那也沒什麼，京城離盧陽不算太遠，你可以回去看他，但沒聽過你回盧陽啊！」看你又要怎麼圓！

蕭瑾修的神色頓時黯淡下來，唐家四兄弟立刻心道不好。

果然，蕭瑾修音色沈沈地說：「我上京之前，義父就離世了。他老人家待我恩同再造，我在他墳前發過誓，這輩子都會銘記他的恩情，如同侯府對我的恩情一樣；雖然侯爺與兄弟們不是我的親人，卻早已勝似我的親人。」

這話的意思是，他心中已視侯府眾人為親人，有沒有名號都一樣；且他早有了一個待他恩同再造的義父，即使侯府對他有恩，也不好再認旁人，且這世上，也沒有不停認義父這種事嘛。

唐家四兄弟。「……」我呸！聽他在鬼扯！

郭氏聽見了，也頷首笑道：「以前我就說過，蕭六郎極重情義，果然沒有看錯他。」

「蕭六郎是不錯，可是蕭家……」徐氏忍不住開了口。「也不知他跟蕭家那門官司要怎麼打，怪道現在還沒成家。」

郭氏嘆氣。「京城裡知道他身世的人不多，知情的人家心疼女兒，自然不肯把女兒嫁給他；這不知道的，嫌他根底太淺；至於願意跟他議親的，不是家中庶女，就是寒門小戶，所以他的親事著實艱難。」

徐氏想了想，又看看沒說話的端和公主，道：「聽聞陛下很是看重他，如此，可以請陛下給他賜婚啊！」

郭氏搖頭。「陛下日理萬機，怎能為這樣的小事操心？六郎在御前當差，該為陛下分憂解勞才是，哪有陛下為他憂心費神的？」

徐氏有些訕訕。「母親說得是。」

端和公主接過丫鬟遞來的巾帕按按嘴角，方才笑著道：「定國公一日三次去父皇跟前哭求，求父皇做主讓蕭六郎回蕭家，倘若他肯回去，親事的難題自然迎刃而解。」

定國公府再如何衰敗，好歹還有五代承襲的爵位。

徐氏聞言，興致勃勃地問：「蕭六郎不肯回蕭家？」

郭氏見顧桐月雖然沒說話，一雙眼睛卻也閃著好奇的光芒，遂笑道：「哪能說回去就回去？當初蕭氏一族將蕭六郎父親這支從族譜上除名，把他們一家三口驅逐出京，如今見人家能耐了，出息了，一句話就要他回去光宗耀祖，哪有這樣的事？」

端和公主也點頭。「是，因此父皇對定國公說，這是蕭家的家事，回不回去，蕭六郎自己決定，他不會管。」

顧桐月忍了忍，還是沒能忍住，問道：「蕭氏一族不是大族嗎？聽說人才濟濟，蕭家女兒個個樣貌不凡，蕭家兒郎亦是才貌雙全……」

「那是以前。」郭氏回答。「蕭家到如今的定國公，已是第四代，可子孫卻是一代不如一代，一個個就會藉著定國公府的名頭鬥雞走狗、花天酒地。先帝時，蕭氏旁支還鬧出貪墨的案子，族人砍頭的砍頭，流放的流放……蕭氏一族已經從根本上壞掉了，眼看定國公府傳完五代就要一敗塗地，定國公能不著急嗎？」

「蕭大人不會是年輕子弟裡最有出息的吧？」顧桐月眨眨眼。

「可不就是？」郭氏笑著道：「蕭六郎穩重務實，一步一步走上去，未必不能位極人臣，比定國公世子那等只知吃喝玩樂、尋花問柳的紈袴子弟要好得多，不然定國公會一天三回地跑到陛下跟前哭求嗎？」

「說起來，也是定國公府自己沒理。」見郭氏與顧桐月說得興起，徐氏也忍不住湊過來，低聲說道：「當初說除族就除族，如今又覥著臉要人家回來，換了我是蕭六郎，也不會理會；除非蕭家的人請旨讓定國公世子把世子位讓出來，請封蕭六郎為世子，還差不多。」

顧桐月又問：「那他們為什麼會被除族？」

郭氏輕咳一聲，看向一屏之隔的男桌。「好了、好了，不說這些了。桐姐兒，妳嚐嚐這個醬鵝肉。」

顧桐月這才重新拿起筷子用膳，臉有些發熱。

剛才實在太失禮了，這還當著蕭瑾修的面呢！就對人家的私事問個不停，也不知他聽到沒有？

第四十一章　又見面了

渡月軒裡，忽然染上風寒的姚嫣然面色蒼白地躺在床上，見丫鬟絲竹進來，虛弱地開口。

「絲竹，那邊散了嗎？」

見姚嫣然要撐著病體坐起來，絲竹忙上前勸道：「姑娘，您身子弱著，快躺下，那邊還沒散，正熱鬧呢！」

說完，她又抱怨道：「夫人他們最近是怎麼了？以往姑娘有個頭疼腦熱的，別說侯爺跟夫人，連幾位爺也會關心一番，怎麼今日竟沒有一個人過來問問？府裡還有人把姑娘放在眼裡嗎？」

姚嫣然眸光微閃，抿了抿發白的唇瓣，沒有說話。

絲竹將裝著藥碗的托盤放下來，未瞧見姚嫣然難看的臉色，兀自絮絮叨叨地說：「真是奇怪，那個顧八姑娘到底有什麼能耐，怎麼一家人都要陪著她？奴婢聽說，今兒夫人讓人將清風苑收拾出來，要給顧八姑娘住；那裡可是唐姑娘的院子，她死後，姑娘想搬去住，夫人都沒答應呢！」

姚嫣然神色一變。「她要住進去？」

「我聽二少夫人院子裡的丫鬟說的。」絲竹扶姚嫣然起身喝藥，取來大紅底繡鯉魚菊花的大迎枕放在她身後。「清風苑裡本來就有許多好東西，夫人又叫人開了好幾次庫房，添上不少擺設，可見夫人是真的很喜歡顧八姑娘。」

絲竹說著，卻不屑地撇撇嘴。「不過是個庶女，不知怎麼就得到夫人的青眼。」端起藥碗餵姚嫣然。「姑娘，您可要快些好起來，否則拖上幾日，府裡就沒有您的容身之地了。咱們才是先來的，怎麼也不能輸給一個與侯府無緣無故的外人。」

姚嫣然心頭一動。「絲竹，妳覺得那顧八姑娘如何？」

「別的奴婢不敢說，但她肯定是個很厲害的。」絲竹回答。「不然怎能哄得侯府的主子們這般待她？之前姑娘想住進清風苑，夫人平日那般疼您，還不是拒絕了；可顧八姑娘才來家裡兩次呢！您是沒有瞧見，今兒清風苑裡掛滿了蓮花燈，全是主子們親手做的。您細想，這些年，您可曾得過主子親手做的燈……」

「等等！」姚嫣然突然打斷絲竹的話。「蓮花燈？」

「對啊，全是蓮花燈。」絲竹瞧著姚嫣然怔怔的神色。「怎麼了？」

「妳還記得唐靜好最喜歡什麼？」姚嫣然捏著手指，一字一字地問道。

絲竹一愣。「蓮花啊！」

姚嫣然微微冷笑。「是啊，唐靜好最喜歡蓮花。他們還真將顧桐月當作唐靜好不成？」

「奴婢也是百思不得其解。顧八姑娘長得一點也不像唐姑娘，怎麼家裡的主子偏就認定她像呢？」

「是啊！」姚嫣然緩緩靠回迎枕上。「這到底是為什麼呢？」

今晚是上元節最後一天的燈會。

用過晚膳後，在唐仲坦與郭氏的帶領下，一家人熱熱鬧鬧出門看花燈去。

「明日蕭六郎要當值，這就回去了吧？」出了侯府，唐承赫便似笑非笑地瞧著蕭瑾修，下了逐客令。

蕭瑾修淡然道：「不急，難得能陪侯爺與夫人出來走走，小四爺不用擔心，我每日睡上兩個時辰就足夠了。」

唐承赫。「……」不要臉，誰擔心你了？我這是要趕你走好不好！

滿臉笑容的唐仲坦負手走來。「六郎，來，陪我走一走。」

蕭瑾修笑得恭敬真誠，不見半點諂媚地迎過去。「侯爺的老寒腿可好了些？前幾天太醫院新進了一位太醫，聽聞醫治老寒腿很有一手，明日我便去太醫院，請他過來侯府。」

唐仲坦聽得心頭熨貼，點頭撫鬚。「你有心了。」

兩人有說有笑，慢慢往前去了。

唐承赫盯著蕭瑾修的背影，對站在身旁的唐承遠道：「我就說這小子居心不良，現在信了吧？」

大冷的天氣，唐承遠手上還拿著摺扇，正用扇子有一下、沒一下地敲著手心，順著唐承赫的目光看去。

「小弟啊，你說這事該怎麼辦才好？」

「什麼怎麼辦？當然要阻止！」唐承赫用看傻瓜的神色瞧著唐承遠。「小妹已經遇人不淑一次，咱們這些當兄長的不幫她盯緊點哪行？」

「蕭六郎跟謝斂又不一樣。」

「男人不都一個樣？依我說，這天底下就沒有一個可靠的、值得咱們放心的男人！」

唐承遠嘴角一抽。「小弟啊，你也是男人。」

「沒錯啊，但我們是靜靜的兄長，這天底下，還有比咱們對靜靜更好的男人？」唐承赫理直氣壯地問。

唐老三沈默一瞬，贊同道：「你說得有理，所以咱們要怎麼做？」

「看好小妹跟蕭六郎，絕不能讓他們有碰面的機會！」唐承赫雙目灼灼。「只要兩人碰不到面，咱們在小妹面前多說些蕭六郎的壞話，嘿嘿……」

「就是挑撥離間唄。」唐承遠總結。「可以一試。」

兄弟倆對視一眼，隨即露出賊賊的笑容來。

「靜靜，冷不冷？」走在大街上，郭氏有些擔心地捏捏顧桐月柔嫩的手指。

「不冷。」顧桐月將兜帽往後拉了拉，露出光潔如玉的小臉，對郭氏快樂地眯眼一笑。「阿娘，我真的作夢也沒想到，能這樣跟您一起出門看花燈。」

郭氏聞言，也感慨地嘆息。「是啊，阿娘也沒想到。」

見郭氏又要自責，顧桐月忙拉著她快步往前走。「您看，前頭有猜燈謎的攤子，我們也去看看。」

見女兒快活的模樣，郭氏便將自責拋到腦後了。

眾僕婦忙跟上，與護衛一道將顧桐月與郭氏保護得嚴嚴實實。

顧桐月興致勃勃地猜燈謎，很快就贏得了兩盞花燈，正要繼續往下猜，便聽得一道驚喜的聲音響起來——

「唐夫人，真是巧。」

顧桐月微驚，回頭看去，就見一個穿著品藍色纏枝紋褙子、月白色湘裙的婦人，由丫鬟、婆子簇擁著，向她們走過來。

婦人身邊跟著兩名男子，一個身形瘦削，著淡青色暗紋直裰，背脊挺直，個子很高，側臉俊秀，略有些蒼白，卻不失溫潤平和的氣質，正是謝斂。

此時謝家一行人已經走到面前，謝斂停下腳步，對郭氏長揖到底。「伯母，您身子可是大好了？」

郭氏神色淡淡，看到眼前的謝斂，想起他與姚嫣然的事，頓覺懨懨。「已經好了，勞你掛心了。」

一旁的謝夫人聞言，面上笑容一僵，隨即道：「夫人這是什麼話，斂哥兒掛心您，不是應該的嗎？」

說著，她長長一嘆。「自從靜靜出事後，這孩子便一直把自己關在屋子裡，誰勸也不聽。今兒是我跟望哥兒死拖活拽，才把他拉出來，想讓他出門散散心。您瞧瞧，這些日子，他就瘦成了這副模樣。」

說著，謝夫人的眼睛濕了，忙拿帕子按按眼角。

「瞧瞧我，真是沒出息，讓您笑話。您也瘦了許多，早該去侯府探望的，只是聽聞您身子一直不好，不敢過去打擾。唉……都是做母親的，您的心情，我感同身受，好在都過去了，您放寬心，會好起來的。」

郭氏不動聲色地避開謝夫人伸來的手。「多謝妳掛心，妳說得沒錯，我已經沒事了。」

謝夫人的手一僵，這才發現郭氏對她的疏離冷淡，有些慌神，目光一掃，便瞧見站在郭氏身後的顧桐月。小姑娘身形纖細，頭上戴著披風兜帽，燈光若隱若現地照在她臉上，瞧著似還未長開，乖巧安靜的模樣。

「沒見過這位姑娘，不知道是哪家的？」謝夫人溫和親切地打量著顧桐月，彷彿當真從未聽說過她。

郭氏神色稍緩，把顧桐月拉到身邊。「妳可能也聽說了，這是戶部侍郎顧大人家的姑娘，因她容貌、性情像極了靜靜，我喜歡得不得了，所以接來府裡陪我幾天。」微微轉頭，對顧桐月說：「桐姐兒，這位是謝夫人。」

顧桐月微微垂首，裝出從未見過謝夫人的神色，恭敬有禮地屈膝行禮。「小女見過謝夫人，給夫人請安。」

「好孩子，出落得真是好極了。」謝夫人上前扶顧桐月一把，乘機盯著她的臉瞧。

顧桐月見狀，索性抬起頭，矜持端莊地微笑著，任由她打量。

謝夫人的臉色飛快變了變，言不由衷地笑道：「這孩子……這孩子的眉眼，的確……很像靜靜。」

是她的眼睛出了問題不成？這姑娘分明不像唐靜好那殘廢啊！

這般想著，謝夫人忍不住看向身邊的謝斂。

謝斂果然也目不轉睛地看著顧桐月，眸光深深，面無表情。

謝夫人正要說點什麼，以防謝斂講出惹郭氏不高興的話來，便聽見小兒子謝望笑盈盈地開口了。

「顧八姑娘，又見面了。」

謝夫人一愣。

郭氏聞言也愣住，轉頭看顧桐月。

顧桐月只得落落大方朝他行禮。「謝公子。」

謝夫人乘機笑問：「望哥兒，原來你與顧八姑娘相識？」

謝望沒有細說。「有過兩面之緣。」

因突然遇到謝家人，郭氏怕顧桐月心裡難受，便不欲與他們多言。「我們要去太平坊，就不多說了。」

謝夫人自然不敢相留，笑道：「過些日子，我們家瀾姐兒要辦詩社，到時候也給顧八姑娘下帖子，多認識些小姊妹，也是好的。」

「好，多謝您。」顧桐月客氣一笑，隨即與郭氏離開。

她攙著郭氏的手走得老遠，悄悄回頭，發現謝夫人與謝家兄弟還站在原地，彷彿在目送她們。

見郭氏與顧桐月走遠了，謝夫人面上笑容頓時消失無蹤，微皺起眉頭，問謝斂。「斂哥兒，你瞧那顧八姑娘可有與靜靜相似之處？」

唐靜好雙腿有疾，才情出眾的大兒子卻與她訂親，謝夫人心裡自然不太樂意，但東平侯府實在是太多人想攀都攀不上的，所以她不但要歡歡喜喜地認了這門親事，還得時常去侯府關心唐靜好。一年裡少說也要見上十回、八回，唐靜好長什麼模樣，她能不清楚？

前些天，她就聽外頭的人傳，因顧八姑娘相貌與唐靜好如出一轍，郭氏見到她，病就好了，便疑惑那顧八姑娘到底有多像唐靜好。今日一見，分明半分相似之處也沒有！

謝斂收回目光，已經想起來，當初在暗巷裡，曾經見過這個小姑娘一面。

思及此，他若有所思地轉頭去看旁邊的謝望。「你說呢？」

謝望想也不想，直接道：「顧八長得一點也不像唐靜好。」

謝斂點頭。

謝夫人疑惑了。「那侯府的人怎麼都說她像？難不成唐夫人病糊塗了？」

「就算唐夫人病糊塗，其他人也糊塗了嗎？」謝望撇嘴。

他也好奇死了，那小丫頭怎麼莫名其妙入了東平侯府的眼？

「唐夫人見到她，病就好了，想必她定有過人之處。」謝斂淡淡道：「唐夫人認定她與靜靜相似，侯府其他人又怎會逆了她的意？」

「斂哥兒說得很是。」謝夫人深以為然。「小姑娘倒是幸運，竟這麼得了郭氏的青眼，聽說，她在顧府只是個庶女而已？」

說這話時，謝夫人神色有些輕視地看向謝望。

「雖是庶出，不過她的同胞弟弟如今已記在顧三夫人名下，是三房的嫡子。」謝望笑咪咪地說：「母親，您可別小看這丫頭，這丫頭很有趣……咳，我是說她很聰明。」

謝夫人似笑非笑地瞧著他。「當然聰明，不然能入唐夫人的眼？我聽說前兩天顧四姑娘及笄禮，便請唐夫人做正賓，這事才傳出去，上顧府提親的人就快將門檻給踩爛了。」

她這樣說著，心裡突然一動。「望哥兒，你看那顧四姑娘如何？」

謝望一看謝夫人的神色，就知道她在想什麼，忙擺手道：「您可千萬別動這心思，人家顧三夫人早就與姨母說好，您要是敢打這個主意，當心姨母跟您沒完。」

謝夫人吃驚。「有這種事？怎麼沒聽你姨母提過？」

「姨母不跟您提，定是防著您唄。」謝望笑嘻嘻地說。

「你這臭小子說的什麼話。」謝夫人被他氣笑了，抬手輕拍他一記，遺憾嘆氣。「那還真是可惜了。」

「不可惜，不還有顧八嗎？」謝望彷彿玩笑般地說，滿是笑意的眼底，卻悄悄閃過緊張之色。

謝夫人想也不想地搖頭。「那怎麼行？她可是庶女！咱們家的孩子怎能娶庶出姑娘，豈不是要讓外頭的人笑話死！」

「不行就算了。」謝望聳聳肩，並不多說。「反正您應承過我，我的媳婦兒，要自己看過才行，這話，您可沒忘吧？」

謝夫人隨口道：「沒忘、沒忘。」心裡卻暗自思量起來。

顧府庶出的姑娘，雖然出身低了點，卻入了唐家人的眼，跟東平侯府扯上關係，那可就不僅僅只是庶女的身分了。

這件事，還是先觀望一下再說。

誰知道郭氏能喜歡她多久呢？

這一晚，自然是盡興而歸。

郭氏將顧桐月送回清風苑，還依依不捨，捨不得離去。

「不如，我留下來陪妳睡吧！」

「阿娘！」顧桐月哭笑不得。「您這樣，父親要惱我了。」

「他敢！」郭氏瞪眼。

「對，父親不敢。」顧桐月順著她道：「但我心疼父親嘛，你們成親這麼多年，從沒分房過，您不回去，父親肯定睡不著。府裡有這麼多人，還怕伺候不好我嗎？」

「妳身邊就帶著一個丫鬟。」郭氏覺得不夠。「要不要將以前伺候的人調回來？她們原本就是服侍妳的，用起來也習慣些。」

自唐靜好遇害後，清風苑的僕人調走的調走，發賣的發賣，連院子都封起來，直到今日才打開。

「不用了。」顧桐月忙道：「人多手雜，萬一有細心的看出端倪也不好。我身邊雖然只帶了香扣，不過她穩重勤謹，是信得過的。好啦，您別操心我，明日不是要進宮嗎？快回去歇息，才有精神呢！」

郭氏這才一步三回頭地出了清風苑。

「姑娘，現在就叫水沐浴嗎？」

郭氏離開後，香扣進屋伺候，儘量目不斜視，可還是忍不住打量起這閨房。

地上鋪著五福獻壽短絨毯，還有金絲楠木千工拔步床、紫檀木鏤雕吉祥如意圍屏、白玉翡翠百鳥朝鳳梨花木屏風、嵌象牙梳妝檯等等，是大件擺設。小件的如金鳳展翅燭檯、白玉手籠、青白釉梅瓶，更難得是，花瓶裡插著的，竟然是這個時節不可能有的桃花！

香扣的眼睛有些發直，以至於再看到頭頂上那盞五連珠的宮燈時，都懶得驚訝了。

這可是傳承了幾百年的東平侯府呢！沒有這些好東西，才奇怪吧！

顧桐月也懷念地打量著自己的房間。

比起顧府的廂房，她以前住的院子真是奢侈得令人咋舌。

梳妝檯上擺著嵌紅寶石的靶兒鏡子，妝盒裡，珠寶首飾堆得滿滿當當，藍紅寶石、南珠東珠、翡翠、珍珠頭面，還有各色各樣的金簪、步搖與手鐲……

床邊的多寶槅，擱著父母、兄長送給她的字畫、擺件。其中一套抱著鯉魚的胖頭娃娃，是她最喜歡的，因已有了些年頭，娃娃已經被她把玩得褪了釉色。

顧桐月抬手拿過來，熟悉地摩挲著，目光一轉，便瞧見那副珍珠捲簾，是她閒來無事自己串的。窗邊紫檀木案上擺著一把琴，是訂親那年，謝斂親手做給她的禮物。

這是她的房間。房裡的一桌一椅、一景一物，她閉著眼睛都能說出來。

她真的回來了！

「姑娘？」

顧桐月回過神來。「不用叫水。」

香扣驚訝地睜圓了眼睛，姑娘愛潔，條件允許下，幾乎每日都要沐浴。

顧桐月笑笑，示意香扣備好衣物，率先抬腳往淨房走去。

寬敞明亮的淨房，其中有座以大理石與漢白玉貼磚圍成、可容納三、四人左右的浴池，池裡有竹管與屋外相接，熱水自竹管不斷送入，潺潺流入浴池。

「太……太奢侈了！」香扣終於忍不住驚嘆出聲。

顧桐月微笑，由著她褪去身上的衣衫，緩步走進浴池裡。

奢侈嗎？

當她還是唐靜好時，從不覺得她的生活有多麼奢侈。

顧府與忠勇伯府退親之事，讓街頭巷尾議論了一陣，傳出許多不利於顧蘭月的流言。

尤其俞世子以迅雷不及掩耳之勢與兵部尚書家的千金訂親後，流言更多了，多是對顧蘭月的各種猜測與中傷。

顧桐月自然不忍顧蘭月陷入這種困境，便央郭氏幫忙。

郭氏進宮見太后，太后罰了俞賢妃，忠勇伯府不敢不收斂，外頭的流言便少了很多。

尤氏終於能長長舒口氣，雙手合十拜了拜。「謝天謝地。」

顧華月也高興地跳起來。「總算是擺脫了那齷齪無恥的人家！」

顧蘭月端坐著，聞言只是含蓄地抿嘴一笑。「想必是八妹託了侯府幫忙周旋，流言才會被壓下去。」

尤氏瞧著她，慈愛笑道：「我這就讓人備禮送去東平侯府，桐姐兒是出了力，但唐夫人肯幫忙，那些不利於咱們的流言才能平息下去。」

「東平侯府什麼好東西沒有呀！」顧華月撐著下巴，晃悠雙腿道：「咱們家能拿出什麼好禮來送？」

「蘭姐兒，妳說呢？」尤氏問顧蘭月。

「四妹說得沒錯。」顧蘭月想了想。「鋪子裡不是送來一批難得的紅狐皮？我看這個就不錯。在東平侯府眼中，這些皮毛也不算什麼好東西，不過送禮嘛，送的是我們的心意。」

尤氏笑起來。「蘭姐兒說得沒錯，這件事，妳跟華姐兒商量著去辦。」

最近，尤氏開始放手讓顧蘭月及顧華月處理力所能及的家務。顧蘭月還好，顧華月卻不耐煩做這些。

「還有，準備一下，明日我們去龍泉寺上香，這些日子擔驚受怕的，權當出門散散心。」尤氏交代道：「也問問長房與二房去不去，別漏了誰。」

顧華月自告奮勇道：「我去問長房。」說完便一溜煙跑走了。

尤氏瞧著她如蝴蝶般的身影，忍不住搖頭失笑。「都是大姑娘了，行事還這般毛毛躁躁，蘭姐兒，妳多說著她些。」

顧蘭月抿唇，眼裡亦滿是笑意。「我聽大舅母說過，女孩子最快樂的日子，就是在家裡當姑娘時，日後去了別人家，再好的日子也比不得家裡自在。四妹已經及笄，能待在家裡的日子也不多了，就讓她快快樂樂的吧！」

在經歷忠勇伯府退親之事後，顧蘭月與尤氏之間的關係緩和不少，雖然做不到像顧華月那般親近尤氏，但比之一開始時，已經好上太多。

尤氏聞言，微微怔住，悵然一嘆。「妳大舅母說得很是。」又慈愛地看顧蘭月。「俞世子已與兵部尚書家的千金訂親，咱們也不必再忌憚，妳大舅母的意思，是希望儘早訂下妳跟二哥兒的婚事。如今沒了俞家那座山壓著，妳且告訴母親，對二哥兒可有什麼想法？」

顧蘭月平靜地笑笑。「我與二表哥也算是一起長大的，雖然……」沒有男女之情。「尤家有外祖母、有大舅母，日子應該不會難過才是。」嫁人過日子，嫁給誰不是過日子呢？

尤老夫人與吳氏都是她的親人，尤二少爺老實忠厚，尤家又是有名的清貴之家，名聲也好，實惠也罷，她都能得到，所以，這算是很好的親事了吧？

「有我在，怎能讓妳去過難過的日子？」尤氏安撫般地說了句，見顧蘭月露出些許不自在，心裡輕嘆，再次後悔當年自私地將顧蘭月留下來。

母女倆說了一會兒話，莊嬤嬤跟梁嬤嬤過來了，尤氏便打起精神，帶著顧蘭月開始處理府裡及知暉院的事情。

這日午後，下起雪來。

香扣為顧桐月撐著繪粉蓮的油紙傘，緩步行走在雪地裡。

姚嫣然遠遠瞧著她們主僕兩人。身著大紅金絲斗篷的少女腳步輕盈，瓷白小臉藏在兜帽下，只伸出一隻雪白的手，掌心朝上，不一會兒，便覆上一層薄薄的雪。

丫鬟似乎勸說了一句，少女俏皮一笑，方才收回手來。

「姑娘，您瞧見沒？」絲竹扶著姚嫣然站在廊下，也瞧見了前方的人。「她身上那件斗篷，不是唐姑娘生前最喜歡的嗎？當日夫人原是要將這斗篷與唐姑娘一道下葬，後來又留下來，說是要做個念想。之前夫人生病時，可是抱著這斗篷不撒手，現在竟然也給了她！」

姚嫣然咬唇。「別胡說，靜靜身量比她高，這披風定然不是靜靜那件。」

「怎麼不是了？」絲竹反駁。「奴婢聽說，昨晚夫人叫針線房的人改了這斗篷呢！這顧八姑娘一來府裡，竟連唐姑娘也要靠邊了嗎？」

「這是不可能的。」姚嫣然淡淡瞥絲竹一眼。

絲竹明白主子不高興了，不敢再多言。

此時，顧桐月主僕已經走到她們面前。

「顧八姑娘。」姚嫣然對她微微一笑，神色親切又自然，讓人覺得很是舒服。

顧桐月還禮。「姚姑娘，聽聞妳身子不爽，因此我也不好前去打擾，失禮之處，還望妳莫怪。」

「顧八姑娘言重了。」姚嫣然笑道：「妳要去姨母那邊嗎？正巧，我也要過去，不如我們一道走吧？」

「這裡離夫人的院子還有些距離，我瞧姚姑娘臉色不太好，這般走過去，不知身體受不受得住？」顧桐月擔心地瞧著她。「不如讓人抬頂暖轎來？」

姚嫣然身旁的絲竹聽了，忍不住插話道：「顧八姑娘費心了，咱們姑娘病後初癒，想走動走動，才沒使人備下轎輦；不過，顧八姑娘是客人，怎麼沒讓人替妳領路？咱們侯府這樣大，顧八姑娘可別像上回那樣胡亂走動，再衝撞府裡的主子們，就不好了。」

這話不但彰顯姚嫣然在侯府的主人地位，還故意提起顧桐月第一次來府裡橫衝直撞的無禮之舉，故意打顧桐月的臉。

顧桐月淺淺一笑，沒有開口。

香扣微笑道：「多謝這位姊姊的提醒，唐夫人允准我們姑娘可以在侯府隨意走動，想來如今便沒有衝撞一說了。」

絲竹是奴才，顧桐月若與她分辯，便是自失身分，因此讓香扣來應對，是最好的。

絲竹臉色一變，但香扣把郭氏搬出來，她也不敢再說，只好求助地看向姚嫣然。

顧桐月也順著她的目光看過去。

絲竹是姚嫣然從姚府帶過來的丫鬟，以往唐靜好因為姚嫣然的關係，也對絲竹高看兩眼，身邊的丫鬟因此都讓著絲竹，竟養成她這不知高低的跋扈性子。不管顧桐月身分如何，都是侯府的客人，一個表姑娘身邊的奴婢，有什麼資格對她這般說教打臉？

然而，姚嫣然沒有阻止，顯然她這主子心裡也是這樣想了。

「顧八妹妹，我可以這樣叫妳吧？」姚嫣然親切地拉起顧桐月的手。「我這丫鬟說話向來沒個顧忌，都是我調教得不好，該嚴懲她才是；只是，她陪伴我多年，沒功勞也有苦勞，顧八妹妹瞧在我的面上，原諒她這一回好不好？」

這是要跟她套關係？顧桐月微微挑眉。「姚姑娘快別這麼說，只是有句話，不知該講不該講？」一面露躊躇，有些不好意思。

姚嫣然笑道：「有什麼話，顧八妹妹儘管說便是。」

「絲竹姑娘這般說我倒罷，倘若來日府裡有別的客人，絲竹姑娘再這般口無遮攔，為姚姑娘惹來禍事，就不妙了。」顧桐月微微紅著臉，用與姚嫣然推心置腹的口氣說著。

姚嫣然面上笑意僵了僵。

顧桐月見狀，抿起唇，越發不好意思起來。「這只是我的一點看法，要是說得不對，姚姑娘可千萬別生氣，莫要與我計較。」

姚嫣然聞言，又笑起來，柔聲說道：「怎麼會生氣呢！妳也是為了我好。」

只是，她微微彎起的眼睛裡，卻沒有半點笑意。

姚嫣然頓了頓，又問：「顧八妹妹平日裡都做些什麼消遣？」

「也沒什麼，就是向嬤嬤學規矩，跟姊姊們讀書認字。」顧桐月微垂下頭。「我生得笨，姊姊們時常被我氣得跳腳。」

「顧八妹妹實在太過謙虛，若真的笨，怎會讓這麼多人喜歡妳？」姚嫣然笑咪咪道。到底還是忍不住，不軟不硬地諷刺顧桐月一句。

顧桐月只當沒聽出來，故作可愛地歪頭去看姚嫣然。「姚姑娘也喜歡我嗎？」

「當然。」姚嫣然違心道：「不知顧八妹妹打算在侯府住多久？」

這就忍不住要下逐客令了？

顧桐月有些苦惱地說：「我也不知道，興許這幾日便要回府了吧！」

「到底不是自己家中，顧八妹妹若有什麼不習慣、不適應的，都可以跟我說。」姚嫣然一下變得熱絡起來。

「我家姊姊們多，平日與她們在一處，熱鬧慣了。」顧桐月似好奇地問：「乍到侯府，便覺得有些寂寞呢！侯府裡如今就只有姚姑娘一個女孩子，不孤單嗎？」

「習慣了就好。」或許是聽聞顧桐月不日就要回去，姚嫣然的氣色頓時好了不少。

「聽聞那位死去的唐姑娘與姚姑娘十分要好，平常都是膩在一起，如今唐姑娘不在了，姚姑娘一定很難過吧？」

她倒要看看，提起唐靜好，姚嫣然到底會是什麼嘴臉！

姚嫣然面上笑意再度僵住，卻飛快低下頭，彷彿不堪承受這句話般，拿帕子壓了壓眼角，才落寞又傷感地開口。

「我與靜靜從小一塊兒長大，她不幸遇難，我真恨不能跟她一起走了才好。」姚嫣然哽咽道：「可姨母就靜靜這麼一個掌上明珠，靜靜去世後，姨母悲痛得幾乎要跟著她去，倘若我此時不顧姨母，追著靜靜去了，靜靜見到我，也要責怪的。」

顧桐月冷眼看她。原來姚嫣然的演技竟然這樣好。

「靜靜不在了，唐家於我有養育之恩，無論如何，也不能在此時拋下姨母；靜靜以後再不能盡孝於姨母膝前，她不能做到的事，我要幫她做到。」姚嫣然動情地說。

顧桐月輕嘆。「唐姑娘地下有知，一定會很感激妳。」

感激姚嫣然讓唐靜好死了一次，才看清她到底是什麼樣的人！

第四十二章　龍泉寺上香

一會兒後，正在屋裡挑選顧府送來的皮毛的郭氏見顧桐月與姚嫣然有說有笑地進來，露出了驚訝的神色。

「妳們怎麼一起來了？」

她拉著顧桐月的手，神色焦急。「沒事吧？」

被撇在一旁的姚嫣然，目光落在那兩隻手上，眼底一片陰霾。

「路上遇到姚姑娘，她正巧要見您，便結伴來了。」顧桐月乖巧笑道，只是反握住郭氏的手微微用了點力。

郭氏會意，也覺得自己的舉動太突兀，平靜下來，笑道：「妳們說什麼了？看起來這般高興。」

「姚姑娘告訴我，侯府哪些地方風景最好，我們還約好了，有空一起煮茶、下棋，聽說姚姑娘煮的茶很好喝，有機會一定要試試。」

姚嫣然跟著笑道：「是呢！顧八妹妹雖比我小幾歲，不過與她說起話來，卻是格外投緣。顧八妹妹這樣能說會道，怪道姨母喜歡。」

郭氏瞧著姚嫣然，有些笑不出來。「妳既病著，便好好休養，出來走動做什麼？」

姚嫣然聞言，心頭亂跳，再抬頭時，已是泫然欲泣。「姨母，嫣然可是哪裡做錯了？您最近對嫣然彷彿很是厭惡，如此，嫣然……嫣然不好繼續留在侯府，這就搬出去吧！」說罷，抹著眼淚就要往外走。

「胡鬧什麼？」郭氏越發皺緊眉頭。「離了侯府，妳能去哪裡？」姚嫣然咬著發白的唇瓣，半靠在絲竹身上，虛弱喘息。「姨母不必為嫣然擔心，天大地大，總有嫣然的容身之地，往後嫣然不在姨母身邊伺候，萬望姨母保重身體，不要讓嫣然與靜靜放心不下。」

絲竹也哭起來。「夫人，我家姑娘身子剛好，便唸著要來向您問安。夫人，您是姑娘唯一的親人，若離開您，姑娘可怎麼活啊？」

「快住口！」姚嫣然氣若游絲地斥責。「姨母照顧我這麼多年，已是仁至義盡。我朝早有女子立戶的先例，之前因為靜靜歿了，我擔心姨母，才一直沒提，如今姨母身邊有了可心的人陪著，想來不再需要嫣然，嫣然這就回去收拾東西……」

郭氏聽得額角青筋一陣接一陣地亂跳，顧桐月卻似笑非笑地瞧著那主僕兩人唱大戲。離開侯府自立門戶？她可從沒聽說過姚嫣然有這樣的志向。

這時，絲竹扶著站都站不穩的姚嫣然，撲通一聲跪下來。

「夫人，求求您，這萬萬不可啊！我家夫人是您的親妹妹，當初把姑娘交給您，您答應過要善待姑娘，將姑娘當成親閨女來疼，難道您忘記了嗎？」

郭氏原本不耐煩的神色驀地變得愣怔。

兒時，父兄戰死沙場，郭家這一脈只剩下她們姊妹，她在父兄靈柩前發誓，定會照顧妹妹，讓她無憂無慮，健康平安。

後來，她們託庇於太后，在詭譎凶險的後宮跌跌撞撞地長大，她始終護著妹妹，甚至在妹妹喜歡上長公主看中的新科狀元時，還拚著太后不喜，求其賜婚，親自送嫁，唯願妹妹開心快樂。

接著，姚家事發，她不顧一切奔赴到妹妹身邊，要將她帶回京城，可妹妹卻當著她的面撞棺而亡，臨死前抓著她的手，求她照顧她唯一的女兒姚嫣然……

這些年，姚嫣然一天天長大，郭氏看著姚嫣然，總是後悔，如果當初她沒由著妹妹嫁去姚家，現在妹妹是不是依然活得好好地？

顧桐月瞧著郭氏面上痛悔交加的神色，便知她又想起了唯一的親妹妹。

她曉得，這些年郭氏是如何後悔自責，更明白，即便知道姚嫣然很可能是謀害唐靜好的凶手，郭氏能做到疏遠冷淡甚至厭惡姚嫣然，卻做不到置姚嫣然於死地。

不是郭氏不夠愛唐靜好，失去了唐靜好，她恨不得跟著去死；可是一來並沒有證據證明姚嫣然對唐靜好下毒手，二來，郭氏看著姚嫣然，就想到親妹託孤時的情景。說到底，郭氏對姚嫣然的寬容，全是因為姚嫣然有個好母親。

顧桐月不願逼迫母親做違背心意的事，看著她難過痛苦，心也跟著揪起來。

「姚姑娘，妳病體初癒，實在不該這樣激動。」她站出來，輕聲道：「況且夫人並未說什麼，妳便鬧著要離開侯府，這般無緣無故地出走，豈不是要置侯府眾人於不義？夫人不讓妳過來請安，也只是擔心妳的身體罷了，何苦要往夫人厭棄妳上面去想？」

姚嫣然與絲竹都沒想到顧桐月會站出來，還溫溫和和說了這麼一番話，聽著是勸說，實則是指責她無理取鬧。

郭氏見狀，對姚嫣然道：「桐姐兒說得很是。好了，妳別哭了，我正好有件事要跟妳說。妳母親的忌日快到了，明日我打算去龍泉寺幫她點長明燈，妳若好些了，便一道去，若去不了……」

姚嫣然靠在絲竹懷中，忙道：「前些日子，嫣然已經寫好祭文，也抄了些經文，念著父母的忌日，想去龍泉寺燒給他們。姨母既安排了明日，嫣然自然要與姨母一道去。」

郭氏嘆氣。「那妳回去準備吧！今日好生歇著，養足精神，明日才好出門。」

姚嫣然抹去眼淚，乖巧地應是，便讓絲竹扶起她，慢慢退出去。

「阿娘，您還好吧？」見屋裡的人都退出去，顧桐月忙扶郭氏坐下，抬手輕輕為她按摩太陽穴。

郭氏疲憊地嘆口氣。「妳說，她這鬧的又是哪一齣？」

「不過是以退為進罷了。」顧桐月淡淡一笑。「您把我留在府裡，又處處對她冷淡不耐煩，她心裡急了吧！才演了這齣戲，算準您不會同意她離府。她要是真的想自立女戶，我不可能不知情。」

「這孩子……」郭氏搖頭嘆息。「心眼也太多了些。罷了，眼下我懶得管她，等明日跟綏遠侯府的公子相看後再說吧！」綏遠侯正是郭氏替姚嫣然物色的人家。

顧桐月不好多說什麼，只安撫道：「是，緣分這種事要看天意，您就別操心了。對了，您怎麼突然挑揀起皮毛來？可是要送人？」

郭氏疼愛地拍拍顧桐月的手，順著她將話岔開。「這些皮毛是顧府送來的，還送了兩車顧家莊子上出的新鮮蔬果。顧家莊子也有暖棚？我瞧著，那些蔬果要搭暖棚才能種呢！」

「有的。」顧桐月聽聞是顧府送過來的，便上前翻看，回道：「是顧家嫡母的莊子。這樣的天氣，難得有新鮮蔬果，顧府十天半個月也得不了一車，這回竟送了兩車來，可見母親心裡十分感激阿娘相助呢！」

「我不過是隨口帶句話，賢妃娘娘志向遠大，愛惜身分，自會約束娘家人。」

見顧桐月興致勃勃地翻看皮毛，郭氏便走過去，與她一道挑選。「這白狐皮倒是不錯，沒有半點雜毛，雖然只有兩張，不過舊年咱們府裡好像也收了幾張白狐皮，湊一湊，正好給妳做件白狐裘。」

「這皮毛是不錯。」顧桐月笑道：「不過我想到了另外的用途——讓針線房給父親做兩雙長襪筒，好護著他的腿腳。」

郭氏心頭一暖。「府裡還能少了妳父親的襪筒不成？」

顧桐月笑著摟住郭氏的胳膊，故意扭曲她的意思。「好啦，我又不是只想著父親。喏，這紫貂絨皮正好給阿娘做件披風。您瞧，這皮毛又濃密、又漂亮，等做好了穿出去走一趟，滿京城的貴婦人都要到處收紫貂絨皮了。」

郭氏被她逗笑，瞪她一眼。「胡說什麼呢！就想著妳爹娘了？」

「當然還有兄長跟兩位嫂嫂啊！」顧桐月指指身前的皮毛。「反正有這麼多呢！要不然讓針線房做好了衣飾，直接送過去？」

「算了，把皮毛送過去就好，要做什麼，他們自己商量著去做。」對於兒子們，郭氏遠沒有對女兒這般的耐心。

母女兩個頭靠頭說笑著，外頭風雪漸停，屋裡溫暖依舊。

隔日，郭氏帶著顧桐月與姚嫣然去了龍泉寺。

龍泉寺位於京城外的龍泉山，依山而建，蒼松古柏，正月裡，整個山頭仍是一片綠蔭。龍泉色碧味甘，終年不溢不涸，乃是前朝皇帝親筆命名。

這是顧桐月頭一回用雙腳爬上龍泉寺，眼睛完全不夠看，踩在如同天梯般的臺階上，一點都不覺得累。

郭氏卻深怕她累著了。「還是讓人抬了肩輿來吧！」

「不用。」顧桐月興致勃勃道：「我還能走。阿……夫人倘若累了，便坐肩輿吧！」眼下僕從簇擁著，顧桐月險些說漏了嘴，忙將心神從風景上拉回了些。

一旁的姚嫣然早已堅持不住，只是顧桐月與郭氏都不肯用肩輿，只好咬緊牙關撐著。

「姑娘，還是坐肩輿……」絲竹有些心疼地瞧著姚嫣然額上沁出的冷汗，小聲說道。

姚嫣然搖搖頭，看看已經與她拉開距離的郭氏。「姨母未坐肩輿，我若用了，豈不顯得我的身子連姨母都比不上？」

絲竹咬牙。「那顧八姑娘也真是的，這麼高的階梯，偏要自己爬上去！只顧著炫耀自己的能耐，也不想想別人……」

「行了，別抱怨了。」姚嫣然打斷她。「省點力氣往上爬吧！」漠然地收回目光。

顧桐月並不是真正的唐靜好，她就不信，郭氏能沒有底線地寵著她！

只要郭氏不再喜歡她，顧桐月又算得了什麼？

今日，她定要讓郭氏徹底厭棄顧桐月！

東平侯府要來燒香祭拜故人，寺裡的僧人自然早就接到消息。

此時知客僧正恭敬有禮地站在寺廟大門外，迎接顧桐月一行人的到來。

見過郭氏，知客僧垂下眉眼道：「唐夫人，您吩咐的禪院已經準備好了，是先歇會兒，還是立刻去文昌殿？」

郭氏妹妹的牌位供奉在文昌殿，姚嫣然便不與她們同路，先去了文昌殿。

郭氏看看顧桐月。「去禪院歇一歇？」

顧桐月沒有異議，郭氏便對知客僧和氣笑道：「煩請小師父先領我們去禪院吧！」

知客僧躬身合掌行禮，起身走在前頭引路。

郭氏等人去禪院時，另一群人也浩浩蕩蕩地抵達了。

謝夫人被婆子從馬車裡扶下來，看看湊在跟前嬉皮笑臉的小兒子，頓時覺得一陣頭疼。

「今日來的全是女眷，你非得跟過來湊什麼熱鬧？」

得知謝夫人她們今日要前來龍泉寺「偶遇」郭氏一行，謝望便自告奮勇，說是保護母親與妹妹們的安危，死乞白賴地跟來了。

「長兄忙著讀書不肯理我，在府裡待著也無聊，不如跟著母親出來逛逛。」謝望從婆子手裡接過謝夫人的手扶著。「母親大人，往常您不是總抱怨一天到晚看不到我的人影，今兒我便好好服侍您，這不是好事嗎？且眼下都到門口了，您就別再趕我了。」

謝夫人瞪他一眼。「別以為我不知道你打什麼主意，給我收斂點，現在唐夫人很在意她，你若依照性子胡來，惹惱人家，回去後看你爹怎麼收拾你！」

被謝夫人揭穿心思的謝望絲毫不羞不惱，反而笑嘻嘻地道：「您放心，我不會胡來。」

姚嫣然帶著絲竹，緩緩往安放母親牌位的文昌殿走去。她每年都要來幾趟，便謝絕了小僧人的領路。

「姑娘，奴婢方才似瞧見了綏遠侯府的老夫人……」絲竹忍不住低聲說道。

姚嫣然斜睨她一眼。「妳想說什麼？」

「侯府與綏遠侯府一向有走動，夫人聽說夏老夫人在此，定要拜訪。」絲竹小心翼翼道：「奴婢聽說，綏遠侯府的夏小公子還未成親，夏老夫人有那麼多重孫，沒一個越得過他。」

「那又如何？」姚嫣然神色平靜，眼裡半點漣漪也沒有。

「聽說，夏老夫人曾有言，等她百年之後，要將她所有東西都留給夏小公子……」在她看來，這實在是一門再好不過的親事了。

姚嫣然冷冷地看著她。

絲竹的聲音低下去，漸漸不可聞。

「錢財，不過是身外之物罷了。」

絲竹心頭一堵，雖說錢財乃身外之物，但她家姑娘不過是個寄人籬下的孤女罷了，有什麼資格視錢財如糞土？

當然，她是不敢說這話的，她家姑娘自恃清高，最不屑的就是這類俗物。

「姑娘，您還要等謝大公子嗎？」絲竹鼓起勇氣，悄聲問道。她是姚嫣然身邊的心腹，主子的心事，她自然一清二楚。

「謝大公子當然是最好的，但是……倘若他當真要等三年後再議親……姑娘，您可是等不得了啊！」

姚嫣然咬著唇瓣，神色淒然，她如何不知道。唐靜好死了，她離謝斂又更進一步，可他為什麼非要在唐靜好靈前發那樣的誓？

姚嫣然輕嘆一聲，先將謝斂的事放在腦後，問絲竹。「妳打聽清楚沒有，顧家女眷都來了嗎？」

「姑娘放心，奴婢不但打聽清楚，還瞧見了顧六姑娘，她也看到了奴婢。」

姚嫣然這才放心地點點頭。「妳悄悄將人請到文昌殿來吧！」

絲竹領命去了。

尤氏領著顧府姑娘們到龍泉寺時，聽說東平侯府的女眷也在寺裡，十分高興。知客僧為她們安排好禪院，尤氏本打算略作休息再去見郭氏，顧華月卻坐不住了。

「娘，我好久沒來龍泉寺了，想先去逛一逛。」

尤氏看看其他幾個姑娘，今日除了長房的人，府裡的姑娘都來了。見她們雖沒有開口，卻是滿臉期待，遂笑道：「蘭姐兒帶妹妹們先去玩吧！只是切記，不可以惹事。」

顧蘭月生在京城、長在京城，每年會來龍泉寺一、兩次，比幾個妹妹更熟悉這裡，便笑著應下。

尤氏又叮囑幾句，才放了行。

顧家姑娘們走出禪院，一直心不在焉的顧荷月抬眸望去，雙眼猛地一亮。

「大姊，那邊景色不錯，我想過去瞧一瞧。」她隨手指了個方向。

顧蘭月看她兩眼，她雖掩飾得好，但其中的幾分心虛還是令她窺出端倪。「今日寺廟裡貴人很多，六妹還是與我們一道，不然衝撞貴人就不好了。」

「大姊放心，我會很小心的。」顧蘭月的敲打讓顧荷月忍不住垮下臉，不等顧蘭月再說什麼，便領著丫鬟走了。

顧蘭月微微皺眉。

顧華月朝著她纖細的背影啐了一口。「誰知道她又在打什麼主意了。大姊，且由著她去吧！反正今日寺裡都是女客，不怕她沒皮沒臉，做出丟顧府顏面的事情來。」
顧冰月只當沒聽見，畢竟這是三房的事，她不好多說什麼。
顧蘭月收回目光，微笑著招呼妹妹們。「那我們走吧！」
「大姊，八妹在哪裡？我們先去找八妹。」顧華月早聽說顧桐月也來了，東張西望到處打量，她已經好幾天沒見到顧桐月，心裡很是掛念。
顧雪月亦道：「不如問問唐夫人的禪院在哪裡？這時八妹定與唐夫人在一處。」
顧蘭月見妹妹們眼巴巴地瞧著她，不由失笑，應了好。
不管妹妹們是抱著什麼心思關心顧桐月，但能讓大家這麼有志一同，想來她還是府裡的第一人呢！

尤氏歇了一會兒，打聽到郭氏的禪院所在後，便去拜見。
聽說尤氏來了，顧桐月也很高興。
尤氏進門，第一眼便瞧見站在郭氏身後的顧桐月，見她笑意盈盈、臉色紅潤，便知她這幾日在東平侯府過得極好，不動聲色地鬆了口氣。
郭氏也正盯著尤氏，見她一進來，先關切地打量顧桐月，隨即才恭敬地向她行禮，不由露出微笑。
一個人是不是做表面工夫，她還是能看出來。
等尤氏與郭氏寒暄幾句後，顧桐月上前向尤氏行禮。

「這幾天桐姐兒在侯府可聽話乖巧？」尤氏拉著她的手。「沒有調皮惹事吧？」

不等顧桐月回答，郭氏就笑道：「桐姐兒極乖巧可愛，我瞧著她，當真如瞧見我家靜靜一樣，這段時日，多虧了桐姐兒陪著我。」

尤氏見郭氏這樣喜愛顧桐月，處處維護她，又見顧桐月身上的穿戴，無一不是最精細華貴的，便知郭氏是當真喜愛她。

「妳的姊姊們都來了，要不要去找她們玩？」尤氏問顧桐月。

顧桐月忙忙點頭，卻轉頭去看郭氏。

郭氏笑著頷首。「去玩吧！」

顧桐月與郭氏的互動落在尤氏眼中，讓她心裡輕嘆一聲；不但郭氏拿顧桐月當親生女兒待，連顧桐月也極親近、依賴郭氏。

待顧桐月高高興興地走了，尤氏起身，感激地對郭氏彎腰道謝。「多謝夫人為顧家斡旋，保住我家蘭姐兒的名聲。」

郭氏柔聲笑道：「不是什麼大事，顧三夫人不必如此客氣，真要道謝的話，也該是我謝妳，把桐姐兒送到我身邊來。」

「桐姐兒能慰藉夫人一二，是她的榮幸。」尤氏在郭氏示意下坐下。「不過那孩子當真乖巧懂事，府裡上下，就沒有人不喜歡她的。」

郭氏聽了，十分高興，她的女兒不是她自誇，當然是最好的，所以喜歡她的人才那麼多。

「顧三夫人，今日我有件事，想跟妳商量。」

見郭氏如此慎重，尤氏不由正襟危坐。「您請說。」

「我實在喜歡桐姐兒，想留她在侯府長住，可行？」郭氏問道。

尤氏愣住，依東平侯府的地位，她本該毫不猶豫地答應，可……

「夫人，這樣只怕不太妥當。」尤氏開口道：「侯府清靜，且還有兩位公子尚未婚配，桐姐兒若長住，只怕外頭要鬧出許多可怕的傳言來。」

郭氏眉眼含笑。「妳考慮得沒錯，的確不好讓桐姐兒這般沒名沒分地住在侯府，於她的名聲有礙，因此我想與妳商量，認桐姐兒當義女，這樣可好？」

尤氏瞠目結舌，完全呆住了。

另一邊，顧桐月一出院門，就瞧見顧蘭月領著姊姊們過來，驚呼一聲，朝她們奔去。

幾個姑娘見顧桐月一身精緻富貴的裝扮，心裡滋味各異，不過面上俱是歡喜。

顧華月尖叫著撲向顧桐月，一把抱住她。「好個八妹妹，自己在東平侯府吃香喝辣過好日子，是不是把姊姊們全忘了？」

「不敢、不敢！」顧桐月笑咪咪地應付顧華月的『逼供』。「古人云：『吾日三省吾身』，我則是『吾日三想吾姊』。」

姑娘們都被她搖頭晃腦的模樣及話語逗笑了。

顧蘭月上前，抬手敲她一記，嗔道：「聖人的話，妳也敢胡亂更改？」

大家圍在一起，說說笑笑好不熱鬧。

顧華月是待不住的性子，見到顧桐月，便惦記著去玩，原想拉顧桐月一道去，見顧蘭月與顧雪月拉著顧桐月問東問西，不耐煩等，帶著丫鬟、婆子先跑了。

顧蘭月這才壓低聲音問顧桐月。「在侯府可好？有沒有被欺負？」

顧桐月心頭發暖。「大姊放心，侯府每個人都對我很好，把我當成家人一樣。」

顧雪月吁了口氣。「這樣就好。」

顧桐月握握她的手，甜甜笑道：「三姊的親事已經訂了吧？」

尤氏原本打算藉著八字不合的理由推託靜王長史家的婚事，沒想到長房要送顧槐月進靜王府當侍妾，顧雪月的親事自然不能再議，畢竟沒有一家姑娘進同一個門的道理。

顧從安雖然惋惜，卻不好強求，於是尤氏以迅雷不及掩耳之勢為顧雪月訂下那位家底淺薄但為人上進的王家長公子。

這樁親事一定，聽聞魏姨娘喜極而泣，在尤氏面前哭了半天，激動得一句話都說不出來。

尤氏見狀，只說了一句。「妳們不負我，我也不會負了妳們。」

這幾日，郭氏有讓人打聽顧府的大小事情，也將這件事說給顧桐月聽，還感嘆一句，道顧桐月很是幸運，碰上尤氏這樣的嫡母。

顧雪月聽顧桐月提起她的親事，紅著臉低下頭，聲音幾不可聞地應道：「已經訂了。」

見她這模樣，便知她對王家的親事滿意得很，顧桐月跟著開心地傻笑兩聲。「婚期在什麼時候？」
顧蘭月代顧雪月答道：「訂在十一月。說來也巧，那個月的吉日，正好是三妹生辰。」
顧桐月也大呼好巧，問完顧雪月又問顧蘭月。「那大姊的呢？」
顧家與尤家已經小訂，這件事，顧桐月也有所耳聞。
顧蘭月臉頰泛紅，神態卻是落落大方。「六月底。」
顧桐月驚呼。「那沒多少日子了呀，怎麼這麼趕呢？」
顧雪月面上的紅暈已經退下去，聞言便道：「也不算趕，大姊的嫁妝是早就備好的，從現在到大姊出嫁，妳還有五個月的工夫。」
「啊？」顧桐月懵懂地瞧著顧雪月，不太明白她的意思。
顧雪月抿嘴一笑。「給大姊準備添妝啊！」
顧桐月恍然大悟，哈哈笑道：「三姊是不是借大姊的親事提醒我，別忘了妳的添妝？」
顧雪月一本正經地點頭。「正是。」
顧桐月氣得哇哇大叫。「好哇，妳們當姊姊的，有好處不想著我這個妹妹，還想著我的好東西，哼，我要告訴母親！」
她唱作俱佳的模樣，逗得眾人又笑了一回。
姑娘們笑聲清脆，無憂無慮，無限美好。
一會兒後，等顧荷月先離開文昌殿，姚嫣然才領著絲竹施施走出來，抬頭便看見一群認識的人。

瞧著被眾僕從簇擁而來的謝夫人母女，姚嫣然臉上堆起笑，忙迎上去。

「伯母，瀾妹妹，妳們今日也來了？」姚嫣然這般招呼著，忍不住往她們身後掃了一眼，只見吊兒郎當、東張西望的謝望，並沒有謝斂，眼裡流露出幾分失望。

謝夫人看到姚嫣然，自然十分親熱。「是嫣然啊！妳姨母呢？」

「姨母在禪院休息，等會兒便過來。」姚嫣然乖巧回道：「伯母跟瀾妹妹也來上香？」

「是呀！」謝夫人牽起姚嫣然的手，親切笑道：「聽聞今日龍泉寺有法會，我便帶瀾姐兒出來聽，妳們小姊妹也有些日子沒見了吧？」

謝瀾很喜歡姚嫣然，也拉住她的手，問道：「姚姊姊有段日子沒來咱們府裡了，可是有誰得罪了姚姊姊，姚姊姊才不肯來，甚至連我也不見？」

「瀾姐兒誤會了。」姚嫣然忙道：「前段日子，姨母身子不太好，我抽不開身，最近我的身子也有些不妥，才沒去謝府打擾。」

謝瀾乖巧單純，聞言便道：「定是前些日子為照顧唐夫人，姚姊姊才累壞了身子。姚姊姊這般純孝善良，難怪唐夫人會視妳如己出。」

姚嫣然笑容不變，有些不好意思地低下頭。「不過只是受點累而已，姨母是我在世上唯一的親人，便是需要割肉為引，我也不會皺一下眉頭的。」

她絕不能讓外人看出郭氏已經不喜歡她，尤其是謝府的人！

她自小沒了父母，早知道世上的人情冷暖，怎會不明白，謝夫人對她這樣親熱，不過是瞧在郭氏疼愛她；要是知道郭氏疏遠她，想必就沒有現在這樣的親切跟笑臉吧！

「果然是個孝順的好孩子。」謝夫人誇獎一句。「妳們小姊妹難得見面，好好去玩吧！不過別跑太遠了。」

語畢，她又吩咐心不在焉的謝望。「好好照顧你妹妹跟姚姑娘。」這才讓他們離開。

另一邊，香扣扶著顧桐月爬山路，有些不解地問：「姑娘，三姑娘她們都拜菩薩去了，您怎麼不跟著去呢？」

「因為現在我對菩薩無所求呀！」顧桐月嘻嘻一笑。「三姊她們訂了人家，心裡忐忑，少不得要求菩薩多多保佑，我又用不著。聽說這龍泉寺有很神奇的龍泉，咱們快去看看。」

見顧桐月流露出難得一見的孩子心性，香扣搖頭失笑。「姑娘慢點，當心腳下。」

「龍泉」位於後山的半山腰，主僕倆一邊奮力往上爬、一邊欣賞附近的景色。為方便貴人攀爬，後山還修建了臺階及歇腳的亭子。

經過數月的調養，顧桐月的身子雖比以前好很多，但爬了一陣後，還是覺得有些累。又爬了一刻鐘，眼看快要到那被吹捧得十分神奇的龍泉，香扣卻驚疑喊道：「蕭公子?!」

蕭瑾修正負手站在前方的岩石上，居高臨下看著她們主僕兩人。

顧桐月也十分訝異。「你怎麼在這裡？」

蕭瑾修頓了頓，才開口回答。「今天是家母的忌日，我來給她點盞長明燈。」

顧桐月立時肅穆起來，不知該說什麼，見他神色如常，憋了好一會兒，才憋出一句話來。「蕭大哥節哀。」

蕭瑾修見她臉都憋紅了才說出這麼一句，嘴角輕輕一勾，露出淡淡笑意。「她過世很久了。」言下之意是，最傷心、難過的時候，早就過去了。

顧桐月不自在地咬咬唇，想到他跟定國公府的關係，還是問出口。「你母親……是因何過世的？」

蕭瑾修唇邊笑意一斂。「生病，沒熬多久，就去了。」說得簡單，不見激動或悲傷。

但是，母親離世，哪個孩子不會難過？

「你那時多大了？」

「三、四歲，也許四、五歲，我不記得了。」

顧桐月又看看他剛毅的側臉輪廓。「那你一定忘了她的模樣。」

明明蕭瑾修什麼表情都沒有，不知為何，顧桐月總是想同情他。

要培養大家族的繼承人，十分不容易，蕭瑾修的父親是老定國公的嫡長子，什麼事能氣得老定國公連多年培養的心血都不要，驅逐他們一家三口？如今的定國公，是老定國公的次子，卻不是適合的繼承人，根本撐不起定國公府。定國公府的頹敗，一目了然。

顧桐月很好奇，但又不好問。蕭瑾修待她不同，她不能否認，但這點不同，不足以過問他這樣私密或殘忍的往事，這點分寸，她還是有的。

蕭瑾修抿唇，忽然看向她，眸光深深。「妳想看看嗎？」

「啊？」顧桐月沒反應過來。看什麼？

「我母親。」蕭瑾修回答。

顧桐月抬頭看他，觸到他深沈的目光，如兩汪寒潭般，彷彿能將人的心神吸進去。她幾乎是有些倉皇地移開目光，不滿地嘟囔。「別開玩笑，你都說了，你母親早已去世，我又不會通靈，怎麼可能見得到她？」

蕭瑾修忽然笑了。

顧桐月聽到笑聲，抬眼去看。

蕭瑾修本就生得十分俊雅，只是平常總冷著臉，很少笑，感覺非常不好接近；可此時他臉上帶著三分清淺笑意，黑眸裡沈澱細碎的光，三分溫柔，三分隨意，還有三分獨屬於青年公子的不羈與瀟灑。

這樣的男子，走出去就是令少女思春、春閨添怨的禍害啊！

「禍害？」蕭瑾修挑眉看她。「妳是這麼看我的？」

顧桐月這才驚覺自己將腹誹的話說出來，瞬間脹紅了臉，心虛地低下頭，擺手道：「不是、不是，你別誤會，我沒有說你是禍害，我、我胡思亂想的……」

她紅著臉、語無倫次的模樣似乎更取悅了蕭瑾修，他一本正經地點頭。「我相信妳。」

這就……這就相信她了？

顧桐月鬆口氣，覺得不能繼續談這件事，萬一再一時嘴快說出不好聽的話，就不好了。

還沒等她想完，便聽蕭瑾修似不經意地說：「等會兒下山，我帶妳去見她。」

顧桐月頓時覺得自己實在跟不上蕭瑾修的思緒，這又是要去見誰啊？

不對，他為什麼要邀她一道去見誰？他們已經熟到可以去見誰的地步了嗎?!

另一邊，靜王沈著臉出了皇宮，飛身上馬去英王府。

不等下人稟報，靜王直接闖進英王的書房。

正在作畫的英王被巨大的撞門聲嚇得手一抖，剛要完成的畫作毀於一旦。

他眉頭一皺，張嘴就要罵，一抬頭，卻見靜王急步走到他面前。

英王忙收起不悅表情，見靜王臉色出奇地難看，心頭一動，關切問道：「八哥這是從哪裡來？」

孰料，心頭窩火的靜王，指著英王就是一通喝罵。「都什麼時候了，還有心情作畫！」

英王皺眉，慢慢放下筆。「八哥倒是說說，眼下到什麼時候了？」

見英王如此不疾不徐，靜王更是氣不打一處來，陰沈沈地盯著英王。「十三弟這是想置身事外了？」

「咱們兄弟是一條船上的，倘若八哥不好，弟弟如何能撇乾淨？」英王不疾不徐地笑道：「八哥這樣氣急敗壞地指責，弟弟連發生什麼事都不知道，真是委屈死了。」這是在說靜王無理取鬧了。

靜王沒心情跟他計較，逕自拉椅子坐下，仰頭嘆息。「父皇解了太子的禁足，當著我的面，叮囑太子明日上朝議事。」

「什麼?!」英王大吃一驚。「這是什麼時候的事?今日早朝，父皇什麼都沒提啊!」

「剛才說的。」靜王語氣疲憊，不復之前的意氣風發。「原以為這回能讓太子再無翻身餘地，沒想到……」

「太子犯了這麼多事，父皇竟然說放過就放過?」英王焦躁地在房裡走來走去。「父皇不是命我們三人主審太子，那些證據全交到父皇跟前了，父皇居然這樣輕易地放過他?」

靜王冷笑。「太子是父皇一手帶大的，只要不興兵謀反，多大的錯，父皇都能原諒。」

「興、興兵……」英王的嘴唇有些哆嗦。

靜王的神情平靜下來。「是，父皇已經知道了。」

英王面無人色，一屁股跌坐在椅子上。「真是蕭瑾修……」

「呵。」靜王又是一聲冷笑。「我們都以為父皇年老昏聵，沒想到他老人家還耳聰目明呢!知道東江囤兵的事，下一個矛頭，只怕就要對準我們了。」

英王不可抑制地發抖。「八哥，怎麼辦?當初我就說，這件事太過冒險，你們偏不聽，一意孤行，如今該怎麼收場?」

見英王這沒出息的樣子，靜王咬了咬牙，眼中滿是不屑。「不囤兵，難不成把脖子洗乾淨，等著太子登基後來砍嗎?你想死，我可不想死!」

「那……怎麼辦?」英王也不想死，但他深知，倘若太子明天登基，他這個弟弟絕對沒辦法活著見到後天的太陽。

有些路，走下去或許是死，可不走，肯定會死，他想給自己博個活命的機會!

「不要慌。」靜王已經鎮定，淡淡道：「首先要把東江的兵移到別的地方。」

「可是，軍隊一出東江地界就會被發現；再來，該把他們移到何處，也是問題。」現在天下太平，突然那麼多人要離開東江，怎麼可能不引起懷疑？

「是啊！」靜王也發愁，手指飛快叩著桌面，皺眉想了想。「不能急，總有辦法。」

英王的心緊縮成一團。「蕭瑾修那麼厲害，咱們的兵馬藏得如此隱密，都能被他挖出來，即便轉移到別處，能保證不再被蕭瑾修查到？」

「依你之見？」

「要不然，先收拾蕭瑾修？」英王心一橫。「這幾日，你不是說蕭瑾修油鹽不進，無法拉攏？那就先砍了父皇這條臂膀再說！」

「沒有蕭瑾修，還有下一個蕭瑾修，難不成咱們能將父皇的人全殺完？」靜王皺眉。「蕭瑾修不過是聽令行事罷了，殺了他，不如拉攏他！」

「你不是已經試過了？」

「本王不信，一個人當真無欲無求，什麼都打動不了，只要是人，總有慾望！」靜王深吸一口氣。「不過是咱們給的不對他胃口罷了，總之，留下他，比殺了他更有用。你且不必理會這些，眼下迫在眉睫的，還是東江之事！」

英王不語，目光閃爍。

靜王神色一凝。「你瞞著我做了什麼？」

「沒、沒什麼。」英王不敢看靜王的眼睛。

「說！」靜王沈聲喝道。

英王吞了口口水，看著靜王目中透出陰鬱噬人的凶光，不敢再隱瞞。「今日我聽聞蕭瑾修去了龍泉寺，因為他壞了咱們的事，我心裡氣不過，就、就派人跟過去……」

「你這成事不足、敗事有餘的蠢材！」靜王氣得目眥盡裂，伸手指著英王，連話都說不出來。

他頹然坐下，疲憊地抹了把臉。「倘若弄死他，便罷了；要是他沒死，就算他再微不足道，被他咬上，以後咱們行事就更難了。」

英王想反駁，不過一個御前侍衛，哪有那麼厲害；但見靜王神情如此凝重，不敢再頂嘴，只盼著那些人能帶好消息回來。

第四十三章 不要打擾別人

「這就是『龍泉』啊？」

顧桐月終於見到傳說中的龍泉，結果只是很小的泉眼，汩汩往外冒著泉水，匯聚在如同碗狀的小池中。

不過，泉水顏色清亮，仔細一聞，似乎還有淡淡的花木清香。

「不然妳以為是什麼樣子的？」蕭瑾修見顧桐月好奇地打量龍泉，眼裡卻分明是失望之色，忍不住好笑地問道。

「雲遮霧繞，一派仙境什麼的。」顧桐月認真回答他。

蕭瑾修笑了。「想看雲遮霧繞，還不簡單？」

顧桐月抬眼看他。

「東平侯府有座名叫萬象山的私產，裡面有一大片連綿的溫泉池子。」蕭瑾修盯著她的眼睛。「那裡一年到頭都是雲遮霧繞、一派仙境的模樣。」

「啊，是、是嗎？」顧桐月聞言，有些心虛地垂下眼睛。他這麼說，應該不是看出了什麼，只是隨便說說吧？

但蕭瑾修盯著她的眼神，讓她心慌得厲害，難以平靜，像是洞察到什麼一樣。

「妳可以問問唐夫人。」見顧桐月表情慌張，卻偏要裝作若無其事的模樣，蕭瑾修又是一笑。

「哦，那我、我有空就問問。」顧桐月極力穩住心神，不敢再提萬象山，生硬地岔開話。「你沒有帶水壺上來？」

「我……」蕭瑾修正要回答，忽地神色一凜，原本春風含笑的眸光變得冰冷犀利。「到我身後來！」

話音才落，安靜的山間，鬼魅般毫無聲息地出現十幾個蒙面黑衣人，將他們團團圍住。

顧桐月看著這些眼冒殺意的黑衣人，扶額喃喃道：「又來了？」

蕭瑾修不就是個御前侍衛嗎，怎能結仇至此？一波又一波的刺客，他不嫌煩？

連香扣都很快鎮定下來。「姑娘，我們要不要先跑？」

顧桐月估量眼下的情勢，問蕭瑾修。「你行不行？」若不行，她們主僕就先逃了。

蕭瑾修氣惱地瞪她一眼，手在腰間一抹一抖，彷彿腰帶般的軟劍立時出現，閃著幽冷寒芒，直指刺客頭領。

飛身躍出前，他低喝了一句。「閉眼！」

顧桐月想聽令，但能盲目地閉上眼嗎？當然要確定蕭瑾修能打跑這些刺客，她們的生命不會有危險，才敢閉吧？

最後，不閉上眼睛的後果就是——眼見胳膊與腿滿場飛，刺目鮮血四處濺。

「姑娘，您不怕嗎？」香扣扶著顧桐月的手，縮在龍泉旁邊的石頭底下，邊抖邊問。

「怕什麼？」顧桐月鎮定地說：「這裡可是龍泉寺。」

香扣恍然大悟。「對了，這裡有護寺武僧！」四處張望。「奇怪，怎麼沒人來幫忙？」

顧桐月嘆氣。「他們大概覺得，蕭大人一個人足矣，根本用不著他們出手。」

香扣一瞧，十幾個黑衣刺客瞬間躺下七、八個，剩下的人還在苦苦支撐，果然靠蕭瑾修一個人就夠了。

於是，香扣轉頭看顧桐月。「您好像很相信蕭大人？」

「那當然。」蕭瑾修是唐仲坦親自調教出來的，她能不信任自己的父親嗎？

香扣卻誤會了，表情複雜地看著顧桐月。

姑娘這是……情竇初開了嗎？

香扣將目光重新投向沈默殺敵的蕭瑾修，見他表情肅殺，森冷眸光好似不見天日的幽潭，令人不敢直視。

四個刺客舉劍上前，後面三個跟在他們身後。

劍花閃爍，香扣眼花撩亂之際，衝在前頭的四個刺客忽然朝後倒下，一模一樣的傷口深可見喉，溫熱鮮血噴湧出來。

緊跟在他們身後的人被同伴們的屍體阻擋了一下，不過瞬間就反應過來，踩著石塊或樹枝，借力避過同伴們的屍體，再度朝蕭瑾修圍殺而去。

蕭瑾修站在中間沒有動，只回頭看了眼顧桐月主僕藏身的地方。

顧桐月正看得十分激動，見狀連忙提醒。「喂，不要分心啊！」

這人到底是對他太過信任，還是天生膽大？尋常閨秀見到這種場面，嚇都要嚇死了，她還能津津有味地看熱鬧？

蕭瑾修忽然回想起，在陽城的大悲寺中，她也撞見他被人追殺，可那時她忙不迭地逃命的樣子，分明是十分害怕的。

三名刺客飛快攻到他身前，眼前卻突然一空，目標居然憑空消失了。

三人驚覺不妙，回過頭，只來得及看到各自的腦袋和著滾燙鮮血飛在半空。

那個取了他們性命的男人冷漠地站在後面，彷彿十分不悅。

「不要隨便打擾別人。」

等刺客全被蕭瑾修收拾完，顧桐月踮起腳尖走到他身邊，瞧瞧尚滴著血的軟劍，將自己的手帕遞給他。

「你怎麼老是遇到這種事？擦擦？」

蕭瑾修先看她，她神色平靜，沒有恐懼，也沒有驚慌。隨即垂眼，接過她遞來的手帕，指腹在半開的蓮花圖案上輕輕摩挲一下。「妳不怕？」

顧桐月斜睨他一眼，猛地拍拍胸口。「見過世面的好不好？」好歹她也跟刺客搏鬥過，能被這陣仗嚇到？

「那次不是嚇壞了？」

顧桐月脫口道：「那次不知道你會來，以為死定了啊！這回你在，幾個刺客，還不夠你砍的，有什麼可怕？」說得理直氣壯。

「這麼相信我？」蕭瑾修唇角一勾。

顧桐月並未留意他的變化，只盯著他慢條斯理擦著軟劍的手指，點點頭。「信啊，你這麼厲害！」

蕭瑾修垂著頭，面上微染紅暈。

顧桐月依然沒有留意。

身後的香扣卻瞧見了，無聲地張大了嘴。剛才氣質肅殺猶如索命閻王的青年，居然……臉紅了！

在蕭瑾修的目光掃過來前，香扣緩緩地閉上了嘴巴，默默地看顧桐月一眼。

她好像明白了什麼，就不知道她家姑娘有沒有明白。

「這次又是誰要殺你啊？」顧桐月問蕭瑾修。「要不要看看他們身上有沒有能證明身分的東西？」

「不用看。」蕭瑾修擦完劍，順手將沾血的帕子塞進自己懷裡。「都是死士。」

顧桐月倒抽一口冷氣。「看來你惹到了大麻煩。」

「想聽？」蕭瑾修側過頭看她。

顧桐月想了想，有些好奇，但又覺得管不住自己的好奇，似乎不太好。「方便嗎？」

蕭瑾修沒回答這個問題，逕自說道：「靜王一派。」

顧桐月輕呼了一聲，喃喃道：「果然是好大的麻煩。」又問：「你怎麼惹到靜王了？」

靜王可不是個善人啊！太子表裡不一，不過是手段殘忍、殘暴了些，但靜王表裡不一，是陰狠在骨子裡。

據唐承遠聽來的消息，曾經有個人不小心得罪靜王，靜王當著眾人的面，大度地說，不會放在心上，更不會追究。兩年後，這人全家，包括他養的狗都死了。

這也是當初得知靜王想求娶她時，全家急火攻心，才順著她的意，將她許配給謝斂的原因之一。

「他要拉攏我，我拒絕了。」蕭瑾修簡單說道。

顧桐月一點就通。「你是御前侍衛，時常隨侍在陛下跟前，聽聞陛下也很看重你，那你知道的，定然要比旁人更多些，靜王想拉攏你，也說得過去；不過——」

「嗯？」

「他似乎太心急了些？」顧桐月想著，一個並不如何要緊之人得罪了靜王，他都耐心地等了兩年之久才動手，現在竟追殺蕭瑾修，好像不符合他的行事風格啊！

蕭瑾修又垂下眼，漫不經心地問：「妳好像很了解靜王？」

「一點……」顧桐月甫開口就警醒過來。她是剛回京不久的顧府庶女，靜王於她而言，就如天邊月亮般遙遠，她怎麼可能了解他？

因此，顧桐月只好勉強圓話。「一點也不了解啊！靜王是什麼身分，我怎麼可能會了解，我家五姊不是進了靜王府做侍妾嗎？我聽過底下人議論兩句而已。」

「原來是這樣。」蕭瑾修神色如常地點頭。

顧桐月看不出他有沒有生疑，但很明顯地，此時不宜再討論靜王的事，但還是忍不住提醒蕭瑾修。「反正那些龍子、龍孫都不是好相處的，你要當心點。」

蕭瑾修從善如流。「我記住了。」

香扣旁觀著，突然覺得自己很多餘……這種妻子叮囑丈夫在外面做事小心的口氣，是她想多了吧？

顧桐月正要問蕭瑾修如何清理這堆屍首，就聽見謝望驚慌失措的吼叫聲——

「顧八！」

顧桐月嘴角一抽。

蕭瑾修眉頭一皺。

兩人同時望向來路，謝望狂奔而來的身影出現在眼前。

「顧八，妳沒事啊？」謝望的大嗓門震得兩人耳朵都疼了。「我剛才在山下聽到上面有打鬥聲，聽說妳在上面，還以為妳出事了。」

他的心思全放在顧桐月身上，竟沒發現站在一旁的蕭瑾修，逕自衝到顧桐月跟前，焦急地上上下下打量著她。

顧桐月大奇，謝望這廝竟然在擔心她！

她還是唐靜好時，這廝根本不肯用正眼看她，怎麼換個殼子，他就變了？難道是這殼子太過漂亮的緣故？

「謝公子，你倒是盼我好點行不行？」

謝望聽顧桐月還能打趣他，鬆了口氣。「一個姑娘家，沒事跑到後山做什麼？真要出了事，看妳上哪兒哭去？」一低頭，看見滿地的斷臂殘軀，渾身一震，不可思議地瞪向顧桐月。「這、這都是妳殺的？」

顧桐月的嘴角又抽了抽，無語看向離她不過三、四步遠的蕭瑾修。

「你該去找大夫看看眼睛。」蕭瑾修負手而立，淡淡刺了謝望一句。

「呵呵……」謝望這才發現蕭瑾修也在，乾笑兩聲。「六哥恕罪，我這不是……關心則亂嘛。六哥沒事吧？」

關心則亂？這廝關心的人肯定不是他。

「叫人過來收拾這邊。」蕭瑾修對謝望道：「今日龍泉寺香客頗多，不要嚇到百姓。」

「哦。」謝望應了聲，又後知後覺地問：「那你呢？」

蕭瑾修看顧桐月，顧桐月便帶著香扣，乖乖跟在他身後。

蕭瑾修的唇角滿意地勾了勾。「我送顧八姑娘下山。」

謝望站在原地，摸摸腦袋，瞧著三道身影漸行漸遠，忽地一拍腦門。「不對啊，我也可以送顧八下山！六哥，你回來——」

聽著謝望在後面的叫號，顧桐月悄悄抿嘴笑了。剛才打得那般慘烈，夠他收拾好半天。不過，她還是有些不放心，畢竟謝望給她的印象，一直是個頑劣的討厭臭小子。

「咱們就這樣不管他了？」

蕭瑾修斜睨她一眼。「妳想管？」

顧桐月忙忙搖頭。

蕭瑾修唇邊的笑意似乎又深了些。

山腰上發生的事並沒有驚動多少人，顧桐月下山時，瞧見顧家姊妹連袂來尋。看她們轉過彎就要發現他們，顧桐月對蕭瑾修道：「姊姊們來了，蕭大哥不用再送。」

蕭瑾修點點頭。「下回再帶妳去看她。」

顧桐月懵了一下，才想通他要帶她去看誰，不知該說什麼，只得胡亂點頭應了聲。

蕭瑾修剛走，顧家姊妹們就瞧見了顧桐月。

顧蘭月快步上前，急急道：「不是說在附近逛逛，怎麼自己上山了？身邊連人都不帶，萬一出了事……」

「大姊別擔心，妳瞧瞧我，好好的呢！」顧桐月笑嘻嘻地安撫她。

被姊姊們關心了好一會兒，眾人才往禪院走去。

顧冰月落後幾步，拉住顧桐月的手，不好意思地開口。「八妹，有件事情……我想求妳幫忙。」

顧桐月道：「七姊別這樣說，咱們是姊妹，能幫得上忙的，我一定會幫。」

顧蘭月等人聽見，有默契地加快腳步，拉開距離，讓她們說話。

回禪院的路上有片小竹林，顧冰月便拉著顧桐月進去，微微紅了眼，道：「其實這事原不該求到妳這裡來，只是妳也知道我娘跟三嬸……不太和睦。我知道，以前的事，多是我娘對不起三嬸，沒底氣求情，只好來八妹這裡試試。」

顧桐月微怔，難道顧冰月還不知秦氏已跪求尤氏原諒？不過轉念一想，這樣丟人的事，秦氏想必不願讓女兒知曉。

這般胡思亂想間，就聽顧冰月開口了，聲音有些緊澀，吞吞吐吐說著，小臉脹得通紅。

「和哥兒不是正跟著尤老太爺讀書嗎？我……我想著，能不能把秋哥兒也送到尤府去，即便是給和哥兒作伴，也是好的。」

原本她並不打算這樣早就求顧桐月，想先與她親近，而後緩緩圖之；可顧桐月得到郭氏青眼，被接到侯府，好幾天不回家，她親近不上，又擔心依顧桐月的本事，日復一日，郭氏只會更喜歡她，待在顧府的時日越來越少，才忍不住在今日開口。

顧桐月聽明白了，可尤府的事，她哪有資格做主？

「七姊，尤老爺子年事已高，且如今不但教和哥兒讀書，每日還要去東宮為皇長孫講學，若把秋哥兒也送過去，恐怕顧不過來。」顧桐月委婉地拒絕。

這件事，尤氏肯定不會幫忙，無關報復打擊，尤老太爺年紀大了，主動開口教顧清和讀書，是因為疼愛尤氏，想替她教好孩子；且近日武德帝下旨要他給皇長孫講學，甚至默許他帶顧清和進宮旁聽，也是為顧清和鋪路，若再多教一個人，尤老太爺就太累了。

顧冰月聞言，勉強擠出一抹笑。「我也知道這太強人所難，只是，二房的境況，妳也曉得，如今父親連翰林院都不去，整日跟胭脂膩在一起，以後，二房只能指望秋哥兒了。」

二房本就人丁單薄，顧從仁又不思進取，他們再不自謀出路，等到顧老太太百年之後，一分家，二房會淪落到什麼地步，顧冰月想都不敢想，所以，顧孟秋必須立起來才行！

她這樣推誠布公，倒叫顧桐月高看一眼，遂道：「七姊別急，六弟的身子，不是還沒有大好嗎？」
「只是有些弱症，並不嚴重。」顧冰月細聲回答。「尤老太爺這邊行不通，我再想想別的法子。」神色雖疲憊不堪，卻沒有絲毫被拒的惱怒或不悅。
顧桐月道：「不如，我託唐夫人幫忙找個好的先生？」
顧冰月的眼睛頓時亮起來，滿含期待與激動地看著顧桐月。「這、這可以嗎？會不會惹唐夫人不喜？」
「七姊放心。」顧桐月對她安撫地笑笑。「有了消息，我再與妳細說。」
人跟人還是不同的。當初顧蘭月退親之事迫在眉睫，尤氏也沒讓她去求郭氏；後來忠勇伯府欺人太甚，意圖壞了顧蘭月的名節，尤氏才找上她，卻因此擔心她會不得郭氏喜愛，而忐忑不安。
此時，顧冰月的擔心也溢於言表，可她更在意的，是所求之事。
不過，這是人之常情。顧桐月願意與顧冰月結個善緣，她們到底都姓顧，二房能好，她們姊妹面上也有光。
顧冰月感激不盡，拉著顧桐月的手，想好好道謝，卻聽見身後傳來一陣腳步聲。
「八妹這樣大方，連二房的秋哥兒都肯幫，想必不會落下咱們夏哥兒吧？」顧荷月笑盈盈地走過來。
顧冰月有些驚慌，沒想到她跟顧桐月說的話會被顧荷月聽去。

顧桐月拍拍她的手背。「六姊有話要跟我說，七姊先去找大姊她們吧！」

顧冰月擔心地蹙起秀氣的眉頭，看看她，又看看不懷好意的顧荷月。「我還是在竹林外面等妳吧！」

「七妹擔心什麼呢？」顧荷月冷笑著開口。「是怕我壞了妳的好事，不敢走開嗎？呵，不知道妳背地裡求八妹幫忙，二伯母知不知道？」言下之意，她是要拿這件事去羞辱秦氏。

顧冰月的臉突地白了。

顧桐月皺眉。「七姊先走吧！」

顧冰月只得一步三回頭地離開竹林，想著外頭有香扣守著，應該出不了什麼事。

可沒走幾步，她忽然有些心慌，團團轉了兩圈，還是沒出去，躲在一旁聽著。

此時，竹林裡斷斷續續傳出顧桐月和顧荷月說話的聲音，原來顧荷月也想把顧維夏塞給顧桐月。

顧冰月正分神聽著，便發現顧荷月身邊的喜梅笑盈盈地走來。「七姑娘在這裡呢！奴婢過來時，瞧見夫人身邊的莊嬤嬤找您，好像有事要跟您說。」

顧冰月看看竹林深處，不敢離開。

喜梅笑道：「七姑娘且去吧！這邊有奴婢守著，斷不會讓人進來的。」

顧冰月聞言，不好再待，只好去尋尤氏了。

另一邊，姚嫣然扶著郭氏自文昌殿走出來，邊走邊抹著眼淚。

「姨母，每年母親忌日，您都不忘來給她點長明燈，母親泉下有知，定然十分感念。」

「我是她姊姊，做這些是應該的。」郭氏嘆氣，想起逝去的親妹，還是頗為傷感。「眼下最要緊的，是妳的親事。嫣然啊，妳已經十六歲，再不將親事訂下，妳母親也要怪我這做姨母的對妳不盡心了。」

姚嫣然神色一僵，隨即溫順地低下頭。「嫣然都聽姨母的。」

郭氏瞧著她順從的模樣，想起她與謝斂的事，心口堵得厲害；偏偏，她又不能不管她的親事，原想把她嫁得遠遠地，也算給女兒一個交代，可京城外的人家，她思來想去，竟想不出適合的人選。

「嫣然沒有父母，自小便跟在姨母身邊，說句不怕姨母笑話的話，在嫣然心中，您與姨父就是嫣然的父母。婚姻大事，乃父母之命，嫣然相信您跟姨父的眼光。」姚嫣然這樣說著，微微含淚的眼睛親暱信賴地看向郭氏。

這是她從小養大的孩子啊！郭氏又嘆了一聲，盯著姚嫣然的目光十分複雜。

姚嫣然頭皮發麻，但仍強撐著，乖巧地迎視郭氏。

郭氏心軟，這麼多年的朝夕相處，就算郭氏真因謝斂的事而厭棄她，她也有法子贏回郭氏的心，只是在這之前，得先將鳩占鵲巢的顧桐月趕出侯府才行！

「妳乖乖的，姨母不會虧待妳。」最後，郭氏還是說了這句話。

姚嫣然聞言，越發乖巧溫順。「姨母放心，嫣然會很乖，以後會更孝敬姨母與姨父，也會待顧八妹妹好。」

聽她提起顧桐月，郭氏才想起好一會兒沒看見女兒，便問身邊的丫鬟。「桐姐兒呢？」

「剛才跟顧家姑娘們待在一處，這時候……」丫鬟並未留意，答不上來，見郭氏面色不豫，惶恐道：「奴婢這就去問。」

姚嫣然身邊的絲竹忙道：「夫人，顧八姑娘跟顧府的姑娘在不遠處的竹林裡說話呢！」

郭氏眉頭倏地皺起來。「好好的，為什麼要去林子裡說話？」多不安全啊！

姚嫣然見狀，以為郭氏不喜這偷偷摸摸的舉止，遂輕聲說道：「顧八妹妹與她的姊妹們說完話，想必就會來找您，不如咱們回禪院等她。」

郭氏搖頭。「我去找她。」便帶著人過去了。

竹林裡，顧桐月有些無奈地看著東拉西扯、把她強留在此處的顧荷月。

「六姊，妳別無理取鬧了。」

「無理取鬧？」顧荷月皺眉瞪她。「妳倒是說說，顧冰月與顧孟秋，我跟維夏，到底誰跟妳才是最親的？」

「大家都姓顧，住在同一座宅院裡，不用如此細分。」顧桐月不耐煩了。「再說，夏哥兒的身子不好，莫姨娘放心讓他出府求學？還有，父親如此疼愛夏哥兒，想必早已安排好他的前程，六姊不必憂心。」說著，轉身要走。「大姊她們怕是等急了，我們先過去吧！」

顧荷月卻拉住顧桐月的手，不動聲色地帶她轉了半圈，讓她背對竹林入口。

「八妹，妳是不是生氣了？我有些心急，是因為夏哥兒的緣故，妳別生氣好不好？」

這又是怎麼說的？顧桐月想掙脫她的手，卻被拉得死緊，完全掙不開。

「以往咱們姊妹倆之間有些不愉快，我向妳道歉好不好？」顧荷月越發低聲下氣。「八妹，自從妳得到唐夫人的青眼後，滿府的人，妳都肯幫，為什麼就不幫幫夏哥兒呢？夏哥兒也要叫妳一聲八姊呀！」

又要裝可憐了？顧桐月不疑有他。「我已經說得很清楚，不是我不肯，而是……」

「八妹，唐夫人那麼喜歡妳，妳求她任何事情，她都會答應妳，對不對？」顧荷月急急打斷顧桐月。「連大伯父跟父親都對妳另眼相看，我甚至聽到長房的人議論，說要請妳在東平侯面前為大伯父說說好話，叫他仕途順遂；大伯父還說，日後他與父親的前程，興許全要指望妳了。八妹，唐家對妳有求必應，妳就不能抬抬貴手，幫幫我跟夏哥兒？」

顧桐月皺起眉頭。「妳說的這是什麼話？」怎麼越說越不對勁？好像整個唐家都是她說了算，說得好像她接近唐家就是為了利用唐家！

「八妹。」顧荷月忽然流下眼淚，楚楚可憐地瞧著顧桐月。「以前那些事，妳要是心裡不舒服，我……我給妳跪下，求妳原諒我好嗎？妳發發慈悲，幫幫夏哥兒好不好？」

「顧荷月！」顧桐月動了氣。「別再胡攪蠻纏！妳到底想做什麼？」

顧荷月卻當真撲通一聲跪在顧桐月腳邊，眼角餘光瞥見越走越近的郭氏與姚嫣然。

剛才那些話，郭氏都聽見了吧？得知顧桐月親近她不過只是利用她與東平侯府來得到好處，要氣死了吧？

姚嫣然可是許諾過，只要她能幫忙讓郭氏厭棄顧桐月，就會邀她去侯府做客！

剛才她說了那麼多，將顧桐月說成一個會鑽營、又對親人自私無情的人，就不信郭氏還會繼續喜歡她！

顧桐月對顧荷月莫名其妙的死纏爛打弄得頭都痛了，正要喝斥她別再胡鬧，便聽身後響起郭氏有些冷漠的聲音——

「顧六姑娘想求桐姐兒幫什麼忙，不妨說給我聽聽。」

顧桐月霍然回頭，就見姚嫣然一臉尷尬地扶著郭氏站在她們身後不遠處，腦中靈光一閃，低頭看跪在面前的顧荷月，徹底明白過來。

原來……這就是顧荷月的目的！讓郭氏「湊巧」聽到這些，從而厭棄她這樣貪得無厭又無情無義之人。

光靠顧荷月，無法完成這樣巧妙與周全的計謀，必然有人與她聯手。

這個人，不用想也知道是誰。

此時，顧荷月腮邊還有淚痕，怯怯地抬頭看郭氏，狼狽地爬起身，白著臉，不住擺手。

「我、我與八妹鬧著玩的，夫人不必當真。」

在外人面前維護自家姊妹，這樣善良又可憐的姑娘，郭氏會不會也疼惜幾分？

這般想著，她偷偷抬眼去瞧郭氏，卻發現郭氏根本沒多看她一眼，只朝顧桐月招招手。

「桐姐兒，到我身邊來。」

顧桐月彷彿沒事人般，毫不心虛地走上前，拉住郭氏的手，笑問：「您怎麼過來了？」

「大半日沒瞧見妳，跑到哪裡野去了？」郭氏說著，牽著顧桐月的手往外走。「瞧這衣裙都沾了泥，趕緊跟我回去換衣裳，若讓人看見了，還不笑話妳啊！」

顧桐月愛嬌地挽著郭氏的手臂，笑嘻嘻道：「之前聽說龍泉寺風景極好，好不容易才來一次，自然要四處走走看看嘛。再說，我還是個小姑娘呢！誰來留意我的衣裙呀？」

「就妳歪理最多了。」郭氏似瞋怪地瞪顧桐月一眼，牽著她離開，連眼角餘光都沒瞥向身後目瞪口呆的顧荷月。

跟在郭氏與顧桐月身後的姚嫣然難以置信地看著她們。

怎麼會這樣?!

別人或許不知道，但姚嫣然清楚得很，她曾經求郭氏提攜小姊妹的父親，郭氏卻惱怒地罰她閉門思過，若非唐靜好求情……

可聽見顧荷月說了那些話，她為什麼連一絲惱恨之色也沒有？

姚嫣然的心一點一點地收緊。

這時，走在前頭的顧桐月忽然回頭，對上她的目光，嘴角一勾，露出似笑非笑的笑容。

姚嫣然覺得渾身的血液都凍住，顧桐月知道這個局是她與顧荷月布下的了？

不可能！她做得那麼隱密，方才也是郭氏自己提起顧桐月，絲竹才順嘴說起她們在竹林裡說話。這麼天衣無縫的局，沒一點她摻和的跡象，顧桐月怎會懷疑到她身上來？

姚嫣然深深吸一口氣，平靜地迎視顧桐月，沒有證據，她又能把她怎麼樣？

這一次，是她錯估了顧桐月在郭氏心中的地位。

下一次，她就沒有這麼好的運氣了！

待走遠後，顧桐月回頭，親暱地與郭氏說：「方才那些話，阿娘聽了是不是很生氣？」

「氣什麼？」郭氏捏捏她粉嫩的小臉。「那個丫頭心術不正，不是個好人，那些話，想必是有意說給我聽的。換作別人，我聽了定要勃然大怒；可她不知道，妳是我的乖靜靜，即便真如她所言，妳要利用我、利用唐家，那我跟唐家也是心甘情願為妳所用。」

她說得平靜，顧桐月卻是心頭一顫，深深看著郭氏，喊道：「阿娘……」

見女兒眼泛淚光，郭氏輕笑。「傻丫頭，對阿娘來說，妳才是阿娘最在意的小心肝！」

顧桐月換好衣裳出來，郭氏正坐在椅子上，怡然自得地泡茶。

茶香裊裊，茶霧輕攏，襯得她面容越發柔和恬靜。

屋裡的下人已經全退出去，顧桐月走上前，熟練地投進郭氏懷裡。「父親說，阿娘泡茶的模樣最美，平日阿娘總是給父親泡茶，我還是頭一回能飽此眼福呢！」

「貧嘴。」郭氏笑罵她一聲，覺得不夠，又罵自己的丈夫。「老不正經，回去再找他算帳。」但柔美的面上卻滿是笑意。

顧桐月瞧著郭氏，由衷感謝老天能給她重活一次的機會！

郭氏將泡好的茶推到她面前。「方才的事，妳怎麼想？」

「小事罷了，我會跟顧家嫡母提，讓嫡母罰她，阿娘不必為此心煩。」剛才那小插曲，顧桐月根本不放在心上。

「那，嫣然呢？」郭氏又問。

顧桐月挑眉。

郭氏笑著搖頭。「妳當我看不出來？這個局設得也不算精妙，唯一精妙之處在於，設局之人知道我在意的是什麼。

「妳父兄在朝為官不易，侯府樹大招風，這些年並非一帆風順，只是謹慎慣了，才能走到如今，我絕不會眼睜睜讓旁人利用他們拖累唐家；清楚這些的，除了嫣然，還能有誰？」

「她不會承認。」顧桐月淺飲茶湯，微微笑道：「我猜她沒有留下一星半點兒的破綻。」就像她與謝斂，就像她可能是謀害她的主謀，可表面上，她卻沒有留下任何痕跡或證據。

她已將自己的懷疑告訴兄長們，憑他們的手段，早該查出真相；可直到現在，兄長們都沒與她說這件事，不是姚嫣然隱藏得太深，連他們都查不到，就是害她的人與姚嫣然無關。

可是，若非姚嫣然，還有誰會深恨她至死？顧桐月實在想不明白。

郭氏嘆氣。「是我先提出好一會兒沒有看見妳，嫣然身邊的丫鬟才說出妳與顧家姑娘在竹林裡說話，表面看來，的確跟她沒什麼關係。」

顧桐月毫不意外。「就像她喜歡謝斂一樣，這麼久，咱們誰看出來了？」

郭氏聞言，臉色瞬間沈下來，將茶盞重重磕在桌子上，緊抿著唇角，壓抑心頭怒氣。

「今日謝家前來，想必跟她有關，她這樣幫著謝家，難不成真想嫁過去？」

「倒不見得。」顧桐月想了想。「若跟她有關，今日陪謝夫人來的，該是謝斂；不過，她的確很想嫁到謝家，但可能還沒跟謝斂商量好，說不定過不久，謝家就要上門求親呢！」

「想都不要想！」郭氏氣怒道。

顧桐月見狀，撫著郭氏的胸口幫她順氣，笑著岔開話。「謝夫人跟您說什麼了？」

「還能有什麼。」郭氏握著顧桐月的手。「來來回回的，說的都是謝斂對妳如何情深不渝，我聽得都想吐她一臉！養出個道貌岸然的偽君子來，還引以為傲，我真想……」

她冷眼看著謝夫人在她面前誇讚謝斂對唐靜好如何一往情深、為伊憔悴，就氣悶得不行；想說出真相打她的臉，又因姚嫣然而不得不隱忍，實在憋壞了。

「好了阿娘，不要為不相干的人生氣。」

見女兒雲淡風輕，一副置身事外的模樣，倒比她還沈得住氣，郭氏有些驚訝，猶豫一下，才試探著問：「靜靜，妳……已經不喜歡謝斂了？」

「正如阿娘所言，他不過是個道貌岸然的偽君子，我瞎了眼喜歡一回，難不成還要繼續瞎下去？」

說不難過是假的，但經過這些日子，她的心情已經平復得差不多。這種事怪誰呢？是她先寫信給謝斂，問他願不願意娶她；是她先喜歡謝斂，卻忘了問謝斂是不是喜歡她。也許，她喜歡謝斂，對謝斂而言，不但不讓他開心，反而讓他困擾又無可奈何。

但這件事能全怪她嗎？謝斂明明不喜歡她，卻還是同意娶她，與她訂親，為的是她身後的東平侯府。既然他願意為家族前程將自己賣了，便該賣得心甘情願才是；可他沒能安守本分不說，還勾搭她視為姊妹的姚嫣然，這就讓人不得不噁心了。

這麼噁心的人，她還當寶似地繼續喜歡？她再傻也沒傻到這地步啊！

郭氏仔細打量顧桐月，見她神色不似作偽，才放心地嘆口氣。「日後，咱們遠著謝家就是了。」

顧桐月剛換好衣裳，帶著丫鬟瘋跑一圈的顧華月就找來了。

郭氏很是體貼地將房間留給她們說話。

「四姊，我正好有事要跟妳說。」

顧華月微微吃驚，剛才她們還在一起，也沒聽顧桐月有事要找她，忙問：「什麼事？」

「母親呢？」

「大姊陪著在禪院休息呢！」顧華月答完，又催她一聲。「到底要跟我說什麼？」

顧桐月便將方才顧荷月設計她的事簡單講給顧華月聽。

顧華月還沒聽完，就氣得直嚷嚷。「這個不要臉的，她想幹什麼？她害了妳，對她有什麼好處？這個吃裡扒外、不要臉的東西！」

「四姊不氣、不氣。」顧桐月勸著，就知道暴躁的顧華月會氣壞。「還好唐夫人並沒有厭棄我，想來不會信她說的那些話；只是六姊總是這般，我也不勝其擾。」

「走，咱們這就去找母親！」顧華月氣呼呼地拉著顧桐月，往顧家歇息的禪院走去。「這回定要讓母親狠狠罰她才行。妳還不知道吧！這個沒皮沒臉的，之前跟五表哥偷偷傳遞書信，被大舅母截住，大舅母氣得不得了，找母親說過話後，回去就將五表哥綁起來打了一頓，為了她，五表哥到現在還起不了床呢！」

顧桐月露出驚訝的神色。「有這種事？」

「妳說她討不討厭，明知大姊跟二表哥在議親，還敢去招惹五表哥！哪家有她這樣的姊妹？要不是她住在知慈院，我早就搧她巴掌。對了，還有件事，妳肯定也不曉得。」

「什麼？」

「我及笄禮上的吉服被毀，妳還記得吧？」顧華月湊近顧桐月耳邊，咬牙切齒地道。「記得啊！」簡直印象深刻好嗎？為了給顧華月取衣裳，她抄近路，結果在冰面上摔個狗吃屎，還被蕭瑾修看個正著……

算了，太丟臉不想了。

「妳知道是誰弄壞了我的褙子，害我險些當眾出醜的？」

「難道也是她？」顧荷月有這樣大膽？但不對啊，她根本沒機會躲進東房弄壞吉服。

「哼，都說蛇鼠一窩！這事雖然不是顧荷月做的，卻是她那個好弟弟顧維夏下的手！」

顧桐月。「……蛇鼠一窩不是這麼用的吧？」

顧荷月姊弟是蛇鼠，她們這些同樣姓顧的姊妹們又是什麼呢？好歹把她們撇乾淨啊！

「哎呀別管這個啦！」顧華月不悅地瞪她一眼。「以前顧維夏病病歪歪地連門都出不了，還是母親拿著外祖父的帖子，請來好大夫幫他調養。結果呢！這白眼狼的身子漸漸好了，能下地、能出門了，就迫不及待來害我，妳說他可不可惡！」

顧桐月也皺眉。「是他自己做的，還是被指使？」能指使顧維夏的人，除了莫姨娘，就是顧荷月了。

「說是自己做的。」顧華月冷笑一聲。「父親冷落莫姨娘，他見不得莫姨娘天天垂淚，想幫她出口氣。小小年紀不思正途，弄這些見不得人的手段，以後能有出息才怪。

「不過也難怪，有親娘、親姊在面前作怪，他哪能學好。」顧華月連珠炮般地說：「他學不好正好，以後休想跟和哥兒爭咱們三房的家產！」

聽顧華月言語間處處維護著顧清和，顧桐月心裡高興，道：「四姊不喜歡，不理會他就是。我跟妳說，這段時日，和哥兒每天下午在侯府練功夫，起初要扎馬步，我怕他覺得沒意思，偷偷去看，結果他學得很認真，大冷的天，竟汗水直流，卻一動不動，半點也不偷懶。

「後來，我再去看他，正好遇到侯爺，他說和哥兒雖然筋骨一般，不過很勤奮，未必不能習得一身好功夫。」

「真的？那太好了！我就說我們家和哥兒很能幹的……」

顧華月聽了，也開心起來，立時把顧荷月姊弟惹出的煩心事拋到腦後了。

第四十四章 翻手為雲

受寵的王爺和皇子住在皇宮附近，不受寵的，如寧王這般的，便住在城外，守衛自然不如宮中那般森嚴。

蕭瑾修下了山，閒庭信步般進了寧王府。

寧王還未歇息，正自己跟自己對弈，瞧見一身黑衣的蕭瑾修，就朝他招手。「小六快來，陪我下一盤。」

蕭瑾修在他對面坐下，修長手指自棋罐裡取出一枚白子，目光在雜亂的棋盤上掃一眼，便落下一子。

寧王眼睛一亮，撫掌道：「妙啊，一下就破了黑子的布局。」

他沈吟一瞬，也下了手中的黑子。「今日遇襲，查到是何人所為了？」

「我猜是英王。」靜王並沒有放棄籠絡他，而英王行事一向比靜王更衝動些。

「真不知英王是怎麼想的，換作是我，此時更該卯足了勁籠絡你，怎麼還敢派人刺殺？」寧王搖頭失笑。「若能一擊斃命倒也罷了，偏偏又殺不了，還暴露自己，真是夠蠢……」

蕭瑾修淡淡勾唇。「想必英王自覺能成功。」

寧王的目光從棋盤移到蕭瑾修臉上。「聽說今日顧八姑娘也在龍泉寺，不會那麼湊巧，你遇到她了吧？」

「就是那麼湊巧。」蕭瑾修抬眼，似笑非笑地說道。手中白子落下，截斷寧王的棋路。

寧王顧不上看棋盤，興致勃勃盯著蕭瑾修。「你果真看上了那小姑娘？我說你這個一年到頭去不了一次寺廟的人，怎麼突然跑去龍泉寺，原來是偷偷會佳人去了。我聽說，顧八姑娘莫名其妙得到東平侯府的青眼，如今就住在侯府裡？」

「王爺聽說的還挺多。」蕭瑾修將黑子一顆一顆揀出來，收拾棋盤。「還聽了什麼？」

寧王眼眸微閃。「聽說你喜歡人家？」

蕭瑾修瞥他一眼，嫌棄道：「王爺越發像市井婦人。」

這是嫌他嘴碎了？寧王不滿，換作其他人，他才沒興趣說呢！

「好了，不提你的私事。」知道蕭瑾修不愛提自己的事，寧王也不勉強他。「明日太子開始上朝議事，你怎麼看？」

「不必太關心太子，他已經不成氣候。」

寧王眉心一跳。「這是何意？」

「陛下不僅僅是父親，而是天子！」蕭瑾修挾著白子的手指點點棋盤，示意寧王落子，再下一局，又道：「皇長孫。」

寧王穩住心神，一邊落子、一邊思考蕭瑾修給的提點，不一會兒便恍然大悟。「父皇已經放棄太子，眼下放他出來，是讓他牽制靜王等人，給皇長孫鋪路？」

蕭瑾修滿意地點點頭，落下最後一顆棋子。「王爺，您輸了。」

此時寧王哪還有心情下棋，霍地站起身。「如今看來，太子、靜王一黨，都成了父皇棋盤裡的棄子！」

「靜王等人私下囤兵，已經犯了陛下的大忌，陛下焉能容他？」

「可國事繁忙，父皇騰不出手收拾靜王等人，便把太子放出來。之前靜王一黨死咬著太子不放，太子解了禁，怎麼可能放過他們。」寧王坐下來，輕輕嘆口氣。「連兒子們都可以擺上棋盤，天家……果然無父子。」

蕭瑾修平靜地抬眼望他。「王爺，該讓世人看到您了。」

寧王一驚。「你覺得時機已到？」

「春汛即將到來，王爺可做好準備。」蕭瑾修將棋子收回棋罐。「只是這差事辛苦，沒個大半年是回不來的。」

寧王道：「辛苦算什麼，總比縮在京城裡裝病來得強，還能順勢避開太子與靜王的紛爭，妙極、妙極！只是我從未領差，父皇會將巡查河道的事交給我？」

蕭瑾修自信地說：「王爺不必擔心，靜待時機便是。」

寧王沒好氣地笑罵他。「說話越發像個神棍了。」

姚嫣然得知自己在侯府徹底淪為外人，是當日晚上被郭氏派人從龍泉寺送回來之後。

郭氏與顧桐月留宿龍泉寺，卻獨獨送回她，唐仲坦便知道定然出事了。

姚嫣然跪在唐仲坦面前，聲淚俱下地哭訴，說她不知道怎麼惹了郭氏生氣，令郭氏不顧天色已晚，甚至不肯見她，直接叫人送她回府。

當然，她的言語中也暗示，是顧桐月在郭氏面前說了她的壞話，郭氏才把她趕回來；更暗示，如今郭氏什麼都不管了，眼裡、耳裡只看得到顧桐月、只相信顧桐月說的話。

原以為唐仲坦聽了，定要憂心，誰知他只是沈吟片刻，便讓人送她回渡月軒去。

接著，唐仲坦讓人請唐承宗與端和公主來，又留下送姚嫣然回府的婆子。

於是，婆子當著他們的面，將姚嫣然與顧荷月串通設的局，一五一十地說了。

婆子稟報完，就退了出去。

屋子裡安靜了片刻，唐承宗先開口道：「嫣然已經壞了心性，不適合再留下。」

端和公主微微吃驚，卻只抿了抿嘴，沒有說什麼。

唐仲坦也下定了決心，看向端和公主，輕聲道：「明日一早，公主便安排嫣然去通州的莊子吧！就說她身體不適，要去休養一陣子，等親事議定，再把人接回來。」

自從知道唐靜好可能是被姚嫣然謀害後，唐仲坦就想著怎麼處置姚嫣然。只是，一來沒證據，二來，他也知道郭氏的矛盾，姚嫣然是她親妹唯一的骨血，郭氏不忍，他心知肚明，這才容忍姚嫣然繼續活在眼皮子底下。

不想，姚嫣然又設計他的女兒了。

雖然這次只是小打小鬧，並沒有傷著顧桐月，但姚嫣然能對她動一次手，肯定還有下一次。在自己家裡，他女兒憑什麼還要活得戰戰兢兢、小心翼翼？不如遠遠送走，眼不見、心不煩，她的手也伸不進來，既保護女兒，也了卻妻子的心事。

端和公主溫順地應是。

一會兒後，端和公主與唐承宗從正房出來。

「夫君，就這樣將表妹送走，不知會母親一聲嗎？」

「不必。」唐承宗嚴肅道，見端和公主不解，才解釋一句。「母親派人將她連夜送回，就是對她失望透頂，任憑我們處置的意思。」

顧桐月陪著郭氏在龍泉寺住了兩日，才回到侯府。

家人們相見，少不得又是一陣噓寒問暖。

「還有一件事。」唐承遠斟酌著道：「姚嫣然不肯離開侯府，昨日竟偷偷溜出去，闖進謝府找謝斂。此事雖沒鬧開，知道的人卻也不少，後來，謝斂將人送回來。」

說這話時，他特意看向顧桐月，面上難掩擔憂之色。

顧桐月微愣，隨即安撫地對唐承遠笑了笑。「可見他們之間確有糾葛。」

「姚嫣然鬧了一回。」唐承遠揉著額頭嘆息。「嚷出她與謝斂有私情之事，但謝斂……不肯娶她。」

姚嫣然甚至願意委身為妾，謝斂竟也不同意。

後來，兩人鬧得實在太難看，他們只好把謝斂請出去。

「原是打算今日送走她，她卻不肯，嚷著非要見母親不可。」唐承遠又道。

他們本要強行動手，但丫鬟跟婆子才靠近，姚嫣然就拿出不知何時藏在手裡的剪刀，揚言敢碰她，就立時死在侯府。

因此，唐家幾個大男人很是頭痛，想讓端和公主與徐氏去勸，又擔心姚嫣然拚個魚死網破，出手傷人，哪敢讓她們靠近她。

郭氏聞言，皺起眉頭。「靜靜被謀害的事，你們有沒有問過？」

「問了，她不肯承認。」

「阿娘。」顧桐月握住郭氏冰涼的手，微微勾起唇角。「我去吧！」

「不行！」郭氏想也不想便拒絕。「萬一再讓她傷到妳……」

光這樣一想，郭氏就緊張不已，急急攥緊顧桐月的手。「妳不能去！」

此時，她已認定姚嫣然就是害了唐靜好的凶手。

「這事總歸要有個了結。」顧桐月很平靜。「正好我也有些事想問問她，要是阿娘不放心，讓人放倒她捆起來，就傷不到我了。」

到底拗不過顧桐月，郭氏只得點頭應下。

顧桐月過去關押姚嫣然的房間時，聽見姚嫣然歇斯底里的咒罵聲。

她靜靜地站了一會兒，聽姚嫣然將東平侯府所有人咒罵了一遍，方才板起臉，示意守門的丫鬟開門。

見顧桐月施施而來，被捆在椅子上的姚嫣然愕然片刻，隨即脹紅了臉。「怎麼是妳？姨母呢？為什麼不是姨母過來?!」

她這般披頭散髮的狼狽模樣，就這麼讓她看不上眼的庶女瞧去，當真羞惱得恨不能一頭撞死了事。

顧桐月坐下，悠然接過丫鬟遞來的茶盞，淺飲一口，才淡淡道：「恐怕要讓姚姑娘失望了，阿娘並不想見妳。」

姚嫣然本就羞憤，又被顧桐月這般怠慢，臉色時紅時白，差點閉過氣去，咬著牙道：「妳算什麼東西？憑妳也配與我說話？」

顧桐月忽然笑了笑，目光特意在姚嫣然身上的繩子轉了一圈，那嘲弄無異於狠狠一巴掌拍在姚嫣然臉上——

憑她現在的處境，有什麼資格來跟顧桐月說配不配？

姚嫣然的雙眼幾乎要冒出火來，明知此時應該冷靜，甚至扮可憐，說不定顧桐月心軟，真會幫她求情。

可看著端坐在眼前的顧桐月，那高高在上的神色，讓她腦子發熱，冷笑道：「怎麼，顧八姑娘有什麼指教不成？」

顧桐月這般姿態，令她不自覺想起一個人——已經死了的唐靜好！

「這是東平侯府，這裡的主人姓唐！」姚嫣然冷哼。「妳一個外姓的姑娘，巴結上姨母，就以為當真飛上枝頭，變成唐靜好那樣的鳳凰了？奉勸顧八姑娘還是少作白日夢，眼下能撈好處，便替自己多撈些好處，否則遲早落得像我一樣的下場！」

「姚姑娘這樣的下場，不是咎由自取嗎？」顧桐月微微挑眉。

姚嫣然恨得紅了雙眼。「咎由自取？我只差沒跪在地上舔唐家人的腳！我做錯了什麼，為何二話不說就把我送走？還不是為了給妳騰位置！說什麼與唐靜好生得一模一樣，顧桐月，妳根本不像唐靜好！妳當唐家都是好人？呸，不過是一群假仁假義的偽君子罷了！」

「原來妳這樣恨唐家的人。」顧桐月支著下巴看她。「妳自小被唐家收養，吃穿用度不差於唐靜好，夫人更是盡心盡力地教養妳、照顧妳，唐靜好也從未對妳做過不好的事，我倒不知，妳的恨意是從哪裡來的？」

「呵！」姚嫣然驀地冷笑。「姚家因何滅門？唐仲坦明知姚家有難，卻連提醒都不肯，反在皇帝面前參姚家一本，說什麼大義滅親，根本就是冷血無情！要不是唐仲坦，我會成為寄人籬下的孤女？」

「姚家遭難，是因為姚家人先誤入歧途。自己犯錯，卻怪侯爺不肯幫忙，難不成要搭上唐家滿門去救姚家，才算有情有義？」

顧桐月冷冷一笑，原來從那麼早以前，姚嫣然就恨上唐家了！

「要不是侯爺與夫人，世上早已沒了姚嫣然這號人物！」什麼叫白眼狼，到了這一刻，顧桐月才算真正明白。

此刻，顧桐月忽然沒了與姚嫣然繼續說話的興致，她原是想問，為何姚嫣然要害死她，這會兒知道她記仇不記恩的性子，便覺得沒什麼好問了。想必在姚嫣然心裡，唐靜好也虧欠她許多吧！

「妳以為唐家人對我很好？不過是拿我當陪唐靜好那個殘廢的丫鬟罷了。我盡心盡力服侍唐靜好，唐家人才會給我好臉看！」

顧桐月來了，郭氏卻沒來，姚嫣然大概也知道自己只有被送走一途，索性將心裡的怨恨不滿全數發洩出來。

「還有唐靜好，說什麼視我如親姊妹，更是鬼扯！她那副打賞下人的做派，真是看得我想吐！她真當我是姊妹，為什麼不把謝斂讓給我？」

顧桐月聞言，臉色鐵青。「所以妳就想方設法殺了她？」

姚嫣然聽見，一個激靈，從癲狂中回過神來，警戒地盯著顧桐月。「不，我沒有……」

「妳有！」顧桐月面無表情地打斷她。「妳先用曾道子的畫誘唐靜好出府，再伺機讓人打暈她及她身邊的丫鬟，將她丟下懸崖，是不是？」

姚嫣然急喘著，眼珠轉得飛快，心裡正努力尋找藉口為自己開脫。

「這都是妳在說，我沒有做過！」姚嫣然知道，她無論如何也不能認罪。「唐靜好自己貪玩跑出府，不辨方向摔下懸崖，跟我有什麼關係？顧桐月，妳休想誣衊我！」

顧桐月曾與姚嫣然相處十多年，見她那心虛害怕的模樣，還有什麼不明白的？

姚嫣然繼續大聲叫喊。「我要見姨母！我是冤枉的，我沒有害靜靜，姨母救救我！」

顧桐月見狀，搖搖頭，丟下姚嫣然，起身往外走去。

郭氏正等在門口，見顧桐月出來，板著臉就要衝進去教訓姚嫣然。

「阿娘，事到如今，再問也沒什麼意思了。」顧桐月意興闌珊道。

「我要去問問她，唐家養她這麼多年，怎麼就養出這樣的白眼狼來？她母親可是我嫡親的妹妹，但凡我有一點辦法，會眼睜睜看著她送命嗎？妳父親參姚家，是我的主意，想藉此保住她跟她母親的性命，徵求她父親的同意後，才讓妳父親做的。」

郭氏說著，面容已經扭曲，抓著顧桐月的手不自覺收緊。她在外頭聽到姚嫣然顛三倒四說的話，只覺得一顆心都要碎了。

她養了那麼多年的孩子，怎麼變成這個樣子？

「阿娘，別難過。」顧桐月扶著郭氏往外走。「咱們問心無愧就是了，隨她去吧！」

郭氏哽咽著點點頭，對姚嫣然已經灰心。「讓妳父兄立刻把人送走，再發賣絲竹。」

雖然郭氏萬分惱恨，但姚嫣然走時，還是讓人備了包袱，送到她手上。

至此，對姚嫣然仁至義盡的唐家人，再沒有提起過她。

姚嫣然的事雖然解決了，但謝斂隨即天天登門，令人十分頭痛。

「謝斂每日都來，說要解釋他跟姚嫣然的事。誰要聽他解釋啊，真是晦氣。」唐承遠氣沖沖地進來。「這件事總是要有個了斷……」

他說著，小心翼翼覷著正拿針線做繡活的顧桐月，怕她會傷心難過。

顧桐月哭笑不得地瞥他一眼。「說話就說話，幹什麼總是瞟我？好好一個仙人般風流瀟灑的皮囊，硬生生讓你弄得猥瑣下流了。」

唐承遠。「……果然是我親小妹！」

論毒舌，他誰都不服，只服他家小妹。

郭氏皺眉。「如今兩家算是撕破了臉，他還來做什麼？」

「大概是想賠禮道歉，請求原諒吧！」唐承博淡淡開口，卻也小心打量著顧桐月的神色。

「不必理會，差人趕他出去，往後再不放他進來就行。」

兄長們的拳拳護她之心，顧桐月自然感覺得到；只是，他們仍當她是沒長大的小孩，生怕磕著她、傷著她，殊不知，她早已不是他們心中那不諳世事的小姑娘了。

「我想見見他。」

她才說完，幾道聲音就不約而同地響起來。「不行！」

唐承赫更是驚慌地看著她。「小妹，妳不會還……喜歡他吧？」

顧桐月看看大家，幾乎每個人的表情都跟他如出一轍。

顧桐月忍不住笑起來。「只是做個了斷罷了，有些東西，我想當面還給他。」

唐承赫立刻叫起來。「有什麼東西要還給他，妳交給我，我幫妳扔到謝家去！」

郭氏贊同地點頭，表情緊張。

顧桐月知道，他們怕她還喜歡謝斂，才想見他，畢竟當初她是全心全意地喜歡著他。

「有些東西，要親手割捨才行啊！」她輕輕嘆口氣，不知是對他們說，還是對自己說。

翌日一大早，謝斂便登門來了。

他已經做好再度被拒絕的準備，不想僕人一見到他，便把他領到待客的花廳。

「謝大少爺請稍等。」僕人說完便退下了。

謝斂心頭一鬆，郭氏肯見他就好，聽見外頭傳來細碎的腳步聲，連忙起身。

此時，暗香浮動，絲絲縷縷鑽入謝斂鼻間。

這熟悉的淡淡蓮香，讓垂首的謝斂猛地抬頭望去。

郭氏是不用這種香的，而他記憶中，最愛用這種香的，只有……

來人低頭走進來，似察覺到他的目光，慢慢抬起頭。

少女容色極美，清麗秀雅得讓人幾乎移不開眼睛。

可謝斂眼中的神采卻慢慢黯淡下去。

顧桐月瞧著他唇邊那抹明顯的苦笑，看著震驚期待之色從他眼中褪去，也勾唇笑了下。

謝斂在期待什麼？又失望什麼？

「謝公子，請坐吧！」如同主人般，顧桐月極其自然地走近他，客氣地請他入座。

「顧八姑娘。」謝斂收斂心神，抬手行禮。

顧桐月眉眼彎彎地笑了。「謝公子還記得我？」

她在主位上落坐，示意丫鬟上茶，又道：「之前一直沒機會感謝謝公子出手救了我家四姊，一直引以為憾，沒想到，機會這麼快就來了。」柔聲地說：「多謝謝公子仗義相助。」

「不過舉手之勞，顧八姑娘與令姊不必放在心上。」謝斂微微蹙眉，顯然顧桐月的出現打亂了他的思路與計劃。

「我今日前來，是想求見伯母，不知她……」

「實在對不起。」顧桐月歉疚地說：「夫人身子有些不適，不方便見客。」

「伯母的身體可要緊？」謝斂緊張地問道。

「還好，多謝謝公子關心。」顧桐月微微笑著，直視謝斂的眼睛。

謝斂溫和謙遜地說：「我聽到外頭的傳聞，說我與姚姑娘之間……有些牽扯。今日前來，是想與伯母解釋。」

顧桐月乖巧點頭。「我會幫你轉達的。」

見謝斂一時之間似無話可說，顧桐月抬手拍了兩下，便有丫鬟捧著紅漆木托盤魚貫而入，一個接著一個，將托盤放在長案上。

謝斂目光一掃，臉色驟然轉冷，看向顧桐月。「這是何意？」

「夫人的意思，人都歿了，這些東西留下也是無用，今日全還給謝公子。」顧桐月靜靜地微笑著。「府裡已經備好馬車，這些東西，請謝公子帶回去吧！」

謝斂緊緊抿唇，一步一步走到長案前，抬手拿起一隻已經泛黃縮小、卻保存得很好的草編蜻蜓，耳邊似乎響起那小小女孩清脆的驚嘆聲——

哇，是蜻蜓！斂哥哥好厲害啊！

那年，她六歲，雙腿已殘，再不能行走，孤零零地坐在輪椅上，隔得遠遠地看著兄長們在泥地裡奔跑追逐。

她眼睛裡的落寞一下子擊中了謝斂。

他走近她，給她一隻草編的蜻蜓。

謝斂手指輕動，似乎想合掌握住那小小的蜻蜓，卻又害怕力道太大，捏碎了。

他垂眸看向下一個托盤，上面放著一把小小的、用樹枝做成的簡陋彈弓。

那時，他在侯府的練武場上練習射箭，她說也很想試試射箭是什麼樣的感覺，可是她坐在輪椅裡，根本拉不開弓。

她氣餒極了，失望的樣子看起來可憐又可人。

他回家後，在床上翻來覆去想很久，親手做了這個彈弓給她，告訴她，射箭的感覺，就跟拉開彈弓彈出去是一樣的。

那陣子，除了吃飯睡覺沐浴外，這把彈弓，她從未離手過。

她的小哥很嫉妒，用鐵做，用銀做，甚至還用金子打了把黃燦燦的小彈弓給她，也沒能讓她放下這把粗陋的木頭彈弓。

還有很多東西，都是他送給她的。

現在，有人要將這些東西還給他了。

顧桐月也看著托盤，整張長案都擺滿了，卻還不斷有丫鬟捧著托盤走進來。

那一罐依然華麗璀璨的琉璃珠，是唐靜好十二歲的生辰時，他送給她的。

那一盞蓮花燈，是訂親那年的上元節，他親手做給她的。

那一朵被做成乾花卻依然栩栩如生的蓮花，是他同人出遊，特地捎來給她的。

那一支紅珊瑚蓮花釵，是他送給她的及笄禮。當時她還有些不滿，因為做工太過粗糙，只當他並不上心，才隨便選支釵子送給她。後來她才知道，那蓮花釵是他費時一個多月，向金樓裡的老工匠學藝，親手刻的。

琳琅滿目的托盤上，大的小的、高的矮的東西，擺放得整整齊齊。有便宜只須幾文錢的，也有貴重值幾百兩，甚至上千兩的。

顧桐月看著它們，每一件，她都能清楚憶起這是何時送的、因何送的。那些過往片段，好像又一一在她眼前浮現。

恐怕連謝斂都不知道，她曾經有多麼喜歡他，喜歡到將這個人融進自己的骨血。他送的東西，他的隻言片語，甚至他走路的聲音，她都熟悉得像烙進了骨子裡。

如今，她要將他從自己的骨血裡剝出來，此後，他與她再也沒有關聯。要割捨，果然是很痛的，比那日驚見他與姚嫣然眉來眼去，還要痛百倍、千倍。

顧桐月睜大眼看著謝斂，眼底水霧氤氳，擔心那些水霧凝結成珠，甚至不敢眨眼。

謝斂挺拔的身形，此時竟微微佝僂，彷彿不堪重負般，一隻手撐著長案，白皙的手背上，青筋畢露。

顧桐月見他背對自己，忙取帕子，悄悄壓了壓眼角。見丫鬟們不再進出，便知東西已經全擺上來，她才輕聲開口。「謝公子，這些東西，你帶走吧！」

謝斂渾身緊繃，並不回頭，只沈聲道：「我要見唐夫人。」

顧桐月輕嘆。「何必呢？謝公子帶走這些，從此與唐靜好、與東平侯府再不相干。」

謝斂聞言，霍地轉身，沈下臉，謙和如玉的氣質霎時變得狠戾起來。「顧八姑娘，相不相干，輪不到妳來說！」

「如今我住在清風苑。」顧桐月抬眸，安靜看著他微紅的眼睛。

謝斂神色一震，有些茫然，又似不信。「為什麼？」

「逝者已逝，但活著的人還要繼續活下去。」

顧桐月微微皺眉，覺得有些可笑，微微勾唇。

謝斂看起來這麼震驚，好像唐靜好死了，他真的很悲痛一樣，好像真的很愛唐靜好。聽見她住進唐靜好的清風苑，目光滿是怒氣與殺意。

真可笑啊，若他真對唐靜好有那麼一些些情義，又怎會背著唐靜好與姚嫣然牽扯不清？

顧桐月覺得意興闌珊，放柔了語調，慢慢說道：「唐姑娘留下不少手記，我都看過了。唐姑娘並非小肚雞腸、不能容人，既然你喜歡姚姑娘，便該大大方方同唐姑娘講，以唐姑娘的性子，未必不會成人之美。」

謝望的心緒從震驚、憤怒變成愣怔，也不過一瞬間的事，喃喃說道：「她的手記？」

顧桐月正要點頭，就見他猛地欺身上前。「給我！」

他的神色似怔似狂，眼裡燃起兩簇駭人烈焰，逼視著顧桐月，伸手朝她討要。

顧桐月愣了下，才反應過來他要什麼，不由又笑了。「謝公子，我不可能擅自將唐姑娘的東西交給你，今後，謝、唐兩家再無關係，無須再往來，謝公子請回吧！」

該說的都說了，她終於為這段過往情誼做個徹底了結，再也沒有遺憾，便起身離開。

然而，她才剛經過謝斂身邊，手臂便被他一把抓住。
「把她的手記拿給我！」謝斂沈聲命令道。
顧桐月冷下臉。「謝公子，不要為難我。」
她用力想掙脫，謝斂卻收緊了抓住她手臂的手指。
顧桐月抿緊唇，仰起頭，面無表情地與他對視。
謝斂一怔，眼前的小姑娘雙瞳幽黑，不避不讓，但周身似有寒氣，與先前柔軟甜美的模樣相距甚遠。
謝斂終於慢慢鬆開了手指，眼裡似有了濕意，垂首道：「求妳。」聲音顫抖，或許是害怕被拒絕，閉上了眼睛，又哀求道：「求求妳。」
顧桐月目不轉睛看著他這般軟弱的樣子，眉頭微蹙，雙眸裡滿是水霧。
這個人，怎麼能這樣可笑？
她活著時，他不珍惜；死了之後，才要用她留下來的東西緬懷嗎？
「謝公子，唐姑娘的手記裡有很多秘密，不能示以外人，還請你理解，不要為難。」
兩人離得這樣近，近得顧桐月能清楚看到他眼中有幽光顫動。
「她的手記裡，有我嗎？」謝斂有些艱難地開口。
顧桐月覺得沒有說謊的必要，於是坦然點頭。「有的。」
「她……」謝斂微頓，皺起的眉心積著顧桐月看不明白的情緒。「都說了什麼？」
顧桐月心頭一緊，神色復又冷淡起來。「唐姑娘會寫什麼，謝公子當真不知道？」

唐靜好有隨手記事的習慣，想到什麼寫什麼，尤其與謝斂相關的點滴，更是鉅細靡遺。那時，她想著，到他們成親時，她的手記也有厚厚三本了。婚後，她可以將那些手記拿出來，和他一邊翻看、一邊回憶，從垂髫年幼、兩小無猜開始，到執子之手。

她也想過，嫁給謝斂後，或許能寫得更多，因為有了他們的子女。她幻想過，孩子會長得像她還是像他，也曾暗暗祈禱，希望孩子能長得像他些，因為他比她好看。

謝斂聞言，不禁後退一步，毫無血色的唇瓣抖動著，卻沒有發出聲音。

顧桐月朝他屈膝行禮。「謝公子慢走。」

她終於越過他，緩緩離開花廳。

她面無表情，越走越快，然後鼻頭慢慢變紅，直至有滴淚從眼眶中滾出來。

謝斂失魂落魄地離開東平侯府，身後的門砰的一聲，毫不留情地關上。

他站在大門外，仰頭看著燙金大字的匾額，久久沒有動彈。

門裡門外，是他多少年的歲月？

幼時成為她的玩伴，青春年少時成為她的未婚夫，他以為餘生歲月都跟這道門有關。

從此以後，這道門，再不會為他打開了吧？

小廝牽馬過來，小心翼翼地問：「公子，咱們回府嗎？」

謝斂回神，接過韁繩翻身上馬，也不理會小廝，策馬疾馳而去。

顧桐月才進正房，便被郭氏拉住，一迭聲地問：「謝斂走了？他沒說什麼吧？妳還好嗎？」見她眼睛微紅，又擔憂地問：「是不是很難受？」

「最難受的時候，已經過去了。」顧桐月抬起臉，對郭氏露出笑容。「以後他不會再來，咱們家跟謝家再也沒有關係。」

郭氏看女兒笑得並不像勉強的樣子，才放下心。「這樣也好。」本想說點什麼安慰她，剛要張口，就有僕婦進來稟報。「謝公子出了城，怕是要去萬象山。」

郭氏聞言，勃然大怒。「他敢！」

「不必理會。」顧桐月神色淡然。「不去祭拜一番，他怎能死心？反正那座墓碑，於我們並沒有什麼意義。阿娘，由著他去吧！」

郭氏這才不再說什麼了。

第四十五章　認親宴

謝斂的事過後，第二天，顧桐月就與郭氏一道坐車回顧府。

此時，眾人都聚在顧蘭月的繡樓中，說起最近發生的事。

顧蘭月道：「五妹已經進了靜王府，從龍泉寺回來後，母親就把六妹送到城郊莊子上『養病』，短時間內，不會回京了。」

這是顧荷月與姚嫣然聯手設計顧桐月後，尤氏給她的交代。

「當時，母親要將六妹送走，莫姨娘哭到父親跟前，求父親做主，不要送走她。父親氣沖沖地過來找母親，兩人關上門說話，最後，六妹還是被送走了。」幸災樂禍的顧華月搶著道：「妳可知道母親對父親說了什麼？」

顧桐月也笑。「是什麼呢？」

「母親說：『老爺別忘了，桐姐兒也是您的女兒，且如今她住在東平侯府。』」顧華月哈哈笑著，毫不在意地當著眾人的面說出來。「『就算不給桐姐兒交代，是不是也該給侯府一個交代？』」

其實這些話有貶低顧從安的意思，顧華月未必不知，想來顧從安一味偏袒顧荷月，已讓顧華月對這個父親沒了最初的敬畏之心。

「母親對我真好。」顧桐月笑咪咪。

「我看唐夫人對妳也是真的很好。」顧華月拉著她道：「妳回自己家裡，她也不放心地送妳回來。」

「其實這回夫人過來，是有事要與母親商量。」顧桐月不隱瞞。「侯爺跟夫人要認我當義女。」

姑娘們聞言，睜大了眼睛，顧蘭月最先回過神來。「我本有所猜測，沒想到竟成了真。八妹，大姊在這兒恭喜妳了。」

顧華月更是失態地大叫，抓住顧桐月的肩膀不停搖晃。「妳到底走了什麼好運？這要羨慕死多少人啊！那妳以後是不是都不回來了？」

「怎麼會？姊姊們想我時，我還是會回來呀！」

接著，尤氏同意的消息傳來，幾個姑娘更是鬧烘烘，輪番向顧桐月道喜。

東平侯府挑了最近的吉日宴請賓客，帖子很快分送到各家。

尤府自然也接到了帖子，吳氏拿著帖子去見尤老夫人。

「東平侯府突然宴客，聽說是為了認義女。」吳氏對尤老夫人說道：「侯府這樣慎重，可見很看重桐姐兒，說不定還要把她記在族譜裡呢！」

「侯府都下帖子宴客了，勢必會這麼做的。」尤老夫人笑咪咪地看過請帖，還給吳氏。「備份厚禮，到時帶著姑娘們去侯府熱鬧熱鬧。」

吳氏便笑道：「是，府裡姑娘們的親事差不多都訂下了，我也算鬆口氣，正好出去散散心。」頓了頓，又道：「不知桐姐兒日後的親事會如何？她那個出身，偏又有東平侯府給她撐腰，還真是難辦，日後咱們姑奶奶怕要頭痛了。」

「有什麼難辦的？」尤老夫人為她指點迷津。「只憑東平侯府義女的身分，誰還會不識趣地提她原本的出身？咱們瞧著，只怕認親宴過後，就有不少人要動心了。」

三月初一是顧桐月的生辰，也是東平侯府大辦認親宴的日子。

東平侯府的宴會驚動了很多人，收到帖子的自然十分榮幸，畢竟東平侯府乃傳承多年的世家，平日卻不喜張揚行事，除了婚嫁之外，鮮少有宴請。

一大早，顧桐月的清風苑裡就忙起來，丫鬟進進出出，麻利而安靜地服侍著。

因顧桐月身邊只有香扣一個大丫鬟，郭氏遂將自己身邊服侍的丫鬟給了她，應對香扣的名字，顧桐月替她改名叫香櫞；而巧妙則被「委以重任」，好好地守著她在顧府的屋子。

香扣謹慎仔細，心裡早已認顧桐月為主；香櫞溫和規矩，不該問、不該說的，一律不多嘴、多聽，讓顧桐月很是滿意。

此時，外頭起了一陣小小騷動，顧桐月回頭看去，便見郭氏喜氣洋洋地走進來，她身邊的嬤嬤端著紅漆木托盤，上面盛放著一碗熱氣騰騰的長壽麵。

顧桐月連忙起身，因有外人在，便循規蹈矩地喚道：「夫人。」

今日郭氏著實開心，身穿紫底折枝辛夷花刺繡交領春衫，翠綠繡纏枝紋綜裙，梳著一絲不苟的拋家髻，插羊脂玉五福如意簪，瞧著端莊婉約，又春風滿面。

郭氏嗔笑著握顧桐月的手。「還叫我夫人？」

顧桐月抿了抿嘴，甜甜地喊道：「阿娘！」

郭氏高高興興地應了聲，細細打量顧桐月一番。

今日顧桐月換上紅色遍地金緙絲春衫，配月白色縐紗裙，脖子上是鑲嵌海珠的金項圈，戴翠綠的碧璽石手鍊。因是發自肺腑的喜悅，嘴角始終帶著淺笑，瓷白小臉嬌美無比。

「靜靜真好看。」郭氏伸手撫撫顧桐月嫩嫩的小臉，由衷讚道。

「阿娘。」顧桐月撒嬌地跺跺腳，小臉飛上一抹紅暈。

見她不好意思，郭氏哈哈笑了兩聲。「好了，阿娘不說了，留著給今兒來的客人們說。」轉身從僕婦手中接過長壽麵。「乖靜靜，先吃了長壽麵。」

雪白的湯麵上有一枚荷包蛋，點綴著綠色蔥花，清香好看。

「這是您親手做的。」顧桐月滿足地輕嘆一聲。

每年她過生辰，郭氏都會親自和麵，給她做碗長壽麵，再加一顆蛋，每次她都能連湯一塊兒喝完。

母親做的長壽麵，是這世上最美的美味。

「是。」郭氏含淚而笑。「只要妳喜歡，以後，阿娘每年都做。」

辰時三刻，客人便陸陸續續到了。

侯府開門，熱情招呼今日前來的客人們。

顧家人自然來得很早，三位夫人打扮得光彩照人，攜兒帶女到了侯府，剛下馬車，就有眼尖的僕婦迎他們進去。

一進府門，就是一字影壁，彎進去，便能瞧見侯府布局寬敞，雕梁畫棟，十分闊氣。

顧華月挽著顧蘭月的手，跟在尤氏等人身後，處處可見精緻典雅的院落，翠綠藤蔓沿著青牆攀上來，從深碧到淺綠，層層疊疊，如畫般秀致婉約。光這一路，她就看見十幾個大小套院，沒看見的，還不知道有多少呢！

招待女客的地方安排在後面的結香園，早已搭好戲臺，旁邊堆砌太湖石、碧波如鏡的池塘裡，大大小小的錦鯉自由自在地游來游去。池上架著九曲小橋，通往正中央的涼亭，正值陽春三月，寬闊的園子內，春風和暖，百花齊放。

「大姊，瞧見了嗎？」顧華月指著身旁的欄杆。「這些欄杆竟是楠木做的！」這是何等的富貴啊！

顧蘭月瞧著自家妹妹驚詫得幾乎要脫眶而出的眼睛，輕聲道：「侯府屹立數百年，自然不比尋常，妳這樣子，別讓人看笑話，丟了八妹的臉。」

顧華月聞言，連忙收回目光。「八妹人呢！怎麼還沒出來？」

「急什麼，等會兒就能見到了。」

雖然今日顧家人並不是主角，但顧桐月出身顧家，因此她們一到，早到的女眷們便含蓄地打量過來。

劉氏時常出門應酬，此時自然有人和她打招呼，遂向尤氏說一聲，帶著顧葭月過去。

秦氏長年住在京城，也有熟悉的人，亦帶著顧冰月上前。

尤氏才回京城幾個月，但已經設過宴，且顧桐月出自三房，不管認識還是不認識的女客，都靠過去，想與她攀談。

不遠處，一個原本被人簇擁著、正熱熱鬧鬧討論宮裡流行水粉的婦人，瞧著尤氏一來，正恭維著她的幾個人立時變得心不在焉，頻頻往尤氏等人的方向看去，不由沈下臉。

有人瞧出她不高興，笑著道：「俞夫人，說起來，顧府和忠勇伯府不是有婚約嗎？我記得日子就訂在三月的，怎麼突然取消了？」

提起這件事，俞夫人就忍不住生氣，要不是宮裡的俞賢妃警告他們，不能與東平侯府交惡，她定要讓流言淹死顧家的姑娘們，才能解心頭之恨。沒想到，東平侯府竟真肯為個小小庶女出頭，更沒想到，這小小庶女如今竟一飛沖天，成了東平侯的義女。

「不是說了八字不合嗎？」俞夫人心不甘、情不願地扯了個謊，眼角餘光瞧見兵部尚書家的女眷也到了，顧不得應酬這些人，扔下她們，笑容滿滿地迎上去。

被丟下的夫人們互視一眼，心照不宣地笑了笑，不再提俞家與顧家的親事。

「這顧家最近出了不少事呢！」其中一位夫人感慨道。

「可架不住顧家運道好，瞧瞧，被俞家退親的大姑娘，轉眼就訂給尤家。尤家老太爺是什麼人，是陛下委派重任、教導皇長孫殿下的先生，日後……尤家得了潑天富貴，也是有可能的。」

再想到今日的主角——庶女出身的顧桐月，更覺心情複雜非常。一個不入流的庶女，東平侯府肯用這樣的排場來認親，可見對她的喜愛與看重。

顧家的姑娘們，怎麼一個個都這麼好運呢？

此時，顧桐月跟著郭氏出現在結香園，立時吸引了所有人的注意。

郭氏牽著她的手，含笑對眾人寒暄，鄭重地介紹顧桐月。「這就是我的乖女兒。」她這般姿態，先前對顧桐月還心存輕視的人，哪還會有別的想法，知道郭氏是真把她當自己女兒疼愛。

顧桐月跟在郭氏身後，保持著乖巧笑容，隨她四處走動認識人。

東平侯府鮮少宴客，最大的原因便是唐靜好。她摔斷腿後，心情一直很糟糕，為逗她開心，郭氏辦了賞花宴，將女兒的小姊妹們請到府裡來陪她。

孰料，那次卻鬧得不歡而散。

小孩子們不像大人，不會掩藏自己的想法，有人當眾說了句「靜靜以後就是瘸子了吧」，讓唐靜好當場哇哇大哭。

因為這件事，東平侯府與那家人不再來往。之後，除了娶媳婦外，唐家再沒有辦過別的宴會。

在亭子裡或休息、或餵魚的姑娘們瞧著引起騷動的顧桐月，不由引頸張望。

「看見沒有，她那金項圈上鑲嵌的海珠，顆顆都有龍眼大小呢！」穿著桃紅春衫、月白長裙的姑娘難掩羨慕地說道。

「那樣的品相，肯定價值連城。」她身邊的小個子姑娘附和。「妳瞧她耳朵上綴著的蓮花碧璽，跟手鍊是一樣的，也很值錢。今日顧八姑娘這身裝扮，可真是了不得呢！」

「侯府是什麼樣的人家，出手能有不好的東西？」有人嘲笑道：「別一副沒見過世面的樣子，也不怕丟了家裡的臉。」

小姑娘聽見，張口就要回嘴，轉頭認出說話的姑娘是誰，不敢說話了。

那姑娘不過十三、四歲的模樣，穿著茜紅色繡海棠花春衫，白淨面上是刻薄的嘲弄之色，正是蕭瑾修的堂妹蕭寶珠。

方才說話的姑娘拉拉小姑娘的手。「她是定國公府的人，咱們惹不起。」

小姑娘只得咬牙，忍氣吞聲地起身走開。

這時，一道尖細嗓音揚起。「英王妃到——」

眾人大吃一驚，面面相覷，連忙上前請安行禮。

郭氏也領著顧桐月迎上去，行禮道：「不知王妃駕臨，臣婦與小女有失遠迎，還望王妃娘娘恕罪。」

英王妃笑盈盈地一手扶起一個。「眾位夫人快快請起。唐夫人莫要多禮，聽聞今日侯府很是熱鬧，我向來愛湊熱鬧，便不請自來，還望唐夫人不要覺得我魯莽才好。」又拉著顧桐月的手，細細打量半晌。「顧八姑娘果然國色天香，連我這個女子見了都心動不已。」

郭氏面上的笑容微僵，這話委實教人不喜——連女子見了都心動不已，何況男子？

顧桐月卻紅著臉，羞澀一笑。「臣女愧不敢當，論容貌，王妃娘娘這般雍容華貴，臣女望塵莫及。」

英王妃打量她時，她也悄悄地打量著英王妃。

英王妃長得漂亮又高眺，五官秀美，眉宇間卻透出一股豔色。著淺粉色春衫，袖口繡著漂亮波紋，配深藍色湘裙；手腕雪白如玉，襯得所戴玉鐲格外好看。

英王妃掩唇而笑。「怪道顧八姑娘如此討人喜歡。聽聞今兒也是妳的生辰？我讓人備了點小玩意兒，妳拿著玩吧！」

她說著，使個眼色，便有太監托著托盤過來。

托盤上擺放著玉如意等擺件，且不論品相如何，這是英王妃送的賀禮，顧桐月自然要先謝過。

她正欲行禮，又一道尖細嗓音響起來。「靜王妃到——」

英王妃詫異地挑了挑眉。

眾人循聲望去，便見靜王妃在眾僕婦的簇擁下，緩步而來。

靜王妃不似英王妃那般高眺纖細，體態略微豐腴，卻是恰到好處。今日穿了香妃色綾子如意雲紋衫、靛藍色八幅湘裙，相貌雖只是清秀，但額上的梅花花鈿及一舉一動，都給人莊重典雅、溫婉如玉的感覺，微笑時，瞧著比英王妃和善得多。

眾人忙又上前拜倒，英王妃收起訝色，也過去行禮。「連八嫂都來了，若知道八嫂要過來，我便跟妳同行，路上也有人說話呢！」

靜王妃扶她一把，和氣笑道：「左右在家無事，聽王爺說今日侯府熱鬧得很，我便跟著過來湊湊熱鬧。十三弟也來了？」

「八嫂不是不知道，我們家王爺就愛湊熱鬧，哪裡有熱鬧，便往哪裡湊。今日東平侯府宴客，他要是錯過，才追悔莫及呢！」英王妃打趣道：「倒是沒想到，八哥那樣的大忙人，也放下正事趕來了。」

兩位王妃分別出自江南和江北的世家，偏偏這兩家從祖輩起便不和不睦，極少走動，迫不得已見面時，氣氛也是劍拔弩張。

靜王妃不欲當眾與英王妃做口舌之爭，只微笑拉著郭氏的手。「我跟王爺這般不請自來，還望侯爺與夫人莫要見怪。」比起英王妃，她的身段又放得更低了些。

郭氏自然滿口不敢。

靜王妃說完，目光才落在顧桐月身上，同是打量，但她含笑的溫和眸光比英王妃那打量貨物般的眼神要令人舒服得多，也沒有多說什麼，只拍拍顧桐月的手。「是個有福的。」

英王妃在旁邊涼涼一笑。「能讓唐侯爺跟夫人認為義女，自然有福。」

在場誰聽不出她話裡帶著嘲弄與挑釁，俱默默低下頭，假裝什麼都沒聽到，卻又忍不住悄悄豎起耳朵，不放過兩位王妃之間的隻言片語。

靜王妃仍是笑咪咪，彷彿沒聽到英王妃的話。「我頭一回來侯府，還沒逛過侯府的園子，想逛一逛。今日夫人是主人，不必理會我，招呼客人去吧！」

說著，她看向顧桐月，正要開口，旁邊的英王妃目光閃動，竟先她一步拉住顧桐月的手，笑睨靜王妃，卻是對著顧桐月說話。

「八嫂說得是，夫人只管去忙，讓顧八姑娘陪我逛逛園子就成。」

郭氏眉頭微蹙。「桐姐兒來府裡也沒多久，王妃娘娘想逛園子，臣婦讓兩個兒媳婦過來作陪。」

但誰不知道，郭氏的兒媳婦，一個是端和公主，一個是徐大學士的愛女。徐氏倒罷了，誰敢讓端和公主陪著逛園子？

英王妃語塞，拉下臉來，看著顧桐月，語氣冷淡。「顧八姑娘不願意陪本王妃？」連自稱都變了。

郭氏見狀，欲將顧桐月護在身後，顧桐月忙上前一步，安撫地暗拉她的衣袖，笑著道：「阿娘，您先招呼客人們，女兒陪兩位王妃娘娘逛園子。」

郭氏不太放心，怕顧桐月受欺辱。

英王妃聞言，也不高興地皺眉，她可不想與靜王妃一起逛，又覺得靜王妃定藏著什麼壞主意，萬一沒看住，讓她搶得先機就不好了。別以為方才她沒看出來，若不是她先一步開口要顧桐月陪她逛園子，這話便會從靜王妃口中說出來。

不過，見靜王妃依然笑盈盈，彷彿對顧桐月的安排沒有半點不滿，英王妃也不好再說什麼，只能點頭應下。

後院裡表面風平浪靜，前院亦是歡聲笑語。

靜王走進院子，便瞧見英王正和唐承博談笑風生。

他微微一頓，方才走上前去，笑容滿面地與背對他的英王打招呼。「十三弟，你倒是搶在我前頭了，沒聽說你要過來。」

英王一僵，隨即轉過身，彷彿十分驚喜地說：「八哥來了？」起身走近靜王，心照不宣地道：「可是八嫂吵著要來瞧熱鬧？這女人啊，天生就愛湊熱鬧，本想不來，便在府裡吵鬧不休，讓人頭疼，這才勉為其難陪她過來看看。」

靜王聞言，意味深長地瞧著英王，這話既解釋他為什麼會在這裡，又給了他出現的理由。怪道武德帝曾說英王是個八面玲瓏的人物，這樣圓滑的人，先前為何會衝動地派人行刺蕭瑾修？是有意如此，抑或當真是無心之舉？

靜王伸手拍拍英王的肩頭，借著他給的臺階道：「是啊，女人都很煩人。」

英王見靜王笑了，鬆了口氣，似不經意地提了句。「顧家八姑娘成了侯府義女，八哥瞧這滿府的熱鬧，即便對人說她是侯府的親生女兒，只怕也不會有人疑心。」

不待英王繼續說下去，靜王已經明白他的心思，似笑非笑地瞧著他。「十三弟志向遠大，八哥自然不會攔著你，只是不知，侯府肯不肯把顧八姑娘許給你當側妃？」

英王聞言，笑容有些掛不住。靜王一心想拉攏東平侯府，他又何嘗沒這個想法，否則今日哪裡會來？不過心事被靜王這般毫不留情地道破，倒顯得他瞞著靜王在背後謀劃一般，雖是實情，可他為自己打算，也沒錯啊！

「八哥別生氣。」英王笑道：「你可瞧見太子殿下命人抬來的賀禮了？那可是指名要給顧八姑娘的。」

靜王雙眼一瞇。「太子竟然也……」話未說完，便覺得好笑地笑起來。「他的年紀，做顧八姑娘的父親都夠了，怎麼有臉把人抬進東宮？十三弟，你想太多了。」

英王不慌不忙地道：「太子殿下是不能，但皇長孫呢？皇長孫今年十五歲，前些日子，我聽聞，父皇有意要給他選妃了。」

靜王頓時笑不出來了，咬牙切齒地說：「皇長孫！那可是太子的嫡長子，顧八說到底只是庶出姑娘，太子怎麼放得下身段……」

「不管顧八以前是何等出身，今日之後，世人都知道她是東平侯府記在族譜裡的義女，這便夠了。」英王打消靜王最後一絲僥倖。「八哥別忘了，如今皇長孫由尤老太爺教導，尤家跟顧家又是什麼關係？你瞧瞧，今兒連咱們戶部尚書尤大人都到了呢！」

靜王順著他的眼神看去，果然瞧見正謙遜地與唐仲坦說話的尤尚書，心頭猛地一凜。之前，他沒把顧桐月當一回事，可聽著英王這席話，才驚覺顧桐月竟與許多人有著盤根錯節的關係，讓他原本的想法漸漸產生了動搖。

依他的打算，聽聞顧桐月是個不可多得的絕色尤物，小小年紀已十分出挑，連教坊司裡最負盛名的名妓都及不上她的十分之一。顧桐月本是庶出，若對侯府開口，要求把她抬進靜王府，想必侯府不會拒絕，如此一來，他既得了美人兒，又與東平侯府有了牽連。

卻不想，這美人兒竟然有這麼多人惦記著，連太子都上心了！且人家給出的籌碼，是皇長孫殿下，他卻連側妃的名分都給不了，侯府怎麼可能答應？

靜王想著，目光不由落在英王身上。

自被解禁後，太子便開始報復他，短短一個多月，已讓他折損不少人手，倘若東平侯府再歸太子所用，太子更是如虎添翼！

英王的確有私心，但比起顧桐月花落皇長孫，他還是寧可讓英王得了這個便宜；畢竟，英王明面上還是他的人。

當然，靜王也想過，不然乾脆讓顧桐月消失算了，誰也得不到，誰也不用眼饞。

但想到東平侯府對顧桐月的喜愛，靜王不敢輕舉妄動——現在他可承擔不起東平侯府的怒火。

另一邊，唐承赫收到來自父兄的命令，要他看緊靜王和英王。

依照他的觀察，那兩人不請自來，一來就碰頭竊竊私語，定在打什麼壞主意呢！今天是家裡的好日子，也是小妹的好日子，任何人都別想破壞！

「我猜英王已經說服了靜王。」不知何時過來的蕭瑾修出現在唐承赫身邊，突然說出一句莫名其妙的話。

唐承赫對於這個想拐自家小妹的人半點好感也沒有，聞言皺眉道：「蕭六郎，我不記得府裡有給你下帖子，你是怎麼混進來的？」

蕭瑾修並不在意唐承赫對他的不客氣，微微偏頭，用只有兩人才聽得到的聲音說：「你猜他們因何而來？」

「自然是來祝賀的。」

「那只是順帶的，他們都想藉著靜靜拉攏東平侯府。」

唐承赫勃然大怒，壓低聲音瞪蕭瑾修。「誰許你這麼稱呼小妹的？」靜靜是他能叫的？

蕭瑾修。「……這個重要嗎？」

唐承赫怒道：「當然！」

蕭瑾修無奈地看他。「……重要的難道不是你家小妹正被兩個人面獸心的傢伙覬覦？」

唐承赫冷哼。「知道他們在作夢，有什麼可操心的？」

知道那兩人不可能得逞，所以唐承赫才不擔心，真要他提防，蕭瑾修定是排在第一個！

蕭瑾修抽了抽嘴角，瞧唐承赫看他的眼神跟看賊一樣，忍不住苦笑。

「蕭某雖不才，但比起那兩人，蕭某自認要好上許多；至少蕭某對她，並沒有任何利用、虛假之心。」

唐承赫聞言，冷眼斜睨他。「除了正妻的名分，你能給小妹什麼？榮華沒有，富貴沒有，我家小妹憑什麼要跟著你過一窮二白的生活？她自小便過著什麼樣的日子，你不知道？」

光捧著一顆真心，他們家就要歡天喜地將掌上明珠許配給他？呸！沒事少睡覺，才不會作這樣的美夢！

此言猶如當頭棒喝，蕭瑾修站在原地，頭一回被唐承赫堵得啞口無言。

是啊，除了一顆真心，他能給她什麼？

唐靜好是東平侯府捧在手心裡的嬌嬌女，自小錦衣玉食、金尊玉貴，後來即便成了顧府庶女，只怕也沒真正吃過苦。他憑什麼要她跟他過及不上侯府，甚至及不上顧府的生活？

這般想著，蕭瑾修垂下眼眸，緊握雙手，又一根根將十指鬆開，暗暗有了盤算……

此時，顧桐月正陪著靜王妃與英王妃逛園子。

侯府的園子又大又多，三人出了結香園，由丫鬟、僕婦簇擁著，走進盛開西府海棠的海棠園。

「要說這海棠啊，還是西府海棠最豔麗。」英王妃指使丫鬟剪了幾朵開得正好的海棠花，親暱地為顧桐月簪在髮髻上，左右打量兩眼，滿意笑道：「瞧瞧，嬌花配美人，才不枉費它們開這一場。八嫂，妳說是不是？」

靜王妃微笑。「我倒覺得人比花嬌，滿園子海棠花，在顧八姑娘跟前，都相形失色。」

顧桐月羞得滿面通紅。「兩位娘娘過獎，臣女這點姿色，在娘娘們面前，算得了什麼？這話倒叫臣女無法自處了。」

「真是個臉皮薄的姑娘。」英王妃見顧桐月這般小家子氣，噗哧一聲笑出來。雖然顏色上佳，但這舉止，委實叫人看不上，眼裡自然而然便帶著輕視之色。「顧八姑娘平日裡喜歡做些什麼？」

這時丫鬟、婆子已手腳索利地將亭子收拾好，擺上新鮮的瓜果點心，顧桐月便引她們去亭子裡坐。

待三人坐定後，顧桐月回道：「臣女笨拙，琴棋書畫只是略懂，女紅針黹也拿不出手，最喜歡侍弄花花草草。」說著，很不好意思地紅了臉。「不是什麼上得了檯面的喜好，讓兩位娘娘見笑了。」

英王妃聞言，當真抿嘴笑起來。這麼個草包美人，不過虛有其表，哪裡值得她如此緊張？再說，她也未必就能進英王府，只怕靜王妃比她更緊張些吧！

想到這裡，她便看好戲一樣地看向了靜王妃。

靜王妃笑著拍拍顧桐月的手，彷彿安撫般，十分親切地說：「真是巧了，我也愛侍弄花花草草，靜王府裡名花異草很多，改日我給妳下帖子，可一定要來。」

顧桐月連忙起身。「娘娘盛情，臣女原不應推辭，只是臣女出身微賤，實在不敢……」

「真是個傻姑娘。」英王妃格格笑道：「如今誰還敢嫌棄妳的出身？靜王妃下帖子，那可是給妳天大的顏面，只管去就是。靜王府上多的是花花草草，顧八姑娘看見，說不定就愛上了呢！」

顧桐月心頭大怒，英王妃話裡有話，卻當她是個傻子，聽不出來呢！

靜王妃顯然也不喜英王妃拿她取笑，唇邊笑意微冷，緩緩開口。「我知道英王妃忘性頗大，不過再怎麼大，也不該忘了父皇的期許，多留些口德。英王向來孝順，英王妃可別扯了他的後腿才好。」

英王妃頓時臉色鐵青。

正在這一觸即發的緊張氣氛下，香櫞急步而來，說認親儀式要開始了，請她過去。

顧桐月悄悄鬆了口氣。

香櫞來得及時，自然是她暗地裡安排好的。在離開結香園時，她便悄悄吩咐香櫞，讓她瞅著時機過來，編個理由讓她離開。

靜王妃與英王妃怎麼吵鬧，她才不管，但她絕不允許她們破壞她的認親宴。

香櫞扶著顧桐月出了海棠園，聽聞香扣陪著顧家的姊姊們，想來是妥當的，便問：「今日和哥兒也來了吧？」現在她最想見的就是弟弟顧清和了。

香櫞想了想，實在不確定，遂道：「奴婢這就讓人去打聽打聽？」

顧桐月點頭，香櫞便招來一個跑腿的丫鬟，吩咐她去前院打聽顧清和來了沒有。

顧桐月放慢腳步，一邊往清風苑走、一邊等著。

忽然，不遠處傳來一陣嘈雜喧鬧的聲音，她循聲望去，就見一個容長臉、穿著打扮皆是富貴的姑娘正指使身邊的丫鬟、僕婦忙得團團轉。

「妳們都給我仔細著！好好找一找，肯定是落在這裡的！」

顧桐月朝她走去，現在她也算是東平侯府的主人，見到這般情況，總是要問問的。

「這位姑娘，不知發生了何事？」

蕭寶珠抬頭看過來，她的眉眼已經長開，姿色尚可，但與顧桐月站在一處，就完全無法相比了。好在她皮膚白，細眉秀目，微微笑著時，也給人幾分溫婉端莊的感覺。

「顧八姑娘。」蕭寶珠微微抬起下巴，上挑的長眉及藐視神態不自覺將她的驕矜顯露出來。「我是定國公府的，行三。」

顧桐月心中一動。她是蕭家人？彷彿有些眼熟？微笑點頭回應。「蕭三姑娘。」

忽然，腦中靈光一閃，她想起來，小時候她跟郭氏去定國公府做客，曾被定國公府的姑娘嘲笑她雙腿殘疾，傷心至極，郭氏護女心切，不聽定國公夫人解釋，帶著她憤憤離去，此後再沒和定國公府來往。沒想到這次定國公府的人也來了，還正好是當年嘲笑她的姑娘。

這小姑娘算是蕭瑾修的妹妹吧？小時候說話就那麼尖酸刻薄，不知現在改了沒有？

「我的耳環掉在這附近，正讓丫鬟們找著。顧八姑娘不忙的話，便陪我說說話吧！」蕭寶珠一副恩賜般的嘴臉，紆尊降貴般地施捨道。

顧桐月瞧著她，忽然想笑。快十年了，蕭寶珠還是一點都沒長進嘛！

以前東平侯府就沒把定國公府放在眼裡，更別提如今定國公府早已走了下坡。

「今日客人眾多，我恐怕不能陪蕭三姑娘了。」顧桐月對她歉疚地笑笑。「我找幾個婆子過來幫忙，還請蕭三姑娘見諒。」說著，吩咐見狀跟來的婆子上前去尋。

蕭寶珠聞言，臉色大變，立時就要發作，還好她尚知如今腳下踩著的地盤是屬於誰的，勉強忍住，拉長臉道：「顧八姑娘這是麻雀變鳳凰，不屑與我說話了？別說妳不是真正的金鳳凰，便是又如何？這樣的待客之道，也不怕丟了東平侯府的臉？」

原以為她這樣說，顧桐月定然要怕，不想顧桐月仍笑咪咪，卻不再說話，轉身就走。

蕭寶珠從未被人如此打臉，恨恨盯著顧桐月的背影，眼裡的火恨不得將顧桐月的背上燒出幾個窟窿來。

「她竟敢這樣對我?!」

「如今她是唐家的義女，小人得志，難免張狂，姑娘切莫與她一般見識。」丫鬟知道蕭寶珠喜歡聽什麼，便挑著她喜歡聽的話說：「況且，咱們今日來，是要與侯府重修舊好。」

蕭寶珠咬了咬牙，仍舊憤恨難平。

丫鬟見狀，又勸道：「姑娘暫且忍耐，以後……您有的是機會整治她。」

蕭寶珠聽了，終於平靜下來，還微微紅了臉，扯著帕子道：「祖母雖有意，但我還沒……還沒見過唐四爺呢！」

原想藉著接近顧桐月，先悄悄看看唐承赫，誰知顧桐月竟如此不把她放在眼裡！

「奴婢都打聽過了。」丫鬟湊近她耳邊，小聲說道：「聽說唐四爺是唐家幾個公子裡生得最好的，您若是不信，咱們回府後問大少爺，他肯定見過唐四爺！」

蕭寶珠的心氣這才順了，微微揚起下巴，高傲地嗯了聲。「那咱們先回去吧！以後等她進了門，看她怎麼收拾顧桐月！」

第四十六章　謝望送禮

今日的認親宴雖然很是忙碌，不過顧桐月心裡卻十分滿足，儀式結束後，便先回清風苑梳洗歇息。

此時，香扣急步走進房。「姑娘，五少爺來了。」

顧桐月忙起身。「快讓人送幾樣糕點、小菜來，和哥兒是男孩，又正值長個子時，在外頭應酬半天，定然餓了。」

又一迭聲地吩咐人備茶水，才剛說完，外頭就響起了腳步聲。

顧桐月急忙往外迎了兩步，就見丫鬟打起珍珠簾子，越發精神十足的小少年顧清和就站在她面前。

看見顧桐月，顧清和紅著臉，哽咽著喊了一聲。「姊姊。」

雖說如今他每天下午都會來東平侯府練拳腳功夫，顧桐月也住在侯府裡，但一個在內院、一個在外院，加上他還要進宮讀書，見面的機會還沒有在顧家時多。

且顧清和察覺到，雖然唐家四位公子願意無私地教他，但其實並不喜歡他；尤其是唐承赫，看他極不順眼，好幾次嘴裡都念叨著「她怎麼能有這麼笨的弟弟，真是氣死我也」。為了不讓顧桐月傷心為難，他怎麼也不敢提出要見她的要求。

不過，他知道，雖然見不到面，但顧桐月心裡也念著他，不時會有丫鬟送他愛吃的糕點、茶水過來，不用想也知道，定是顧桐月安排的。

雖然顧清和不太明白，為什麼顧桐月突然得到貴人青眼，還這般看重，要認為義女；但顧桐月有了好造化，他這個當弟弟的，自然也十分高興。

「和哥兒快來！」顧桐月打量著好些日子沒見的顧清和，驚訝道：「彷彿又長高了些？」

顧清和朝她舉舉手臂，露出明亮單純而孩子氣的笑容。「也更結實了。」

顧桐月捏捏他的手臂，點頭道：「果然結實了，看來這些日子沒有偷懶，真乖。」

顧清和有些彆扭地紅了臉。「姊姊，我是大人了，妳別再這樣哄孩子似地說話，讓人聽去，會笑話我的。」

說著，他偷偷看屋裡的丫鬟們，見她們果然抿著嘴笑，小臉頓時突地紅透了。

顧桐月聽了，目光一掃，故作威嚴道：「不許笑話我們家和哥兒。好了，知道我們和哥兒臉皮薄，姊姊讓她們出去，不讓她們聽就是了。」

香扣忍著笑，會意地領著丫鬟們輕聲退出去。

見屋裡只剩下顧桐月跟自己，顧清和才放鬆下來，顧不得害羞，先問顧桐月。「姊姊，唐家對妳……真的好嗎？」

「嗯，很好、很好，你不要擔心。」顧桐月安撫他。

顧清和大大吁了口氣。「那就好。姊姊，我帶了禮物來，是親自挑的，賀姊姊生辰。」掏出荷包遞過去。

東平侯府的富貴，他看在眼中，如今顧桐月身上穿的、戴的，每樣都是珍品，遂有些擔心自己的禮物入不了她的眼，忍不住忐忑起來。

顧桐月打開荷包，倒出裡頭的東西，雙眼立時一亮。「呀，好可愛！」

顧桐月的生肖屬兔，顧清和送的禮物，正是一對模樣栩栩如生的小金兔，不過小嬰兒拳頭大小，十分可愛。

見顧桐月真心喜歡，顧清和這才放心，摸摸腦袋，不好意思地道：「我現在沒有太多銀子，只能打這樣小的小兔子，以後……我給姊姊打更大的兔子來。」

「好，我等著和哥兒送更大的金兔子給我。」顧桐月眉開眼笑地說道。

把玩了好一會兒，顧桐月才把金兔子收起來，問顧清和。「還有不到半個月就要下場了，可有把握？」

顧清和要參加四月的院試，顧桐月當然盼他能一次考過。

顧清和笑得自信，又有些害羞。「外祖父說了，此次我若考不上前幾名，就是砸了他的招牌。外祖父能容許人砸他的招牌嗎？所以姊姊大可放心，沒問題的。」

顧桐月知道，顧清和本就聰明刻苦，再加上尤老爺子的教導，並不擔心顧清和會考不過，這時聽他這樣一說，越發安心。

「和哥兒好好考，等你考取了，姊姊好好為你慶賀一番。」

顧清和笑得兩眼亮晶晶，用力點頭，乖巧得讓人心疼又心軟。「好。」

這個弟弟真是太討人喜歡了。顧桐月忍不住伸手揉他的頭頂，像以前兄長們對她那樣。

「如今你還跟皇長孫殿下一起讀書嗎？」顧桐月一邊問、一邊將糕點碟子往顧清和手邊推，示意他吃一點。

顧清和沒拂了她的好意，伸手捏起一塊紅豆棗泥卷，答道：「每日外祖父都領著我一道進宮，有時候皇長孫殿下不懂的，外祖父沒耐心同他解釋，便讓我講給他聽。」

顧桐月微驚，尤老太爺退出朝堂，原可含飴弄孫，不想一道聖旨又將他宣進東宮教導皇長孫；雖料到他會不太高興，卻想不到他在皇長孫面前也能擺臉色。

「那皇長孫殿下不會生氣嗎？」

「皇長孫殿下很和氣。」見顧桐月擔心，顧清和連忙道：「他還常常自責自己資質有限，有愧外祖父的教導。起先外祖父似乎不太喜歡他，現在好多了。」

聽出顧清和語氣中對皇長孫的推崇之意，顧桐月有些擔心。武德帝今天喜歡太子、明天討厭太子的，對靜王幾個似乎也是另眼相看，早傳出廢太子的風聲。

東平侯府只忠於君主，從不擁戴任何皇子，即便是太子，也鮮少往來，才能聖寵不衰。如今顧清和親近皇長孫，裡面雖然有尤老太爺的原因，但顧桐月還是擔心，萬一顧清和乃至整個顧家都被歸為太子一黨，到時候……

彷彿猜出顧桐月擔心什麼，顧清和笑著放下點心，道：「姊姊不必擔心，院試過後，我就要離京遊學去了。」

顧桐月曉得顧清和是個聰明孩子，但他的聰明還是超乎了她的想像，忍不住問他。「這是尤老太爺的意思？」

「是我自己的決定。」顧清和笑道：「外祖父也覺得很好。」

「我以為院試過後，你會在府裡閉門讀書，準備鄉試。」她總覺得顧清和還小，就算聰明，但對朝政定然懵懂，不想他居然全都看在眼裡，才會做出這樣的決定。

「外祖父說，功名固然重要，但小命也很重要。」

顧桐月豎起大拇指。「尤老太爺說得沒錯。」暗自慶幸，尤老太爺雖德高望重，卻一點都不迂腐。

接著，顧桐月問起顧清和出行的日子，又擔心不已。「你還太小了。」

顧清和微笑。「在姊姊眼中，不管我長得多高、多大，依然會覺得我小呢！這件事，我還沒跟母親說，放榜之後，尚且不能立刻就走，母親定然要留我過生辰的。」

顧桐月生在三月第一天，顧清和則出生在四月的最後一天。

顧桐月聞言，點點頭。「這樣也好，既然打算出遠門，定要準備得齊全周到。」微微皺眉，已經思索起要幫他準備哪些行李了。

顧清和見狀，笑得更歡。「姊姊不必憂心那些，母親會操心的，若妳搶她的事情，她要不高興的。」

顧桐月也笑了。「倒也是，那我便不與母親爭。」又叮囑顧清和。「倘若你有缺的、少的，便捎信給我。」

「我唯一放心不下的，只有姊姊。」顧清和也擔心顧桐月。「侯府眾人都是好的，但姊姊到底姓顧。」

他想了想，道：「等放榜後，我給姊姊送些銀子來，有銀子傍身，總是好一點。」

現在他的銀子都換成那對送給顧桐月的金兔子，只能等到考中，尤氏心情大好，再問她要些。

見顧清和煞費苦心為她打算的模樣，顧桐月哭笑不得之餘，又覺得很欣慰。「和哥兒，你記著，我在侯府比在顧府更自在，這裡沒人欺負我，更沒人看輕我，不必擔心。」

聽顧桐月這般說了，顧清和才稍稍放心了些。

姊弟倆又說了幾句，外頭有婆子來傳話，說唐承赫正到處找顧清和，聽聞在顧桐月這裡，要她趕緊領人過去。

顧桐月知道，這個小心眼的四哥又拈酸吃醋了，為防他親自過來趕人，顧桐月只好先放顧清和離開。

忙碌的認親宴終於結束，待送走客人們，郭氏牽著顧桐月的手回到清風苑，眉眼含笑、滿面欣慰地問：「今日可是累壞了？」

不管是唐靜好還是顧桐月，這都是她第一次正式參加京城貴圈的宴會，這話也是在問她，習不習慣如此排場。

顧桐月笑盈盈地回道：「雖有些累，倒也覺得有意思。」

看那些女眷或直白地唇槍舌劍，如靜王妃與英王妃；或說話動聽，其中卻別有深意，讓她開了眼界。

郭氏拍拍她的手，關切地問：「聽說，妳遇到蕭寶珠了？」

顧桐月抿唇笑道：「阿娘別擔心，我沒吃虧。」

以前她腿有殘疾，成了蕭寶珠嘲笑她的把柄，生生逼得她生無可戀；可如今已有健全的雙腿，又想開許多，在蕭寶珠跟前，並不覺得自己矮她一等，自然不再怕她。

「蕭寶珠被她祖母慣得不成樣子，前兩年在別人府裡做客，因跟小姑娘起爭執，竟將人推進池子裡。那姑娘被婆子濕淋淋地撈上來，幸而沒有被外男瞧了去。」郭氏很看不慣蕭寶珠。「後來，因那姑娘家世不顯，定國公府只送了些滋補藥物，隨口說句小孩子不懂事，便將事情含糊帶過去了。」

「怪道這些年過去了，她還是半點長進都沒有。」顧桐月搖頭。「不過，阿娘放心，我才不慣著她那目中無人的臭毛病。」

「說得是。」郭氏贊同道，見她神色間不乏疲意，囑咐她先歇歇，便出了清風苑。

於是，顧桐月散開頭髮，倒在軟榻上，閉上眼，對丫鬟說：「我只瞇一下，到了晚膳時辰，記得叫醒我。」她還有些事想跟父兄商量，但眼下父兄仍未忙完，或許要晚膳後才有工夫說話。

一會兒後，迷迷糊糊間，顧桐月聽到香扣有些發急的聲音。「姑娘睡著了？」

香櫞剛噓一聲，就見顧桐月睜開了眼睛。

顧桐月曉得，香扣向來知輕重，若不是特別緊急之事，是不會過來打擾她的。

「怎麼了？」她鼻音濃重地問：「妳不是去庫房嗎？出了什麼事？」

香扣看看香櫞，香櫞意會，卻沒有不悅，笑著道：「奴婢想起小廚房裡還熬著姑娘的養顏湯，今日府裡忙，不知那幫小蹄子有沒有看著火。香扣姊姊陪著姑娘，我這就去瞧瞧。」

顧桐月滿意地笑笑，見香櫞將屋裡的丫鬟都帶出去，便坐起身來。

香扣這才低聲道：「奴婢並沒有去庫房。」說著，手有些抖，幸好是在顧桐月身邊，才慢慢鎮定下來。

剛才，有個丫鬟匆匆跑來，說要收進庫房的東西彷彿有些不對，希望香扣能過去看看。今日賀禮多半是給顧桐月的，香扣稟明顧桐月後，便急急忙忙地去了。

顧桐月奇道：「那丫鬟騙了妳？可還記得是誰？」

「她倒沒有騙我，只是——」香扣頓了頓，神色複雜得難以言喻。「走在半道兒上時，奴婢瞧見了一個人。」

「誰？」能讓香扣露出這般表情，想來不是個簡單的人。

「是謝公子。」香扣將聲音壓得更低了，彷彿回憶起什麼要命的東西來，嘴角飛快地抽了抽。

「謝斂？」顧桐月直覺道，不由皺起了眉。

香扣只能在內院走動，能碰見謝斂的地方，自然也在內院。可那天她分明已經跟他說得很清楚，謝斂也帶走了那些東西，且這次侯府根本沒給謝府下帖子，就算謝斂當真不請自來，侯府也不可能放人，更別提還讓他在內院隨意走動。

香扣愣了愣，遲疑道：「謝小公子是叫這個名字嗎？奴婢依稀記得，彷彿不是？」

顧桐月頓時明白過來，心裡一時五味雜陳，卻懶得理會，道：「是謝望？」

香扣跟在顧桐月身邊，聽過肖氏喊謝望為望哥兒，連忙點頭。「正是他。」

「他怎麼混進來了？」顧桐月好奇。東平侯府雖不是銅牆鐵壁，卻也守衛森嚴，平常人別說混進來，便是靠近侯府，也會立刻被發現。

這謝望倒是有點本事，竟能瞞過侯府的耳目，公然出現在內院。

只是，他混進來做什麼？

香扣聞言，神色又變成方才那般難以言喻的模樣。「他……他扮成了府裡的丫鬟，奴婢也不知他到底是如何混進來的。」

方才，她走在路上，忽然從旁邊衝出一個十分高䠷的丫鬟，見了她就拉著她的手，親熱地叫著姊姊，不由分說把她拉到假山下。

香扣大驚，還沒回神，就認出了謝望，差點被他嚇死。

下一刻，謝望直白地跟她說：「我要見妳家姑娘。」

這下，險些被活活嚇死的香扣又被活活嚇得清醒過來，二話不說跑回來稟告顧桐月。

「妳是說，謝望扮成侯府的丫鬟混進來，是為了見我？」顧桐月指著自己的鼻子，驚訝得睜圓了眼睛。

香扣點頭。

顧桐月愣了好半晌。

「姑娘，這該如何是好？謝小公子行事怎麼這般無忌？」香扣急死了，心裡將任性妄為的謝望罵了個狗血淋頭。「要是讓府裡其他人知道，姑娘往後如何立足？咱們怎麼辦？總不能……總不能當真見他吧？」

勾搭外男混進侯府尋人，這事要是傳出去，她家姑娘別想活命了！

「他在哪裡？」顧桐月總算回過神來。

「還在假山那邊等著。」香扣緊張地絞著手指頭。「他說等一盞茶工夫，若我沒去接應，便要自己尋來。」

「罷了，妳去接他吧！」顧桐月扶額，十分頭疼。「這人當真能自己尋來的。」

很快地，香扣領著人進來了。

顧桐月已經穿上外衣，頭髮隨意在腦後鬆鬆地綰了個纂兒，此時正端著茶喝，提提神。她聽到動靜，抬頭看去，剛喝進嘴裡的茶忍無可忍地噴了出來！

謝望穿著府中丫鬟的青衣，雖然還是少年，不及成年男子高壯，但至少比那些丫鬟高出一個頭。不知那身衣裳是從哪裡偷來的，非但不合身，緊緊繃在他身上，簡直都快撐破了。這且不說，他那張挺好看的臉，被他塗抹得亂七八糟，雪白的粉不停往下掉，血盆的大口，此時咧嘴一笑——

顧桐月閉眼，簡直不忍目睹！

香扣此時已經乖覺地站在門口守著，提心弔膽地留意屋裡屋外的動靜。

「我想知道，穿著這身衣裳，你是怎麼溜進來的？」顧桐月用手遮著眼睛，指指一旁的椅子，示意他坐。「侯府的人都瞎了嗎？」

這麼個怪模怪樣的人，竟沒有引起注意？

謝望一屁股坐下來，得意洋洋地笑道：「自然有我的辦法，怎麼，這一身很難看嗎？」

見顧桐月捂著眼睛不肯看他，他疑惑地抬起手臂，打量自己一番。「方才我照過鏡子，覺得還行啊！」

那是你瞎了吧！

顧桐月默默腹誹，口中卻道：「你這般人費周章地進來找我，可是有事？」

謝望聞言，朝她望去，見她潔白細嫩的手指正撐著額頭，似頭痛般，有一下、沒一下地按揉著，不由看呆了。

顧桐月等了一會兒，沒等到謝望的聲音，不由疑惑抬頭，發現他目光發直地盯著她，卻又不像是單純的打量，彷彿有心事。

顧桐月放下手，嘆口氣。「我說，你費這麼多工夫進來，就是為了發呆？」

謝望回過神，有些不自在地摸摸發熱的耳根。「那個……」頓了頓，不知該說什麼。

顧桐月未曾見過這樣扭扭捏捏、吞吞吐吐的謝望，不耐煩了。「謝望，你做事是不是從不顧慮別人的處境跟感受？」

謝望怔住。

顧桐月又道：「你知不知道，這般行事，若讓人發覺，會給我帶來多大的麻煩和困擾？

我很可能會被趕出東平侯府，更可能淪為京城的笑柄，只有死路一條！你真的不知道嗎？」

謝望緊抿薄薄的唇瓣，隨著顧桐月的話，慢慢坐直身體，眼中似有委屈，也有氣怒。

「我自然不會讓人發現！」

「萬一被發現了呢？」

他的神色變得堅定，目光滿是倔強。「即便被人發現了，我也不會讓妳去死！」

顧桐月有些無奈地笑了笑。

謝望見狀，臉繃得更緊了。她雖然沒說，他卻從她的表情看懂了，她根本不信他！甚至，可能還懷疑他是故意來害她身敗名裂的。

謝望在顧桐月猶如瞧著不懂事的胡鬧稚子般無可奈何的表情下，嘔得幾乎要吐出血來。

他霍地站起身，從懷裡取出錦盒，啪的丟在顧桐月手邊，生硬又冷漠地說：「給妳的生辰禮，我走了。」說罷，根本不等顧桐月反應過來，便轉身疾步走出去。

顧桐月愣了好半晌，才回過神，見被謝望用力甩開的珍珠簾子猶在晃蕩著，又瞧瞧手邊做工精緻的雕花錦盒。

所以，謝望偷偷摸摸地跑來找她，就是為了送她生辰賀禮？

顧桐月心裡有些愧疚，剛才她對他……是不是有點過分了？

雖然謝望一向頑劣，在她還是唐靜好時便時常捉弄她，卻並未真正傷害過她。

這回，他不惜放下身段，穿著丫鬟的衣裳，化著不倫不類的妝容，只是想要給她賀禮。這份心意，分明是好的。

顧桐月摩挲著錦盒，慢慢把盒子打開。

盒子裡是兩個憨狀可掬的泥人兒，一個男娃娃，一個女娃娃。

泥人兒十分精緻，眉眼、衣飾無不生動精細，連嬌小圓潤的女娃娃腰間戴著的荷包，都細心地描出小小蓮花。

顧桐月看著蓮花，忽然覺得女娃娃這身裝扮似乎有點眼熟？再看女娃娃的眉眼口鼻，彷彿……是她？

顧桐月再看男娃娃，果然像是謝望，被捏成玉樹臨風的瀟灑模樣，嘴角不由抽了抽。

謝望這廝，真是來給她找不痛快的，她從沒長得這麼圓潤過好不好！

這時，香扣進來回稟，親眼盯著謝望翻牆走了，顧桐月便將此事及泥人兒拋到腦後。跟謝望說熟不熟、說不熟又有點熟的交情，讓她拒絕去想他冒險混進侯府給她送生辰禮的動機，只當他無聊罷了。

夜裡，一家人熱熱鬧鬧地吃了晚飯，顧桐月便隨著父兄去書房說話。

徐氏瞧著郭氏心滿意足地目送丈夫與兒女離開的背影，乖覺地說：「母親，要不要讓人備些糕點、瓜果送去？莊子上送了些新鮮的杏跟枇杷來，不知妹妹愛不愛吃？」

相處幾日，加上丈夫的提點，她對顧桐月的敵意漸漸減少，加上顧桐月嘴甜，有時竟還覺得這小姑娘挺可愛的。

徐氏對女兒表現出的善意，讓郭氏十分滿意，笑咪咪地道：「妳們妹妹挑嘴，愛吃杏，卻不怎麼吃枇杷。」

徐氏忙道：「我這就讓人挑些好的，先送去書房，再給妹妹房裡送些過去。」

「好。」郭氏自是點頭不已。

端和公主面上也含著笑。「妹妹才來不久，我怕她臉皮薄，不好開口，若她有什麼缺的、少的，母親儘管跟我說。」

郭氏瞧瞧兩個兒媳婦，笑道：「好，妳們都是好孩子。我沒跟妳們商量，就這麼認了義女，妳們心裡恐怕多有不解，也對桐姐兒的品性沒底。」

端和公主柔聲道：「我們自然相信父親跟母親的眼光，相信妹妹是個好性子的。」

徐氏也道：「是呢！沒有父親和母親都覺得好，偏我們覺得不好的道理。」

郭氏點頭。「好。以前靜靜在時，她那孤僻的性子，妳們都能容得下，更何況是乖巧可人的桐姐兒。」

兒媳婦貼心，女兒也回到身邊，郭氏覺得如今的人生，才真叫美滿。

書房裡，顧桐月與父兄們分別坐下後，正欲開口，卻被唐承赫搶先。

「今日妹妹的認親宴，我看靜王跟英王都起了別樣心思。」

雖說他不喜蕭瑾修，卻得承認，蕭瑾修說得沒錯，靜王跟英王是盯上顧桐月了。

唐仲坦並不放在心上。「當年靜王想娶靜靜為正妃，為父都沒同意，如今靜王、英王俱已立妃，更不可能答應。」

唐承宗沈聲道：「當年，小妹是咱們侯府唯一的姑娘，眼下卻是顧家庶出女兒，他們自然會看輕。」

唐承遠嗤笑一聲。「可不是？那些人肯定以為，咱們小妹這樣的出身，憑他們的身分地位，有什麼配不得？即便咱們家不肯鬆口，不是還有顧家嗎？再怎麼說，小妹都姓顧。」

眾人聞言，心頓時沈了下來。

唐承博想了想。「顧家……的確是個隱患。」

他們都知道顧從明、顧從安等人是什麼貨色，推出顧桐月去換前程之舉，他們是做得出來的。

唐承赫坐不住了，起身走幾步，皺眉道：「那怎麼辦？顧家……也不能說滅就滅啊！」

顧從安做到三品大員，不是說動就能動的；再者，還要考慮顧桐月呢！

顧桐月聽著父兄們的話，沈吟道：「前些日子，太子被禁足，顧家大伯想從太子一黨中抽身而退，尋了不少門路；孰料太子又被陛下饒恕，此時他正惶恐著，生怕太子知道他的所作所為，秋後算帳。」

唐承宗便道：「如今太子盯死了靜王跟英王，怕是沒空跟他算帳。說到得罪太子，他將自己的女兒送進靜王府，這筆帳，太子遲早還是要跟他算的。」

太子本就心胸狹窄、手段殘忍，等他收拾了靜王與英王，保准會回過頭來對付顧從明。

「今日東宮那邊送了厚禮來，想必該知道的都知道了。」唐承博接著道。

唐承赫很快反應過來。「顧從明必然知道太子的心思，為了自保，定會極力撮合此事。

他是顧家的當家人，決定顧家女兒的親事，也沒什麼不妥；更何況，那人還是皇長孫！」越說，越是生氣，原以為認回顧桐月是樁大喜事，可接踵而來的，都是些什麼事啊！

顧桐月脆聲道：「倒也不是沒法子。」

眾人的目光落在她身上。

顧桐月瞧著父兄們毫不掩飾的濃濃關心，微微一笑。「逼他辭官。」

眾人一愣，唐承宗面上陰霾漸散。「不失為一個法子，辭官後離開京城，太子也沒那個工夫跑去找他麻煩。」

當然，太子不會親自去，但暗地裡會不會派人去，就不是他們在意的了。逼著顧從明辭官離京，永遠也不能打顧桐月的主意，才是最要緊的事。

唐承赫鬆了口氣。「的確如此，京城還有靜王他們拖著太子呢！」

唐承博卻皺眉。「這事只怕不好辦。」

唐承遠也道：「顧從明費了老大的勁才爬到如今的位置，此人又是個官迷，要逼他辭官，怕比讓他死還難。」

唐仲坦皺眉想了想，決定道：「此事雖不易，也得試試。」慈愛地瞧著顧桐月。「這件事有父親跟哥哥們操心，妳就別管了，只管開開心心地陪著妳娘就好。」

顧桐月乖巧地笑應。「是，女兒都聽父親的。」

見她這般可人，唐仲坦自然更加憐愛。「今日家裡來了不少小姑娘，可有聊得來的？」

顧桐月甜甜地回道：「有幾個姑娘約女兒，女兒節時去涇河邊採蘭草、看河燈呢！」

「那就好。」唐仲坦撫鬚笑道：「後日就是女兒節，讓妳娘陪妳多做幾身衣裳，也多打幾套首飾、頭面。如今能出門了，自然要好好打扮起來，這些女兒家的東西，我不懂，妳只管問妳娘跟妳兩個嫂嫂就是。」

顧桐月聞言，心頭溫暖又感慨。從前唐仲坦也是這樣，總盼著她多出門，因此，針線房每季送到她屋裡的衣裳不下十餘套，見到好看的首飾，他也不遺餘力地弄回來給她。可這些東西，都喚不起她出門的興致。

那樣高大挺拔的唐仲坦，在她心裡如同一座山般，可他每每為此離開的背影，卻是那樣頹喪落寞。

若她沒有成為顧桐月，沒有這健全的雙腿，依然以唐靜好的身分活著，根本體會不了父親的苦心，對他的諸多安排與叮囑無動於衷。

顧桐月想著往日那個不懂事、任由親人難過的自己，真想抽自己兩巴掌，又在心裡暗暗發誓——

以後，再不能傷害關心她、愛護她的親人了。

從書房出來，唐承赫自告奮勇送顧桐月回清風苑。

「不過幾步路，小哥不用送了。」顧桐月笑著拒絕。「你也累了一天，快回去休息。」

「不過是應酬客人，有什麼可累的。」唐承赫倒是一派輕鬆的樣子。

早春的夜晚尚有些寒意，他接過丫鬟遞來的藕荷色薄披風，幫顧桐月披上，對她粲然一笑。「走吧！」

見拗不過他，顧桐月不再多說，與他並肩往清風苑走。

「今天開心嗎？」唐承赫問道。

顧桐月眨巴著閃亮的眼睛。「當然開心。」

「收到很多禮物吧！有沒有誰送妳奇特的禮物啊？」唐承赫彷彿不經意地隨口一問。

顧桐月卻聽得心頭一跳，莫非謝望那廝的事被發現了？遂避開唐承赫的目光，支支吾吾道：「哪有什麼奇特的禮物？」

唐承赫顯然不信，長眉一挑，拉長了聲調逼問她。「真的沒有？」

即便低著腦袋，顧桐月也能感受到唐承赫落在她腦袋上那懾人的目光，不禁頭皮發麻，終是結結巴巴地開口。「你……你都知道了？」

唐承赫見她心虛的樣子，心裡暗驚，語氣卻越發隨意慵懶。「說吧！」

顧桐月只好老實交代。「我也不知道謝望是怎麼混進來的，給了一個盒子，說是送我的生辰禮。小哥放心，他沒有久留，很快就走了，而且也沒人發現……」

發現唐承赫竟然沒出聲，她忍不住疑惑地抬頭看去，就見他用一副見鬼的模樣瞪著她。

「小哥？」

唐承赫黑著臉，後齒槽幾乎要咬碎。「謝望？」

顧桐月覺得不對勁，驚疑地看著他。「你……你不是都知道了？」他逼問的難道不是這一樁？

可除去謝望偷偷摸摸給她送了還算「奇特」的生辰禮之外，還有誰也送了頗為「奇特」的生辰禮，而她卻不知道的？

顧桐月越發困惑了。

一炷香工夫後，清風苑裡，唐承赫雙眼冒火地盯著那對色彩鮮明、嬌憨可愛的泥人兒。他又不是瞎子，自然看得出來，這男娃娃是誰，女娃娃又是誰。

他氣得胸口不住起伏，摳著錦盒的指甲似要生生折斷。「好個謝望，不要臉！」謝家兄弟果然都不是好東西！當年謝斂引誘唐靜好，如今謝望竟敢公然溜進侯府，也妄想誘拐他可愛的小妹，真是孰不可忍！

「不過是對泥人兒，哪值得你生這樣大的氣啊？」顧桐月不明白唐承赫這怒氣打哪裡來。「若你不喜他送我這禮物，讓人丟出去就是了。」

聽顧桐月毫不在意地這樣說，唐承赫才覺得胸口的火燒得沒那麼厲害，面無表情地將錦盒收進自己懷裡。

「不勞別人，我幫妳丟。」他定會將這醜得要命的爛玩意兒狠狠丟在謝望臉上！

結果，原本疑心蕭瑾修會送顧桐月什麼亂七八糟東西的唐承赫，這下便將蕭瑾修拋到九霄雲外了。

第四十七章　年紀太大

被唐承赫遺忘的蕭瑾修，趁夜翻進了東平侯府的牆。

只是他才跳下，便立時發覺不對勁，抬頭一看，一張閃著銀光的大網竟兜頭朝他罩下。

蕭瑾修雙手一撐，就地一滾，靈活地滾出了大網外。

但不等他起身，一道凌厲掌風已撲面襲來，讓他挨了一拳。

這般厲害的攻擊，令蕭瑾修不得不飛快退了兩、三步，堪堪穩住身形，躲過那一掌。

「大哥？」蕭瑾修看清來人是誰，驚訝地喊了一聲。

站在他面前的，竟然是唐家長子唐承宗。

原以為阻攔他的會是唐承赫，不想……

「你為何會在這裡？」唐承宗面無表情地盯著蕭瑾修，冷聲質問，停了停，又問：「誰是你大哥？」

蕭瑾修站在原地，跟個做錯事被當場抓住的小孩子一樣。「以前我也叫你大哥的。」

「說！」唐承宗不理會他的攀交情，冷冷喝道。

蕭瑾修自然明白，唐承宗要他說的是什麼。

「你不是都知道嗎？」還要他說出來，未免讓人有些難為情。

「我只知道今夜府裡進了賊。」唐承宗冷眼看他。「還是個自投羅網的笨賊。」

蕭瑾修摸摸腦袋，滿臉不自在，訕訕道：「我也沒想到，居然會是大哥親自動手。」

唐承宗看著他，不說話。

蕭瑾修越發不自在了。

倘若發現他的人是唐承赫，他不會這樣不自在。

不過不自在歸不自在，唐承宗還等著他回話呢！

蕭瑾修清了清嗓子，小聲道：「之前走得匆忙，忘了親手把賀禮交給小妹；原想上門的，又想著天色已晚，怕攪擾侯爺跟夫人，因此……」

他倒沒有說謊，白日裡唐承赫對他的那番排擠，令他一時心神大亂，沒待多久便離開了侯府。

後來，釐清思緒，確定以後的路要怎麼走，他才發現天都黑了，又懊惱地發現，他還沒有送她生辰賀禮。

反正侯府的牆他經常翻，她住的清風苑，他也知道在哪個方向，於是就沒有多想地翻牆了。

他哪裡能想到，這一回，竟是唐承宗在這裡守株待兔呢！

「你並非我唐家人，小妹也是你能喊的？」唐承宗眉頭深深皺起，幾乎能夾死一隻蒼蠅。「我還從未見過有人深夜翻牆送賀禮的，這可是你蕭六郎的規矩？」

蕭瑾修老老實實地站著挨訓。「是我的錯，要打要罰，我都認。」

唐承宗是個正直嚴肅的人，若蕭瑾修同唐承赫那般嬉皮笑臉、沒個正經，他還知道該如何收拾，可蕭瑾修這般老老實實地認錯認罰——

罰他吧！他並非唐家人，受不得唐家家法。

不罰他吧……

憑什麼不罰？半夜三更翻別人家的院牆，極為不對，必須制止，絕不允許再犯！

可是怎麼罰，就讓人傷腦筋了。

向來果決的唐承宗糾結地盯著滿臉誠懇和悔悟、等著被罰的蕭瑾修。

「大哥，你千萬不要客氣，不要將我當外人，想打就打，想罵就罵。你別憋著，對身體不好。」蕭瑾修見唐承宗糾結，連忙勸道。

「你這是找打！」唐承宗瞪他一眼。

蕭瑾修忙道：「大哥教訓得是，你隨便打，我絕對沒有半點怨言。」

唐承宗被他如此熱切地討打弄得眉頭直抽，冷冷勾唇。「你想得倒美。」

什麼不要將他當外人，想打就打？難不成打完他後，他就賴著要當他們家的親人了？

蕭瑾修笑了兩聲，小小心機被唐承宗看穿，卻像沒事人一樣，絲毫不覺得羞赧，小聲嘀咕。「我想得是美，不過那也得你們成全才行。」

他不過是心儀他們的小妹，結果落得被當賊防的下場，真是令人沮喪。

「其實大哥，比起謝斂，我自認自己還是挺好的。」與其總被當賊，蕭瑾修乾脆豁出去，替自己爭取一把。「我永遠不會欺負她，更別提欺騙她。」

唐承宗不為所動。「這話，謝斂以前也說過。」

蕭瑾修聽了，忍不住在心裡罵了謝斂一聲。「我跟他能一樣嗎？我也算是你看著長大的，我值不值得相信，你會不知道？我就不明白，為什麼謝斂可以，我就不行！」

「你想知道原因？」唐承宗瞇眼。

「想。」蕭瑾修認真點頭。

「兩個原因。」唐承宗認真地伸出兩根手指頭。「第一，小妹先認識謝斂。」也先喜歡上謝斂。

這個回答令蕭瑾修有些沮喪，他也想早點被她認識。「第二是什麼？」

「第二，你年紀太大。」

「什麼?!」蕭瑾修疑心自己聽錯了，猛地抬頭望去，見唐承宗依然一臉正直嚴肅，忍不住出聲反駁。「我年紀哪有很大，今年不過快二十一而已。」

「小妹才十三。」唐承宗看著他。「你比她大了足足八歲！」

蕭瑾修傻了，忍不住爭辯。「她之前只比我小不到五歲。」

現在她只是皮相比較小些，實際年齡不是快十七了嗎？

「再說，我比她大，更懂得疼她，有什麼不好？」蕭瑾修又補充一句。

唐承宗冷哼。「我家小妹不缺人疼。」疼她的人多的是，輪得到他一個外人？

「更不缺一個比她大了八歲、看起來足可做她爹的人來疼。」唐承宗最後說了一句。

感覺一整天都在被打擊的蕭瑾修徹底傻了。

果然是親兄弟，這打擊人的本事，真是令人望塵莫及、嘆為觀止！

白天，唐承赫嫌他一無所有，配不上他們金尊玉貴的小妹。

晚上，唐承宗嫌他年紀太大，依然配不上他們年紀尚小的小妹。

一無所有還好辦，他可以努力改變，反正顧桐月尚未及笄，還有時間。

可年紀太大，這種非人力能改變的事，要怎麼辦才好？

另一邊，靜王府裡，靜王與靜王妃安靜地用完晚膳，便有丫鬟送上帕子與漱口香湯。

待丫鬟將桌子撤了，靜王擺手令她們退出去，方開口道：「今日王妃見了顧八姑娘，覺得她如何？」

靜王妃唇角一勾，似笑非笑地瞥彷彿漫不經心的靜王一眼。「國色天香，無人能及。」

靜王雙眼一亮，身子不由往靜王妃的方向傾了傾。「果然？」

靜王妃點頭。

靜王喜得直搓手。「這等絕色……」

「今日太后娘娘讓人送了賀禮，聽聞還是心腹太監親自過來。」靜王妃將一抹冷笑與嘲諷抿進唇裡，不動聲色地飲了口茶。

果然，靜王微愣，不過很快又笑起來。「那些賀禮，不過是瞧在郭氏面上，賞賜下去的。」皇祖母沒見過她，自然沒有青睞有加這說法；不過，若顧桐月當真得到皇祖母的青睞，那可就更搶手了！

誰不知本朝乃是以孝治天下，武德帝又是一等一的大孝子，若顧桐月真得太后喜歡，得到她，豈不等於得到太后支持？再請她去父皇跟前美言兩句，說不定父皇就不會再生氣了。
一想到這裡，靜王有些坐不住了，可又有些苦惱，先前在東平侯府，他本有意要相讓於英王，如今這般出爾反爾，好像不好。
可皇權面前，誰還管什麼出爾反爾?!

英王府裡，此時英王也正與英王妃說著顧桐月的事。
「靜王兄已經同意，讓我娶顧桐月做側妃。」英王一邊說著、一邊心滿意足地抖抖衣袖。「幸而我尚缺一名側妃，不然，豈不白白便宜了十七弟？」
英王妃聞言，霍地睜大了眼，難以置信地看著英王，尖聲叫道：「王爺說什麼？你要娶顧桐月做側妃？」
英王被她一吼，嚇得差點從軟榻上摔下來，沈下臉瞪她。「怎麼？妳有意見？」
英王妃氣惱不已。白日在東平侯府，她還在看靜王妃的笑話，依靜王那好色的性子，顧桐月肯定會歸了靜王府，誰知最後這笑話竟落到她頭上！
「王爺，我不許！」英王妃可不是靜王妃，娘家顯赫，對英王幫扶不少，即便此時英王沈下臉，她也沒什麼好怕的。
「別胡鬧！」英王低聲喝道：「這是為了大局。」
「什麼為了大局，還不是因為那顧八長得漂亮！」英王妃恨恨地說：「男人什麼德行，別以為我不知道！你要娶側妃，任何人都行，就是顧八不行！」

英王勃然大怒。「為什麼？」

「因為她長得一副狐媚的樣子，我不許她來亂了我訂下的規矩！」在英王府裡，只有她說了才算。

若顧桐月進府，憑她的姿色，定將英王迷得神魂顛倒，到時英王府豈不亂了套？更何況，顧桐月身後還有東平侯府撐腰，她怎能讓這樣的人進來？

英王聞言，陰沈沈地冷笑一聲。「英王府的規矩，是本王說了算，妳算什麼東西？」

「你說什麼?!」英王妃難以置信地瞪圓了眼睛。

「好好當妳的英王妃，別以為妳娘家助了本王，就能在英王府裡肆無忌憚。」英王拂袖而去。「英王府是本王的，不是妳花家的！」

英王妃又氣又怕，眼睜睜看著英王離開，彷彿全身的力氣都被抽走了，癱坐在地上，掩面痛哭起來。

翌日，蕭瑾修進宮。

武德帝正在批摺子，隨意掃他一眼，便收回目光，察覺不對勁，目光又掃回去，笑咪咪地指著他嘴邊那團瘀青。

「喲，這是怎麼了，瞧著像是被人打了，誰這麼有本事，竟能將朕的蕭卿打成這樣。」

蕭瑾修面不改色，恭恭敬敬地拱手回道：「微臣是被唐大人打的。」

武德帝來了興致，隨手擱下朱筆。「朕的好女婿？他為何打你呀？」又端茶來喝。

蕭瑾修誠實回道：「因昨夜微臣翻了東平侯府的牆。」

武德帝聞言，口中的茶差點噴出來。

「什麼?!」武德帝看看蕭瑾修，又問一旁伺候筆墨的太監。「朕沒聽錯吧！昨晚蕭卿去翻侯府的牆？」

太監躬身笑回。「陛下沒聽錯，蕭大人是這麼說的。」

武德帝放下茶杯，越發興致高昂。「沒聽說你有夢行症啊，莫名其妙的，為何要去翻牆？若你有事，正經上門求見，也不至於被我那好女婿打。」

「因為微臣不想驚動侯府的人。」蕭瑾修老實道。

武德帝對他的老實很是滿意。「那你就不是為了侯府的人翻牆，那是……」敲著桌面沈吟一會兒，恍然大悟。「可是為了顧八姑娘翻牆的？」

蕭瑾修聞言，撲通一聲跪下。「昨日本是顧八姑娘的好日子，微臣與她也算相識，白日時去道賀，可走後才想起，給她的賀禮還沒送出去。因天色晚了，恐侯爺他們已經休息，不好攪擾，這才想出翻牆的法子來，沒承想，卻被唐大將軍當成了賊。」

「哦？你翻牆進侯府，就是為了私會顧八姑娘？」武德帝目光微閃，沈沈黑眸裡看不出情緒。

「陛下誤會了。」蕭瑾修慌忙回道：「微臣打算將賀禮神不知、鬼不覺地混入侯府今日收到的賀禮中，如此既不顯眼，也不會失了禮數。」

「東平侯府不好進吧？」武德帝意味深長地瞧著他。「這麼辛苦才進去，就不去見顧八姑娘一面？」

「微臣再愚鈍，也知道男女授受不親的道理。」蕭瑾修磕下頭。「如今顧八姑娘又是侯爺與夫人捧在手心裡的掌上明珠，微臣不敢壞了她的名節，否則侯爺定饒不了微臣。」

武德帝哼笑。「六郎啊，你老實說，是不是瞧上顧八姑娘了？或者，跟顧八姑娘兩情相悅來著？」

「陛下，話不可以亂說。」蕭瑾修竟顧不上尊卑，急急辯駁。「顧八姑娘還小，什麼都不懂，您這般說，豈不是壞了她的名聲？」

「喲，倒訓起朕來了？」

蕭瑾修便似委屈般地抬眼看向武德帝。「您雖是皇帝，可也不能亂說啊！」

「朕哪句話是亂說的？」武德帝好整以暇地問他。「是你瞧上了顧八姑娘，還是你跟她兩情相悅？」

「後面那句是胡說的。」蕭瑾修當真指出來。「顧八姑娘並未與微臣兩情相悅，她根本不知道微臣的心思。」

武德帝又眯眼笑了起來。「所以前面那句，朕倒是說對了？」

蕭瑾修沈默。

武德帝笑了一聲。「我聽說顧八姑娘才十歲出頭，還是個小姑娘啊！」

「已經滿十三了。」蕭瑾修立刻道。

武德帝失笑。「你倒是清楚得很。」又道：「還說朕敗壞人家姑娘的名聲，朕看啊，分明就是你招惹了小姑娘。」

「微臣只在陛下跟前提，又沒有同別人說起。」蕭瑾修滿臉信任地望著武德帝。「相信陛下會替微臣保守秘密的。」

瞧著蕭瑾修理直氣壯的模樣，武德帝忍不住搖頭，忽地靈光一閃。「朕的女婿揍你，不會是因為他看出來了吧？」

蕭瑾修再次默認。

武德帝哈哈大笑。「怪道女婿出手這樣重，你活該被揍！人家姑娘好好地養在內院，你倒好，爬牆進去送賀禮；要是朕的公主，朕絕不僅僅只揍你一拳就了事。」

蕭瑾修垂首，低落地開口。「是。」

「這件事，既已驚動朕的好女婿，那唐侯爺豈不是也知道了？」

「侯爺與夫人尚不知情。」蕭瑾修據實以告。「唯有大將軍兄弟四人知曉。」

「他們都知道了？」武德帝牙疼似地嘶了一聲。「那他們是什麼想法？」

「大將軍嫌微臣年紀太大，不適合。」蕭瑾修懨悶地回答。

武德帝拍著桌子哈哈大笑。

「陛下——」蕭瑾修幽怨又委屈地看他一眼。

武德帝前俯後仰地笑了半晌。「其他幾個又如何？」

蕭瑾修面有難色。

武德帝催促道：「快說、快說。」

蕭瑾修無奈回答。「唐四爺嫌微臣家徒四壁、一無所有。」

武德帝再次爆出一串大笑聲。

另一邊，一個長相毫不起眼的小太監在長長的宮道上垂首疾走。拐過一道又一道的宮門，小太監已是一頭熱汗，卻顧不上抹去，飛快進了東宮。

「怎麼樣？」

東宮裡，一直心神不寧的太子見了小太監，免了他的問安，心急地問起來。

「奴才幸不辱命，聽到了一些。」小太監低聲稟告。「陛下已經知道靜王與英王的打算，只說了一句『蠢不可及』。上午，陛下生了半天氣，下午蕭大人當值，不知與陛下說了什麼，陛下聽得十分高興，開懷大笑好幾次。」

「他到底說了什麼？」太子追問。

小太監搖頭。「蕭大人在御前時，陛下未召奴才進殿伺候。」

「蕭瑾修。」太子踱了兩步，眉心因長年緊皺而有了一道深深的溝壑。「這個人，似乎越來越得父皇的看重。」

原本他未將一個御前侍衛放在眼裡，但能讓武德帝頻頻開懷大笑，這些皇子們，包括他都做不到。

一旁的太子詹事默不作聲聽著，見小太監沒有別的話要稟報，便揮手令他下去。

等小太監離開後，太子詹事才上前道：「殿下，依臣之見，這蕭瑾修應當拉攏。」

「此人獨來獨往，性子頗有些孤僻。」太子皺眉沈吟。「之前靜王一黨想拉攏，結果卻碰了一鼻子灰。本宮與他沒有往來，怕是不好行事；且當日，正是他護送黃玉賢回京！」

「蕭大人只是奉命行事，並非故意與您作對。」太子詹事小心翼翼地勸說。「如今陛下雖解了您的禁足，但您與陛下的情分只怕不比從前，我們安插在宮裡的眼線也很難接近陛下；可蕭瑾修不一樣，他在御前伴駕，若能拉攏他，他豈不就是您放在陛下身邊的耳目？」

太子深覺有理。「靜王他們都使了什麼手段去拉攏？」

「據臣所知，靜王命人送了兩名十分出色的女子過去。」太子詹事道：「不過卻連蕭宅的門都沒能進去，蕭宅的老僕說養不起，直接拒於門外。」

太子嗤笑一聲。「蕭瑾修的僕人竟有這樣大的膽子，連靜王的臉面都不給。哈哈，老八定然氣死了吧！」

「靜王自是氣壞了，又讓人送了夾帶著銀票的孤本過去，也被退回。另外，靜王邀蕭瑾修喝酒，他倒是去了，卻待了兩刻鐘就離開靜王府。諸般手段都沒能拉攏蕭瑾修，英王在氣急敗壞下，派出死士去龍泉寺暗殺他，結果未傷他分毫，反倒徹底得罪了他。」

太子聞言，又笑了一陣。「老八跟十三他們是急了，本宮被父皇解了禁足，皇長孫又得父皇喜歡，還令尤老爺子親自教導，儼然是在培養下一個儲君，他們自然急不可待，要趕在登基之前弄死本殿。」

太子詹事聽了，心中叫苦不迭，連忙提醒道：「殿下慎言，隔牆有耳。」

什麼登基之前，這話要傳到武德帝耳中，說不定又開始猜疑太子呢！

武德帝能容忍太子等人兄弟相爭，勝者為王嘛，他的皇位不也是爭來的？能者居上，一直是武德帝的口頭禪；可登基這樣的話，不就是盼著武德帝早死騰出皇位來？即便是兒子，這樣大逆不道的話被傳出去，只怕也不能善了。

太子顯然也知道自己失言，手握成拳在唇邊擋了擋。

「美色用了，銀子也用了，可靜王他們仍沒能打動蕭瑾修，到底殿下才是正統，倘若有心拉攏，必定輕而易舉。」

太子點頭，心情平復了些，坐下來，伸手叩著桌面。「聽聞蕭瑾修與東平侯府的關係也不一般。」

太子詹事猶豫一下，道：「依臣之見，東平侯府那邊，殿下還是稍緩一緩才好。靜王和英王才得了蠢不可及的評語，如果您也急著拉攏侯府，恐也會惹陛下不喜。」

雖然太子性情急躁殘暴，倒不是完全沒腦袋的人，想了想，嘆道：「你說得對，昨日本宮送了厚禮去侯府，只怕也錯了。」

見太子聽進自己的諫言，太子詹事也鬆口氣，同時建議。「眼下最要緊的，還是要恢復您與陛下的關係。幸而前段時日靜王囤私兵之事被陛下查到，因此招了厭棄，也讓咱們喘一口氣。此事干係重大，已經惹怒陛下，定然不會輕饒，且由著他們蹦躂就是。」

靜王一黨竟然背著武德帝囤私兵，這可比太子犯過的那些事嚴重得多；更別提靜王的外祖戚家手握重兵鎮守西北，武德帝表面對其信任有加，但在位這麼多年，其實他一直在琢磨著如何收回鎮北侯手裡的兵權。

鎮北侯一族世代鎮守西北，又擅籠絡民心，因此，在天高皇帝遠的西北，無論是軍中將士，還是平民百姓，竟只知鎮北侯，而不知朝廷。這在武德帝看來，無疑就是一根必須拔除的刺。

這種情形下，靜王不但不夾著尾巴做人，反還明目張膽跟太子爭搶皇位，根本毫無勝算；偏偏太子脾氣暴躁又目光短淺，原本什麼都不用做就能穩勝靜王，結果他……唉！

身為東宮屬官，太子詹事覺得自己光是應對太子層出不窮的狀況，便疲於奔命……這壽數，肯定長不了！

這回，太子總算將他的話聽進去。「你說得是，父皇才惱了老八幾個，侯府那邊，本宮的確不該操之過急，且先放在一邊。至於籠絡蕭瑾修的事，你們幾個給本宮商量出法子來，看看要怎麼才能把他拉進本宮的陣營。」

太子詹事鬆了口氣，連忙應是。

東平侯府裡，用過早膳後，顧桐月去了她的小庫房清點昨日賓客送來的賀禮。

香扣拿著單子點數，香櫞負責驗看，顧桐月只須過目即可。

多是頭面首飾、玉石擺件等物，也有手巧的姑娘送了親自做的胭脂水粉。有中意的，顧桐月便命她們取出來擺在房裡，挑挑揀揀，時間倒也過得飛快。

「姑娘，這是大姑娘送的。」香扣拿著單子指給顧桐月看。「是大姑娘親手調製的意和香。」

香櫞把香拿出來，顧桐月打開錦盒，便聞到清淡宜人的香氣，香氣瞬間盈滿整個庫房，立時就喜歡上了，笑道：「不想大姊還會製香，以後缺香用了，便問大姊要去。」

香扣道：「姑娘鮮少出門應酬，因此不知道，大姑娘在京城裡有製香雅人的稱號，真是一香難求的。」

顧桐月奇道：「是嗎？我怎麼完全不知情？」

香扣笑答。「前段時日，大姑娘被親事困擾，哪有心情製香呢！」

「原來如此。」顧桐月愛不釋手地捧著意和香。「怪道昨日大姊一來，便有許多姑娘圍上去，大姊有這本事，可真厲害。」

製香工序繁瑣，極為耗神費力，以前她也曾研究過，還在孤本裡找到幾個失傳已久的製香方子，可惜只研究幾天，就因身體吃不消，被郭氏制止了。

現在既然知道顧蘭月是製香高手，顧桐月想著，這幾天便將那幾個方子找出來給她。

香扣又繼續唸：「二姑娘送了一幅畫。」

香櫞找到顧葭月送的畫，打開畫卷一看，主僕三人都驚訝得睜大了眼睛。

原來顧葭月畫的不是別人，正是顧桐月。只見畫卷裡的顧桐月身形纖巧、面如凝脂、唇若櫻點、眉似墨畫，當真麗若桃花初綻。

「這是我？」顧桐月好半晌才回過神。「我竟有這麼好看？二姊也把我畫得太美吧！」

香扣搖頭。「姑娘分明與這畫像一模一樣。您瞧這件裙子，不就是之前穿過的？奴婢沒想到，二姑娘的畫技竟然這樣高超！」

「是呢！我也沒料到。」顧桐月又看了好半晌，才愛惜地把畫捲起來，吩咐香櫞收好。

「二姊的畫技如此好，怎麼京裡的才女沒有她的名字？」

「因為二姑娘雖然愛作畫，卻從不示人；且二姑娘有個習慣，總覺得自己的畫不完美，既如此，便毫不可惜地毀之丟棄。」

顧桐月咋舌。「二姊對待畫作竟是這般嚴謹！」

說著，她又看了顧雪月送的繡蓮花插屏、顧華月選的異域風情首飾、顧槐月親自淘製的胭脂水粉，還有顧冰月給的青花五彩瓷茶具。

這些東西，都是顧桐月喜歡，或者適合她的。

顧桐月很高興，將能擺的全擺出來，能用的全用上，不辜負姊姊們的心意。

此時，香櫞取來一只錦盒，雙手遞到顧桐月面前。「這是端和公主昨晚命人送來的。」

顧桐月興致勃勃接過來，打開盒蓋。

錦盒裡靜靜擺著一支做工精緻的水晶靶兒鏡子，竟能將人照得纖毫畢現，不似銅鏡般模糊。

「呀，好漂亮！」香扣忍不住驚呼，這樣完美無瑕的水晶靶兒鏡子，定十分昂貴，難怪顧桐月也看呆了。

顧桐月喜不自勝。「公主嫂嫂真是……這太貴重了！」

她還記得，這靶兒鏡子乃海外貢品，是端和公主極為喜歡的嫁妝，沒想到居然捨得送給她！這是把她當成家人的意思，接納了她！

顧桐月捧著水晶靶兒鏡子，幾乎要喜極而泣。

「快，將剛才姊姊們送我的東西全帶上，我們去見公主嫂嫂。」

端和公主送了這麼重的禮物，她當然要還禮，而且也要送她最喜歡的東西。

自認親宴後，東平侯府四兄弟將蕭瑾修當賊一樣防著，可也有防不住時。

比如此刻——

半夜驚醒的顧桐月，睜眼看見蕭瑾修站在床前，已經懶得驚嚇了。

「蕭大哥啊，你這深夜闖入別人屋子的習慣能不能改改？」

說著，她默默腹誹，這人明明一副光風霽月的模樣，怎麼偏偏要行這偷偷摸摸、毫不君子的事呢？

蕭瑾修也很委屈，他又沒有翻牆癖，如果能光明正大地進來見她，需要翻牆嗎？更別說如今東平侯府的牆是越來越難翻了，若被那幾個愛妹如命的公子知道，一頓打都算好了。

「我吵醒妳了？」能見到佳人，這點委屈，蕭瑾修是不會放在心上的。

見他面有愧色，顧桐月便不好追究了。「沒有，我也沒睡很沈。」

認親宴後，她便覺得日子美滿得不真實，夜深人靜時，竟會惶惑地不敢睡去，就怕睜開眼，發現這一切都只是一場美夢；而她，還是顧府那個活得小心翼翼、如履薄冰的庶女。

「在想什麼？」蕭瑾修很是隨意地問了一句。

顧桐月微怔。

他的神態自在親暱，讓顧桐月忍不住紅了臉，不覺扭捏起來。

「沒什麼。」她嘟囔一句，有些不敢看他。「這麼晚，你有什麼要緊事嗎？」

「給妳送賀禮。」蕭瑾修道明來意，目光落在她擁被而起的單薄身子上，定了定，方才若無其事般地說：「之前我答應過，要帶妳去看我母親。」

顧桐月一驚，大半夜的要帶她出府？

「父兄會打斷你的腿。」她輕皺眉頭，有些苦惱。要讓他們知道蕭瑾修深更半夜拐她出府，打斷他的腿，恐怕算是輕的了。

蕭瑾修被她擔心的模樣惹得失笑，眉眼一挑，戲謔道：「妳怕我挨打？」

即便顧桐月隱約察覺他對她的那點用心，卻不能大剌剌地說出來，更別提直接承認她在擔心他——

就算她的確擔心他，但她是女兒家，是矜持的女兒家！

這般想著，顧桐月狠狠瞪他一眼。「誰擔心你了？我是怕你的血弄髒我住的地方！」

蕭瑾修捨不得她生惱，含笑道：「我一個人溜進來已經很不容易，再帶上妳，只怕還沒出這道門，便要被人發現。我帶了母親的畫像來。」

他手腕一抖，一卷畫軸自袖中滑落。

顧桐月伸手接過了畫卷。

「我以為那天你只是隨口說說的。」她莫名有些不安，心撲通撲通跳得飛快。

這怎麼有種見婆母的緊張呢？

啊，胡思亂想什麼，她跟他八字都沒一撇，哪來的婆母？眼下充其量就是……就是見個長輩罷了。

她展開畫卷，畫紙已經有些發黃，畫上的女子高髻雲鬟、眉眼精緻，鼻峰高挺秀美、紅唇飽滿圓潤，嘴角含著溫柔的笑，與蕭瑾修的眉眼有幾分相似之處。

雖然這畫卷已有些年頭，但被保護得很好，沒有半點破損與縐褶。

「你跟你母親長得很像。」半晌，顧桐月將畫重新捲好，遞給蕭瑾修。「她一定是個溫柔又美麗的人。」

蕭瑾修聞言，唇邊勾起的溫柔笑意竟與畫卷中的女子如出一轍。

顧桐月險些被那笑容晃花了眼。

蕭瑾修不說不笑時，總給人冷冰冰、不好親近的感覺。

可他一笑起來，卻顯得那般多情又溫柔。

他提起亡母時，眼中有懷念也有傷痛，微微皺起眉頭，表情便添了幾絲哀愁，讓她的心忍不住也揪起。

「這是我父親為她畫的，那時候，我們還沒被趕出定國公府。」

「你父母的感情一定很好、很好。」不然作畫之人也不會把畫中人畫得那般傳神，又充滿溫柔的情意。

蕭瑾修說完，卻不伸手接過畫卷。「這次有些匆忙，我手上沒什麼像樣的東西可以送給妳，這幅畫，就當是我的賀禮吧！」

顧桐月。「……把你母親送給我當賀禮?!」

這算什麼賀禮啊？她傻了。

蕭瑾修聞言，神色黯淡下來。「若妳不喜歡，權當幫我保管一段時日，過些日子，等我返京，再來取回。」

「你要離京？」顧桐月問道。

蕭瑾修點頭。「陛下命我出京一趟，不過，會等女兒節之後再出發。」

顧桐月忍不住又問一句。「有危險嗎？」

見蕭瑾修雙眸一亮，目光灼灼盯著她，顧桐月臉上一熱，忙不迭低下頭。「我……我可不是在擔心你，就是隨口問問罷了。我睏死了，你沒事就趕緊走吧！」

蕭瑾修瞧著她羞窘得滿臉通紅，恨不能將錦被拉過頭頂將自己藏起來，偏還要故作若無其事的模樣，唇邊笑意漸深，眼眸裡漾著的光，也越發溫柔起來。

「還有一件事。」

顧桐月被蕭瑾修瞧得不好意思，在心裡暗罵自己沒出息，不過就是被他看了兩眼，有什麼好害羞的？又不是沒被看過！

可是，這害羞裡，為什麼又有甜蜜的滋味？

「還有什麼事？」

「其實我畫技也不錯。」蕭瑾修道。

顧桐月沒反應過來，這又是演哪一齣？

「若妳不喜這份賀禮，日後，我親自為妳作畫，來換回母親這一幅。」

說完，蕭瑾修便躍出窗戶，翻牆出了東平侯府。

蕭瑾修走了很久，顧桐月仍沒回過神來。

怎麼就說到他要親自為她作畫了？她沒要求啊！

最重要的是，他憑什麼為她作畫？他是與她毫無關係的外男啊！

他母親的畫都是他父親畫的，她……她跟他又沒有這麼親密的關係！

這不是暗示，而是明示了好嗎？

「這算是表白嗎？」顧桐月簡直要被腦子裡轉動的念頭逼瘋了。

她重重躺倒，一把拉過被子，蒙住腦袋。

他又是送畫、又是承諾要為她作畫的，那她……需不需要回禮啊？

天氣要熱起來了，要不，給他縫件衣裳？

但這太難了，還是退而求其次，給他做把扇套吧？

顧桐月越想臉越紅，翻來覆去，注定此夜無眠了。

——未完，待續，請看文創風660《妻好月圓》4（完結篇）

風 文創 659

妻好月圓 3

國家圖書館出版品預行編目資料

妻好月圓 / 渥丹著. --
初版. -- 臺北市 : 狗屋, 2018.08
冊 ; 公分. --（文創風）
ISBN 978-986-328-892-3（第3冊：平裝）. --

857.7 107009607

著作者	渥丹
編輯	安愉
校對	沈毓萍　周貝桂
發行所	狗屋出版社有限公司
地址	台北市104中山區龍江路71巷15號1樓
電話	02-2776-5889～0
發行字號	局版台業字845號
法律顧問	蕭雄淋律師
總經銷	知遠文化事業有限公司
電話	02-2664-8800
初版	2018年8月
國際書碼	ISBN-13　978-986-328-892-3

本著作物由作者授權出版

定價250元
狗屋劃撥帳號：19001626
網址：love.doghouse.com.tw　E-mail：love@doghouse.com.tw